光文社文庫

傑作伝奇小説

修禅寺物語

新装増補版

岡本綺堂

光

目次

玉藻の前

清水詣で

一

「ほう、よい月じゃ。まるで白銀の鏡を磨ぎすましたような」

あらん限りの感嘆のことばを、昔から言いふるしたこの一句に言い尽くしたというように、男は晴れやかな眉をあげて、あしたは十三夜という九月なかばのあざやかな月を仰いだ。男は今夜の齢よりも三つばかりも余計に指を折ったらしい年頃で、まだ一人前の男のかずには入らない少年であった。彼はむろん烏帽子をかぶっていなかった。黒い髪をむすんでうしろに垂れて、浅黄無地に大小の巴を染め出した麻の筒袖に、土器色の短い切袴をはいていた。夜目にはその着ている物の色目もはっきりとは知れなかったが、筒袖も袴も洗いざらしのように色がさめて、袴の裾は皺だらけにまくれあがっていた。

そのわびしい服装に引きかえて、この少年は今夜の月に照らされても恥ずかしくないほどの立派な男らしい顔をもっていた。彼に玉子色の小袖を着せて、うす紅梅の児水干をきせて、漢竹の楊条を腰にささせたらば、あわれ何若丸とか名乗る山門の児として悪僧ばらが渇仰随喜の的にもなりそうな美しく勇ましい児ぶりであった。しかし今の彼のさびしい腰のまわりには楊条もなかった。小さ刀も見えなかった。彼は素足に薄いきたない藁草履をはいていた。

「ほんによい月じゃ」

彼に口をあわせるように答えたのは、彼と同年か一つぐらいも年下かと思われる少女で、この物語の進行をいそぐ必要上、今くわしくその顔かたちなどを説明している余裕がない。ここではただ、彼女が道連れの少年よりもさらに美しく輝いた気高い顔をもっていて、陸奥の信夫摺りのような模様を白く染め出した薄萌黄地の小振袖を着て、やはり素足に藁草履をはいていたというだけを、記すにとどめて置きたい。

少年と少女とは、清水の坂に立って、今夜の月を仰いでいるのであった。京の夜露はもうしっとりと降りてきて、肌の薄い二人は寒そうに小さい肩を擦り合ってあるき出した。今から七百六十年も前の都は、たとい王城の地といっても、今の人たちの想像以上に寂しいものであったらしい。ことにこの戊辰の久安四年には、禁裏に火の災いがあった。談山の鎌足公の木像が自然に裂けて毀れた。夏の間にはおそろしい疫病がはやった。冬に近づくに連れて盗賊が多くなった。さしもに栄えた平安朝時代も、今では末の末の代になって、なんとはなしに世の乱れという怖れが諸人の胸に芽を吹いてきた。前に挙げたもろもろの災いは、何かのおそろしい前兆であるらしく都の人びとをおびやかした。

そのなかでも盗賊の多いというのが覿面におそろしいので、この頃は都大路にも宵から往来が絶えてしまった。まして片隅に寄ったこの清水堂のあたりは、昼間はともあれ、秋の薄い日があわただしく暮れて、京の町々の灯がまばらに薄黄色く見おろされる頃になると、笠の影も草履の音も吹き消されたように消えてしまって、よくよくの信心者でも、ここまで夜詣りの足を遠く運んで来る者はなかった。

その寂しい夜の坂路を、二人はたよりなげにたどって来るのであった。月のひかりは高い梢にささえられて、二人の小さい姿はときどきに薄暗い蔭に隠された。両側の高藪は人をおどすように不意にざわざわと鳴って、どこかで狐の呼ぶ声もきこえた。

「のう、藻」

「おお、千枝まよ」

男と女とはたがいにその名を呼びかわした。藻は少女の名で、千枝松は少年の名であった。用があって呼んだのではない、あまりの寂しさに堪えかねて、ただ訳もなしに人を呼んだのである。二人はまた黙ってあるいた。

「観音さまの御利益があろうかのう」と、藻はおぼつかなげに溜息をついた。

「無うでか、御利益がのうでか」と、千枝松はすぐに答えた。「み仏を疑うてはならぬと、叔母御が明け暮れに言うておらるる。わしも観音さまを信仰すればこそ、こうしてお前と毎夜連れ立って来るのじゃ」

「それでも父さまはこの春、この清水詣でに来たときに、三年坂で苔にすべって転んだのがもとで、それからどっと床につくようにならしゃれた。三年坂でころんだものは、三年生きぬと聞いている」と、藻の声はうるんでいた。

邪魔な梢の多いところを出離れたので、月はまた明るい光を二人の上に投げた。玉のような藻の頬には糸を引いた涙が白くひかっていた。千枝松はまたすぐに打ち消した。

「三年坂というのは嘘じゃ。ありゃ産寧坂というのじゃ。ころんだとて、つまずいたとて、はは、何があろうかい」

むぞうさに言い破られて、藻はまた口を結んでしまった。二人は山科の方をさして夜の野路を急いで行った。いったんは男らしく強そうに言ったものの、少年の胸の奥にも三年坂の不安が微かに宿っていた。

「お前の父御（ててご）の病気も長いことじゃ。きょうでもう幾日になるかのう」と、彼は歩きながら訊いた。

「もうやがて半年じゃ。どうなることやら、心細いでのう」

「医師（くすし）はなんと言わしゃれた」

「貧に暮らす者の悲しさは、医師もこの頃はろくろくに見舞うて下さらぬ」と、藻は袖を眼にあてた。「まだそればかりでない。父さまが長のわずらいで、家（うち）じゅうのあるほどの物はもうみんな売り尽くしてしもうた。秋はもう末になる。北山（きたやま）しぐれがやがて降り出すようになったら、わたしら親子は凍えて死ぬか。飢えて死ぬか。それを思うと、ほんに悲しい。きのうも隣りの陶器師（すえものつくり）の婆（ばば）どのが見えられて、いっそ江口（えぐち）とやらの遊女に身を沈めてはどうじゃ。煩（わずろ）うている父御ひとりを心安う過ごさせることも出来ようぞと、親切にいうて下されたが……」

「陶器師の婆めがそのようなことを教えたか」と、千枝松は驚きと憤りとに、声をふるわせた。「して、お前はなんと言うた」

「なんとも言いはせぬ。ただ黙って聴いていたばかりじゃ」

「重ねてそのようなことを言うたら、すぐわしに知らしてくれ、あの婆めが店さきへ石（いし）塊（くれ）なと打ち込んで、新しい壺の三つ四つも微塵（みじん）に打ち砕いてくるるわ」

罵（ののし）る権幕（けんまく）があまりに激しいので、藻はなにやら心もとなくなった。彼女はなだめるように男に言った。

「わたしらの難儀を見かねて、あの婆どのは親切に言うてくれたのじゃ」

「なにが親切か」と、千枝松は冷笑った。「あの疫病婆め。ひとの難儀に付け込んでいろいろの悪巧みをしおるのじゃ。世間でいうに嘘はない。ほんに疫病よりも怖ろしい婆じゃ。あんな奴の言うこと、善いにつけ、悪いにつけ、なんでも一切取り合うてはならぬぞ」

兄が妹をさとすようにませた口吻で言い聞かせると、藻はおとなしく聴いていた。千枝松はまだ胸が晴れないらしく、自分が知っている限りの軽蔑や呪詛のことばを並べ立てて、自分たちの家へ帰り着くまで、憎い、憎い、陶器師の疫病婆を罵りつづけていた。

秋の宵はまだ戌の刻（午後八時）をすぎて間もないのに、山科の村は明るい月の下に眠っていた。どこの家からも灯のかげは洩れていなかった。大きい柿の木の下に藻は立ちどまった。

「あすの晩も誘いに来るぞよ」と、千枝松はやさしく言った。

「きっと誘いに来てくだされ」

「おお、受け合うた」

ふた足ばかり行きかけて、千枝松はまた立ち戻って来た。

「途々も言うた通りじゃ。疫病婆めが何を言おうとも、必ず取り合うてはならぬぞよ。

よいか、よいか」

小声に力をこめて彼は幾たびも念を押すと、藻は無言でうなずいて、柿の木の下から狭い庭口へ消えるように姿をかくした。彼女が我が家へはいるのを見とどけて、千枝松はぬき足をして隣りの陶器師の門に立った。年寄り夫婦は早く寝付いてしまったらしく、内には物の音もきこえなかった。彼は作り声をして呶鳴った。

「愛宕の天狗の使いじゃ。戸をあけい」

表の戸を破れるばかりに二、三度たたいて、千枝松は一目散に逃げ出した。

二

「あれ、鴉めがまた来おりました」

あくる朝は美しく晴れて、大海のようにひろく碧い空の下に、柿の梢が高く突き出していた。その紅い実をうかがって来る鴉のむれを、藻は竹縁に出て追っていた。

「はは、鴉めがまた来おったか。憎い奴のう。が、とても追い尽くせるものでもあるまい。捨てて置け」と、父の行綱は皺だらけになった紙衾を少し搔いやりながら、蘆の穂綿のうすい蒲団の上に起き直った。

「千枝まが見えたら鳥おどしなと作ってもらいましょ」

「それもよかろうよ」と、父は狭い庭いっぱいの朝日をまぶしそうに仰ぎながらほほえんだ。「夜はもう火桶が欲しいほどじゃが、昼はさすがに暖かい。孝行なそなたが夜ごとの清水詣で、止めても止まるまいと思うて、心のままにさせて置くが、これからの夜はだんだん寒くなる。露も深くなる。風邪ひかぬように気をつけてくれよ。夏から秋、秋から冬の変わり目はとかく病人の身体にようないものじゃ。いっそ冬になり切ってしもうたら、おれも起きられるようになろうも知れぬ。あまり案じてたもるなよ。おれの手足がすこやかになったら、太刀の柄巻きしても、雀弓の矢を矧いでも、親子ふたりの口すぎには事欠くまい。はは、今すこしの辛抱じゃ」

「あい」

柿の梢には大きい鴉が狡猾そうな眼をひからせて、尖ったくちばしを振り立てながら枝から枝へと飛び渡っていたが、藻はもう手をあげて追おうともしなかった。彼女は父の前に手をついて、おとなしくうつむいていた。くずれかかった竹縁の下では昼でもこおろぎが鳴いていた。

父の行綱は今こそこんなにやつれ果てているが、七年前は坂部庄司蔵人行綱と呼ばれて、院の北面を仕る武士であった。ある日のゆうぐれ、清涼殿の階段の下に一匹の狐があらわれたのを関白殿がごろうじて、あれ射止めよと仰せられたので、そこに居あわせた行綱はすぐに弓矢をとって追いかけたが、一の矢はあえなくも射損じた。慌てて二の矢を射出そうとすると、どうしたのか弓弦がふつりと切れた。狐はむろん逃げてしまった。当の獲物を射損じたばかりか、事に臨んで弓弦が切れたのは平生の不用意も思いやらるるとあって、彼は勅勘の身となった。

彼は御忠節を忘れるような人間ではなかった。武士のたしなみを怠るような男でもなかった。こうなるのも彼が一生の不運で、行綱は妻と娘とを連れて、この頃では京の田舎という山科郷の片はずれに隠れて、わびしい浪人生活を送ることになった。

彼の不運を慰めるはずの妻は、それから半年あまりの後に夫と娘とを振り捨ててあの世へ行ってしまった。まだ男盛りの行綱は二度の妻を迎えようともしないで、不自由な男やもめの手ひとつで幼い娘の藻を可愛がって育てた。美しい顔をもって生まれた藻は心までが美しかった。自分にもう出世の望みのない父は、どうしても自分の後つぎに取りすがるよりほかはないので、行綱は老後の楽しい夢を胸に描きながら、ひたすらに娘の生長を待っていた。藻はことし十四になった。

その年の春に、行綱は娘を連れて清水の観音詣でに行った。その時にいわゆる三年坂でつまずいたのがもとで、彼は三月の末から病の床に横たわる身の上になった。夏が過ぎ、秋が来ても、彼はやはり枕と薬とに親しんでいるので、孝行な藻の苦労は絶えなかった。

貧と病とにさいなまれている父を救うがために、彼女はふだんから信仰する観音さまへ三七日の夜まいりを思い立って、八月の末から夜露を踏んで毎晩清水へかよった。京も荒れて、盗賊の多いこの頃の秋の夜に、乙女ひとりの夜道は心もとないと父も最初はしきりにとめたが、藻はどうしても肯かなかった。彼女は父の病を癒したい一心に、おそろしい夜道を遠くかよいつづけた。

しかし一七日の後には、藻に頼もしい道連れができた。それはかの千枝松で、彼は烏帽子折りの子であった。これも早くふた親にわかれた不運な孤児で、やはり烏帽子折りを生業としている叔父叔母のところへ引き取られて、ことし十五になった。叔父の大六は店あきないをしているのでない。京伏見から大津のあたりを毎日めぐり歩いて、呼び込まれた家の烏帽子を折っているのであった。したがって家にいる日は少ないので、千枝松は叔母と二人で毎日さびしく留守番をしていた。村こそ違え、同じ山科郷に住んでいるので、彼はいつか一つ違いの藻と親しくなって、ほかの子供たちには眼をくれないで、二人はいつも仲好く遊んだ。

「藻と千枝まは女夫じゃ」

ほかの子供たちが妬んでからかうと、千枝松はいつでも真っ赤になって怒った。

「はて、言うものには言わして置いたがよい。わたしも父さまの病が癒ったら、お前の叔母さまのところへ烏帽子を折り習いに行きたい」と、藻は言った。

「おお、叔母御でのうてもわしが教えてやる。横さびでも風折りでも、わしはみんな知っている。来年になったら、わしも叔父御と連れ立ってあきないに出るのじゃ」と、千枝松は誇るように言った。

千枝松は烏帽子折りの職人になるのである。藻もその烏帽子を折り習いたいという。そこにどういう意味があるのか、確かに理解していないまでも、千枝松の若い胸には微かに触れるものがあった。彼はいよいよ藻と親しくなった。その藻の父が長くわずらっているので、彼は自分の父を案じるように毎日見舞いに来た。そうして、藻が清水へ夜詣りにゆくことを一七日の後に初めて知って、彼はいつになく怨んで怒った。

「なぜわしに隠していた。幼い女ひとりが夜道して、何かのあやまちがあったらどうするぞ。わしも今夜から一緒にゆく」

彼は叔母の許しをうけて、それから藻と毎夜一緒に連れ立って行った。強そうな顔をしていても、千枝松はまだ十五の少年である。盗賊や鬼はおろか、山犬に出逢っても果たして十分に警護の役目を勤めおおせるかどうだか、よそ目には頗る不安に思われたが、藻に取っては世にも頼もしい、心丈夫な道連れであった。彼女は千枝松が毎晩誘いに来るのを楽しんで待っていた。千枝松もきっと約束の時刻をたがえずに来て、二人は聞き覚えの普門品を誦しながら清水へかよった。

その藻をそそのかして、江口の遊女になれと勧めた陶器師の婆は、たとい善意にもしろ、悪意にもしろ、千枝松の眼から見れば確かに憎い仇であった。彼が口をきわめて罵るのも無理はなかった。戸をたたいて嚇した位では、なかなか腹が癒えなかった。彼はその晩自分の家へ逃げて帰っても、まだいらいらしてよく眠られなかった。よもやとは思うものの、どうも安心ができないので、彼はあくる朝、叔父があきないに出るのを見送って、すぐに隣り村の藻の家へたずねて来た。

来ると、彼はまず隣りの陶器師の店をのぞいた。店の小さい窯の前には人の善さそうな陶器師の翁が萎えな烏帽子をかぶって、少し猫背に身をかがめて、小さい莚の上で何か壺のようなものを一心につくねていた。日よけに半分垂れた簾の外には、自然に生えたらしい一本の野菊がひょろひょろと高く伸びて、白い秋の蝶が疲れたようにその周りをたよたよと飛びめぐっていた。婆は奥のうす暗いところで麻を績んでいた。

「爺さま。よい天気じゃな」

千枝松はわざと声をかけると、翁は手をやすめて振り向いた。そうして、白い長い眉を皺めながらにこにこ笑った。

「おお、隣り村の千枝まか。ほんによい秋日和じゃよ。秋も末になると、いつも雨の多いものじゃが、ことしは日和つづきで仕合わせじゃ。わしらのあきないも降ってはどうもならぬ」

「そうであろうのう」と、千枝松は翁の手に持っている壺をながめていた。婆は憎いが、この翁にむかっては彼は喧嘩を売るわけにはいかなかった。それでも彼はおどすように声をひそめて訊いた。

「この頃ここらへ天狗が出るという。ほんかな」

「なんの」と、翁はまた笑った。「ここらに住んでいる者はみんな善い人ばかりじゃ。悪い者は一人もない。天狗さまのお祟りを受けようはずがないわ。はははは。鬼の天狗のというても、大抵は人間のいたずらじゃ。ゆうべもわしの家の戸をたたいて、天狗じゃとおどかした奴があった」

「ほんに悪いことをする奴じゃ」と、婆も奥から声をかけた。「今度またいたずらをしおったら、すぐに追い掛けて捉まえて、あの鎌で向こう脛を薙いでくるわ」

「天狗がつかまるかな」と、千枝松はあざけるように笑った。

「はて、天狗じゃない、人間じゃというに……。和郎もそのいたずら者を見つけたら、教えてくりゃれ」と、婆は睨むような白い眼をして言った。

千枝松はすこし薄気味悪くなって、もしや自分のいたずらということを覚られたのではないかとも思った。しかし彼は弱味を見せまいとして、またあざ笑った。

「天狗でも人間でも、こちらで悪いことさえせにゃなんの祟りもいたずらもせまいよ」

「わしらがなんの悪いことをした」と、婆は膝を立て直した。

おお、悪いことをした。隣りの娘を遊女に売ろうとした——と、千枝松は負けずに言おうとしたが、さすがに躊躇した。

「悪いことせにゃ、それでよい。悪いことをすると、今夜にも天狗がつかみに来ようぞ」

こう言い捨てて、彼はここの店さきをついと出ると、出逢いがしらに赤とんぼうが彼の鼻の先をかすめて通った。彼は忌々しそうに顔を皺めながら、隣りの家の門に立つと、柿の梢がまず眼にはいった。「しッしッ」と、彼は足もとにある土くれを拾って鴉を逐った。その声を聞きつけて、藻は縁さきへ出た。

「千枝まか」

二人はなつかしそうに向き合った。さっきの白い蝶が千枝松の裾にからんで来たらしく、二人の間にひらひらと舞った。

三

行綱の病気を見舞ったあとで、千枝松と藻とは手をひかれて近所の小川のふちに立った。今夜は十三夜で、月に供える薄を刈りに出たのであった。

幅は三間に足らない狭い川であったが、音もなしに冷々と流れてゆく水の上には、水と同じような空の色が碧く映って、秋の雲の白い影も時々にゆらめいて流れた。低い堤は去年の出水に崩れてしまって、その後に手入れをすることもなかったので、水と陸との間にははっきりした境もなくなったが、そこには秋になると薄や蘆が高く伸びるので、水と人とはこの草むらを挟んで別々にかよっていた。それでも蟹(かに)を拾う子供や、小鮒(こぶな)をすくう人たちが、水と陸とのあいだの通路を作るために、薄や蘆を押し倒して、ところどころに狭い路を踏み固めてあるので、二人もその路をさぐって水のきわまで行き着いた。そこには根こぎになって倒れている柳の大木のあることを二人は知っていた。

「水は美しゅう澄んでいるな」

二人はその柳の幹に腰をかけて、爪さき近く流れている秋の水をじっと眺めた。半分は水にひたされている大きい石のおもてが秋の日影にきらきらと光って、石の裾には蓼(たで)の花が紅く濡れて流れかかっていた。川のむこうには黍(きび)の畑が広くつづいて、その畑と岸とのあいだの広い往来を大津牛(おおつうし)が柴車をひいてのろのろと通った。時々に鵙(もず)も啼(な)いて通った。

「わしは歌を詠(よ)めぬのがくやしい」

千枝松が突然に言い出したので、藻は美しい眼を丸くした。

「歌が詠めたらどうするのじゃ」

「このような晴れやかな景色を見ても、わしにはなんとも歌うことが出来ぬ。藻、お前は歌を詠むのじゃな」

「父(とと)さまに習うたけれど、わたしも不器用な生まれで、ようは詠まれぬ。はて、詠まれいでも大事ない。歌など詠んで面白そうに暮らすのは、上臈(じょうろう)や公家殿上人(くげてんじょうびと)のすることじゃ」

「それもそうじゃな」と、千枝松は笑った。「実はゆうべ家へ帰ったら、叔父御が京の町からこのようなことを聞いて来たというて話しゃれた。先日関白殿のお歌の会に『独り寝の別れ』というむずかしい題が出た。独り寝に別れのあろうはずがない。こりゃ昔から例のない難題じゃというて、さすがの殿上人も頭を悩まされたそうなが、どう思案しても工夫が付かないで、一人も満足な歌を詠み出したものがなかった。この上は広い都に住むほどの者、商人でも職人でも百姓でも身分はかまわぬ。よき歌を作って奉るものには莫大の御褒美を下さるると、御歌所の大納言のもとから御沙汰があったそうな。そこで叔父御が言わしゃるには、おれも長年烏帽子こそ折れ、腰折れすらも得詠まれぬは何ぼう無念じゃ。こういう折りによい歌作って差し上げたら、一生安楽に過ごされようものをと、笑いながらも悔んでいられた」

「ほう、そんなことは初めて聞いた」と、藻も眉をよせた。「なるほど、独り寝の別れ、こりゃおかしい。どんな名人上手でも、世に例のないことは詠まれまい。ほんに晦日の月というのと同じことじゃ」

「水の底で火を焚くというのと同じことじゃ」

「木にのぼって魚を捕るというのと同じことじゃ」

二人は顔をみあわせて、子供らしく一度に笑い出した。その笑い声を打ち消すように、どこやらの寺の鐘が秋の空に高くひびいてうなり出した。

「おお、もう午じゃ」

藻がまずおどろいて起った。千枝松もつづいて起った。二人は慌ててそこらの薄を折り取って、ひとたばずつ手に持って帰った。千枝松は藻と門で別れる時にまた訊いた。

「けさは隣りの婆が見えなんだか」

藻は誰も来ないと言った。それでもまだなんだか不安なので、千枝松は帰るときに陶器師の店をまたのぞくと、翁はさっきと同じところに屈んで、同じような姿勢で一心に壺をつくねていた。婆の姿は見えなかった。


風のない秋の日は静かに暮れて、薄い夕霧が山科の村々に低く迷ったかと思うと、それがまただんだんに明るく晴れて、千枝松がゆうべ褒めたような冴えた月が、今夜もつめたい白い影を高く浮かべた。藻が門の柿の葉は霜が降ったように白く光っていた。

「藻よ。今夜はすこし遅うなった。堪忍しや」

千枝松は息を切って駈けて来て、垣の外から声をかけたが内にはなんの返事もなかった。彼は急いで二、三度呼びつづけると、ようように行綱の返事がきこえた。藻は小半晌も前に家を出たというのであった。

「ほう、おくれた」

千枝松はすぐにまた駈け出した。その頃の山科から清水へかよう路には田畑が多いので、明るい月の下に五町八町はひと目に見渡されたが、そこには藻はおろか、野良犬一匹のさまよう影も見えなかった。千枝松はいよいよ急いでまっしぐらに駈けた。駈けて、駈けて、とうとう清水までひと息にゆき着いたが、堂の前にも小さい女の拝んでいるうしろ姿はみえなかった。念のために伸びあがって覗くと、うす暗い堂の奥には黄色い灯が微かにゆらめいて、堂守の老僧が居睡りをしていた。千枝松は僧をよび起こして、たった今ここへ十四、五の娘が参詣に来なかったかと訊いた。

僧は耳が疎いらしい。幾度も聞き直した上で笑いながら言った。

「日が暮れてから誰が拝みに来ようぞ。この頃は世のなかが鬧がしいでな」

半分聞かないで、千枝松は引っ返してまた駈け出した。言い知れない不安が胸いっぱいに湧いてきて、彼は夢中で坂を駈け降りた。往くも復るもひとすじ道であるから、途中で行き違いになろうはずはない。こう思うと、彼の不安はいよいよ募ってきた。彼はもう堪まらなくなって、大きい声で女の名を呼びながら駈けた。

「藻よ。藻よ」

彼の足音に驚かされたのか、路ばたの梢から寝鳥が二、三羽ばたばたと飛び立った。人間の声はどこからも響いてこなかった。夢中で駈けつづけて、長い田圃路の真ん中まで来た時には、彼の足もさすがに疲れてすくんで、もう倒れそうになってきたので、彼は路ばたの地蔵尊(じぞうそん)の前にべったり坐って、大きい息をしばらく吐いていた。そうして、見るともなしに見あげると、澄んだ大空には月の光が皎々(こうこう)と冴えて、見渡すかぎりの広い田畑も薄黒い森も、そのあいだにまばらに見える人家の低い屋根も、霜の光とでもいいそうな銀色の靄(もや)の下に包まれていた。汗の乾かない襟のあたりには夜の寒さが水のように沁(し)みてきた。

狐の啼(な)く声が遠くきこえた。

「狐にだまされたのかな」と、千枝松は考えた。さもなければ盗人(ぬすびと)にさらわれたのである。藻のような美しい乙女(おとめ)が日暮れて一人歩きをするというのは、自分から求めて盗人の網に入るようなものである。千枝松はぞっとした。

狐か、盗人か、千枝松もその判断に迷っているうちに、ふとかの陶器師のことが胸に泛(う)かんできた。あの婆め、とうとう藻をそそのかして江口とやらへ誘い出したのではあるまいかと、彼は急に跳(おど)りあがってまた一散に駈け出した。藻の門の柿の木を見た頃には、彼はもう疲れて歩かれなくなった。

「藻よ。戻ったか」

垣の外から声をかけると、今度はすぐに行綱の返事がきこえた。今夜は娘の帰りが遅いので、自分も案じている。おまえは途中で逢わなかったかと言った。千枝松は自分も逢わなかったと口早に答えて、すぐに隣りの陶器師の戸をあらく叩いた。

「また天狗のいたずら者が来おったそうな」

内では翁(おきな)の笑う声がきこえた。千枝松は急(せ)いて呶鳴った。

「天狗でない。千枝、まじゃ」

「千枝、まが今頃なにしに来た」と、今度は婆が叱るように訊いた。

「婆に逢いたい。あけてくれ」

「日が暮れてからうるさい。用があるならあす出直して来やれ」

千枝松はいよいよ焦(じ)れた。彼は返事の代わりに表の戸を力まかせに続けて叩いた。

「ええ、そうぞうしい和郎(わろ)じゃ」

口小言(くちこごと)をいいながら婆は起きて来て、明るい月のまえに寝ぼけた顔を突き出すと、待ち構えていた千枝松は蝗(いなご)のように飛びかかって婆の胸倉を引っ掴んだ。

「言え。隣りの藻をどこへやった」

「なんの、阿呆らしい。藻の詮議なら隣りへ行きゃれ。ここへ来るのは門(かど)ちがいじゃ」

「いや、おのれが知っているはずじゃ。やい、婆め。おのれは藻をそそのかして江口の遊女に売ったであろうが……。まっすぐに言え」と、千枝松は掴んだ手に力をこめて強く小突(こづ)いた。

「ええ、おのれ途方もない言いがかりをしおる。ゆうべのいたずらも大方おのれであろう。爺さま、早(はよ)う来てこやつを挫(ひし)いでくだされ」と、婆はよろめきながら哮(たけ)った。

翁も寝床から這い出して来た。熱い息をふいて哮り立っている二人を引き分けて、だんだんにその話をきくと、彼も長い眉を子細らしく皺めた。

「こりゃおかしい。ふだんから孝行者の藻が親を捨てて姿を隠そうはずがない。こりゃ大方は盗人か狐のわざじゃ。盗人ではそこらにうかうかしていようとも思えぬが、狐ならばその巣を食っているところも大方は知れている。千枝まよ、わしと一緒に来やれ」

「よさっしゃれ」と、婆は例の白い眼をして言った。「子供じゃと思うても、藻ももう十四じゃ。どんな狐が付いていようも知れぬ。正直にそこらを探し廻って骨折り損じゃあるまいか」

千枝松はまたむっとした。しかしここで争っているのは無益だと賢くも思い直して、彼は無理無体に翁を表へ引っ張り出した。

「爺さま。狐の穴はどこじゃ」

「まあ、急くな。野良狐めが巣を食っているところはこのあたりにたくさんある。まず手近の森から探してみようよ」

翁は内へ引っ返して小さい鎌と鉈とを持ち出して来た。畜生めらをおどすには何か得物がなくてはならぬと、彼はその鉈を千枝松にわたして、自分は鎌を腰に挟んだ。そうして、田圃を隔てた向こうの小さい森を指さした。

「お前も知っていよう。あの森のあたりで時々に狐火が飛ぶわ」

「ほんにそうじゃ」

二人は向こうの森へ急いで行った。落葉や枯草を踏みにじって、そこらを隈なく猟りあるいたが、藻の姿は見付からなかった。二人はそこを見捨てて、さらにその次の丘へ急いだ。千枝松は喉の嗄れるほどに藻の名を呼びながら歩いたが、声は遠い森に木谺するばかりで、どこからも人の返事はきこえなかった。それからそれへと一晌ほども猟りつくして、二人はがっかりしてしまった。気がついて振り返ると、どこをどう歩いたか、二人は山科郷のうちの小野という所に迷って来ていた。ここは小野小町の旧蹟だと伝えられて、小町の水という清水が湧いていた。二人はその冷たい清水をすくって、息もつかずに続けて飲んだ。

「千枝まよ。夜が更けた。もう戻ろう。しょせん今夜のことには行くまい」と、翁は寒そうに肩をすくめながら言った。

「じゃが、もう少し探してみたい。爺さま、ここらに狐の穴はないか」

「はて、執念い和郎じゃ。そうよのう」

少し考えていたが、翁は口のまわりを拭きながらうなずいた。

「おお、ある、ある。なんでもこの小町の水から西の方に、大きい杉の木の繁った森があって、そこにも狐が棲んでいるという噂じゃ。しかし迂闊にそこへ案内はならぬ。はて、なぜというて、その森の奥には、百年千年の遠い昔に、いずこの誰を埋めたとも知れぬ大きい古塚がある。その塚の主が祟りをなすと言い伝えて、誰も近寄ったものがないのじゃ」

「そりゃ塚の主が祟るのでのうて、狐が禍いをなすのであろう」と、千枝松は言った。

「どちらにしても、祟りがあると聞いてはおそろしいぞ」と、翁はさとすように言った。

「いや、おそろしゅうても構わぬ。わしは念晴らしに、その森の奥を探ってみる」

千枝松は鉈をとり直して駈け出した。

独り寝の別れ

一

止めても止まりそうもないと見て、陶器師の翁はおぼつかなげに少年のあとを慕って行った。二人は幽怪な伝説を包んでいる杉の森の前に立った。

杉の古木は枝をかわして、昼でも暗そうに掩いかぶさっているが、森の奥はさのみ深くもないらしく、うしろは小高い丘につづいていた。千枝松は鉈を手にして猶予なく木立ちの間をくぐって行こうとするのを翁はまた引き止めた。

「これ、悪いことは言わぬ。昔から魔所のように恐れられているところへ、夜ふけに押して行こうとは余りに大胆じゃ。やめい、やめい」

「いや、やめられぬ。爺さまがおそろしくば、わし一人でゆく」

つかまれた腕を振り放して、彼は藻の名を呼びながら森のなかへ狂うように跳り込んで行った。翁は困った顔をして少しく躊躇していたが、さすがにこの少年一人を見殺しにもできまいと、彼も一生の勇気を振るい起こしたらしく、腰から光る鎌をぬき取って、これも千枝松のあとから続いた。

森の中は外から想像するほどに暗くもなかった。杉の葉をすべって来る十三夜の月の光が薄く洩れているので、手探りながらもどうにかこうにか見当はついた。多年人間が踏み込んだことがないので、腐った落葉がうずたかく積もって、二人の足は湿った土のなかへ気味の悪いようにずぶずぶと吸い込まれるので、二人は立ち木にすがって沼を渡るように歩いた。

「千枝まよ、ありゃなんじゃ」

翁がそっとささやくと、千枝松も思わず立ちすくんだ。これが恐らくあの古塚というのであろう。ひときわ大きい杉の根本に高さ五、六尺ばかりかと思われる土饅頭のようなものが横たわっていて、その塚のあたりに鬼火のような青い冷たい光が微かに燃えているのであった。

「なんであろう」と、千枝松もささやいた。言い知れぬ恐れのほかに、一種の好奇心も手伝って、彼はその怪しい光を頼りに、木の根に沿うて犬のようにそっと這って行った。と思うと、彼はたちまちに声をあげた。

「おお、藻じゃ。ここにいた」

「そこにいたか」と、翁も思わず声をあげて、木の根につまずきながら探り寄った。

藻は古塚の下に眠るように横たわっていた。鬼火のように青く光っているのは、彼女が枕にしている一つの髑髏であった。藻はむかしから人間のはいったことのないという森の奥に隠れ、髑髏を枕にして古塚の下に眠っているのであった。この奇怪なありさまに二人はまたぞっとしたが、千枝松はもう怖ろしいよりも嬉しい方が胸いっぱいで、前後も忘れて女の枕もとへ這い寄った。彼は藻の手をつかんで叫んだ。

「藻よ、千枝まじゃ。藻よ」

翁も声をそろえて呼んだ。呼ばれて藻はふらふらと立ち上がったが、彼女はまだ夢みる人のようにうっとりとして、千枝松の腕に他愛なく倚りかかっているのを、二人は介抱しながら森の外へ連れ出した。明るい月の下に立って、藻はよみがえったようにほっと長い息をついた。

「どうじゃ。心持ちに変わることはないか」

「どうしてこんなところに迷いこんだのじゃ」

千枝松と翁は代わるがわるにきいたが、藻は夢のようでなんにも知らないといった。今夜はいつもよりも千枝まの誘いに来るのが遅いので、彼女は一人で家を出て清水の方へ足を運んだ。それまでは確かに覚えているが、それから先は夢うつつでどこをどう歩いたのか、どうしてこの森の奥へ迷い込んだのか、どうしてここに寝ていたのか、自分にもちっとも判らないとのことであった。

「やっぱり野良狐めのいたずらじゃ」と、翁はうなずいた。「しかしまあ無事でめでたい。父御もさぞ案じていらりょう。さあ、早う戻らっしゃれ」

夜はもう更けていた。三人は自分の影を踏みながら黙ってあるいた。陶器師の翁は自分の家の前で二人に別れた。千枝松は隣りの門口まで藻を送って行ってまたささやいた。

「これに懲りてこの後は一人で夜歩きをせまいぞ。あすの晩もわしが誘いにゆくまで、きっと待っていやれ。よいか」

念を押して別れようとして、千枝松は女が左の手に抱えているある物をふと見付けた。それは彼女が枕にしていた古い髑髏で、月の前に蒼白く光っていた。千枝松はぎょっとして叱るように言った。

「なんじゃ、そんなものを……。気味が悪いとは思わぬか。抛ってしまえ。捨ててしまえ」
藻は返事もしないで、その髑髏を大事そうに抱えたままで、ついと内へはいってしまった。千枝松は呆れてそのうしろ影を見送っていた。そうして、狐がまだ彼女を離れないのではないかとも疑った。

その晩に、千枝松は不思議な夢をみた。

第一の夢の世界は鉄もとろけるような熱い国であった。そこには人の衣を染めるような濃緑の草や木が高く生い茂っていて、限りもないほどに広い花園には、人間の血よりも紅い芥子の花や、鬼の顔よりも大きい百合の花が、うずたかく重なり合って一面に咲きみだれていた。花は紅ばかりでない、紫も白も黒も黄も灼けるような強い日光にただれて、見るから毒々しい色を噴き出していた。その花の根にはおそろしい毒蛇の群れが紅い舌を吐いて遊んでいた。

「ここはどこであろう」

千枝松は驚異の眼をみはってただぼんやりと眺めていると、一種異様の音楽がどこからか響いて来た。京のある分限者が山科の寺で法会を営んだときに、大勢の尊い僧たちが本堂に集まって経を誦した。その時に彼は寺の庭にまぎれ込んでその音楽に聞き惚れて、なんとも言われない荘厳の感に打たれたことがあったが、今聞いている音楽の響きも幾らかそれに似ていて、しかも人の魂をとろかすような妖麗なものであった。

彼は酔ったような心持で、その楽の音の流れて来る方をそっと窺うと、日本の長柄の唐傘に似て、その縁へ青や白の涼しげな瓔珞を長く垂れたものを、四人の痩せた男がめいめいに高くささげて来た。男はみな跣足で、薄い鼠色の着物をきて、胸のあたりを露わに見せていた。それにつづいて、水色の羅衣を着た八人の女が唐団扇のようなものを捧げて来た。その次に小山のような巨大い獣がゆるぎ出して来た。千枝松は寺の懸け絵で見たことがあるので、それが象という天竺の獣であることを直ぐに覚った。象は雪のように白かった。

象の背中には欄干の付いた輿のようなものを乗せていた。輿の上には男と女が乗っていた。象のあとからも大勢の男や女がつづいて来た。まわりの男も女もみな黒い肌を見せているのに、輿に乗っている女の色だけが象よりも白いので、千枝松も思わず眼をつけると、女はその白い胸や腕を誇るように露わして、肌も透き通るような薄くれないの羅衣を着ていた。千枝松はその顔をのぞいて、たちまちあっと叫ぼうとして息を呑み込んだ。象の上の女は確かにかの藻であった。

さらによく視ると、女は藻よりも六、七歳も年上であるらしく思われた。彼女は藻のような無邪気らしい乙女でなかった。しかしその顔かたちは藻とちっとも違わなかった。どう見直してもやはり藻そのままであった。

「藻よ」と、彼は声をかけて見たくなった。もしそのまわりに大勢の人の眼がなかったら、彼は大きい象の背中に飛びあがって、女の白い腕に縋り付いたかもしれなかった。しかし藻に似た女はこちらを見向きもしないで、なにか笑いながらそばの男にささやくと、男は草の葉で編んだ冠のようなものを傾けて高く笑った。

　空の色は火のように焼けていた。その燃えるような紅い空の下で音楽の響きがさらに調子を高めると、花のかげから無数の毒蛇がつながって現われて来て、楽の音につれて一度にぬっと鎌首をあげた。そうしてそれがだんだんに大きい輪を作って、さながら踊りだしたように糾れたり縺れたりして狂った。

　千枝松はいよいよ息をつめて眺めていると、さらにひとむれの男や女がここへ追い立てられて来た。男も女も赤裸で、ふとい鉄の鎖でむごたらしくつながれていた。

　この囚人はおよそ十人ばかりであろう。そのあとから二、三十人の男が片袒ぬぎで長い鉄の笞をふるって追い立てて来た。恐怖におののいている囚人はみな一斉に象の前にひざまずくと、女は上からみおろして冷やかに笑った。その涼しい眼には一種の殺気を帯びて物凄かった。千枝松も身を固くして窺っていると、女は低い声で何か指図した。鉄の笞を持っていた男どもはすぐに飛びかかって、かの囚人らを片っ端から蹴倒すと、男も女も仰ざまに横ざまに転げまわって無数の毒蛇の輪の中へ――

　もうその先を見とどける勇気はないので、千枝松は思わず眼をふさいで逃げ出した。そのうしろには藻に似た女の華やかな笑い声ばかりが高くきこえた。千枝松は夢のように駈けてゆくと、誰か知らないがその肩を叩く者があった。はっとおびえて眼をあくと、高い棕梠の葉の下に一人の老僧が立っていた。

「お前はあの象の上に乗っている白い女を識っているのか」

あまりに怖ろしいので、千枝松は識らないと答えた。老僧は静かに言った。

「それを識ったらお前も命はないと思え。ここは天竺という国で、女と一緒に象に乗っている男は斑足太子というのじゃ。女の名は華陽夫人、よく覚えておけ。あの女は世にたぐいなく美しゅう見えるが、あれは人間ではない。十万年に一度あらわるる怖ろしい化生の者じゃ。この天竺の仏法をほろぼして、大千世界を魔界の暗闇に堕そうと企つる悪魔の精じゃ。まずその手始めとして斑足太子をたぶらかし、天地開闢以来ほとんどそのためしを聞かぬ悪虐をほしいままにしている。今お前が見せられたのはその百分の一にも足らぬ。現にきのうは一日のうちに千人の首を斬って、大きい首塚を建てた。しかし彼女が神通自在でも、邪は正にかたぬ。まして天竺は仏の国じゃ。やがて仏法の威徳によって悪魔のほろぶる時節は来る。決して恐るることはない。しかし、いつまでもここに永居してはお前のためにならぬ。早く行け。早う帰れ」

僧は千枝松の手を取って門の外へ押しやると、くろがねの大きい扉は音もなしに閉じてしまった。

千枝松は魂が抜けたようにただうっとりと突っ立っていた。しかし幾ら考え直しても、かの華陽夫人とかいう美しい女は、自分と仲の好い藻に相違ないらしく思われた。化生の者でもよい。悪魔の精でも構わない。もう一度かの花園へ入り込んで、白い象の上に乗っている白い女の顔をよそながら見たいと思った。

彼はくろがねの扉を力まかせに叩いた。拳(こぶし)の骨は砕けるように痛んで、彼ははっと眼をさました。しかし彼はこのおそろしい夢の記憶を繰(く)り返すには余りに頭が疲れていた。彼は枕に顔を押し付けてまたすやすやと眠ってしまった。

二

第二の夢の世界は、前の天竺よりはずっと北へ偏寄(かたよ)っているらしく、大陸の寒い風にまき上げられる一面の砂煙が、うす暗い空をさらに黄色く陰(くも)らせていた。宏大な宮殿がその渦巻く砂のなかに高くそびえていた。

宮殿は南にむかって建てられているらしく、上がり口には高い階段(きざはし)があって、階段の上にも下にも白い石だたみを敷きつめて、上には錦の大きい帳(とばり)を垂れていた。ところどころに朱く塗った太い円い柱が立っていて、柱には鳳凰(ほうおう)や龍や虎のたぐいが金や銀や朱や碧や紫やいろいろの濃い彩色(さいしき)を施して、生きたもののようにあざやかに彫(ほ)られてあった。折りまわした長い欄干(てすり)は珠(たま)のように光っていた。千枝松はぬき足をして高い階段の下に怖るおそる立った。階段の下には彼のほかに大勢の唐人（とうじん）が控えていた。

「しっ」

人を叱るような声がどこからともなくおごそかに聞こえて、錦の帳は左右に開いてするすると巻き上げられた。正面の高いところには、錦の冠をいただいて黄色い袍（ほう）を着た男が酒に酔ったような顔をして、珠（たま）をちりばめた榻（とう）に腰をかけていた。これが唐人の王様であろうと千枝松は推量した。王のそばには紅の錦の裳（すそ）を長く曳いて、竜宮の乙姫（おとひめ）さまかと思われる美しい女が女王のような驕慢な態度でおなじく珠の榻に倚（よ）りかかっていた。千枝松は伸び上がってまたおどろいた。その美しい女はやはりあの藻をそのままであった。

「酒はなぜ遅い。肉を持って来ぬか」と王は大きい声で叱るように呶鳴った。

藻に似た女は妖艶な瞳を王の赤い顔にそそいで高く笑いこけた。笑うのも無理はない、王の前には大きい酒の甕（かめ）が幾つも並んでいて、どの甕にも緑の酒があふれ出しそうになみなみと盛ってあった。珠や玳瑁（たいまい）で作られた大きい盤の上には、魚の鰭（ひれ）や獣の股（もも）が山のように積まれてあった。

長夜の宴に酔っている王の眼には、酒の池も肉の林ももうはっきりとは見分けがつかないらしかった。家来どもも侍女らもただ黙って頭をたれていた。

そのうちに藻に似た女が何かささやくと、王は他愛なく笑ってうなずいた。家来の唐人はすぐに王の前に召し出されて何か命令された。家来はかしこまって退いたかと思うと、やがて大きい油壺を重そうに荷って来た。

千枝松は今まで気がつかなかったが、このとき初めて階段の下の一方に太い銅の柱が立っているのを見つけ出した。大勢の家来が寄って、その柱にどろどろした油をしたたかに塗り始めると、ほかの家来どもはたくさんの柴を運んで来て、柱の下の大きい坑の底へ山のように積み込んだ。二、三人が松明のようなものを持って来て、またその中へ投げ込んだ。ある者は油をそそぎ込んだ。

「寒いので焚火をするのか知らぬ」と、千枝松は思った。しかし彼の想像はすぐにはずれた。

柴はやがて燃え上がったらしい。地獄の底から紅蓮の焔を噴くように、真っ赤な火のかたまりが坑いっぱいになって炎々と高くあがると、その凄まじい火の光が銅の柱に映って、あたりの人びとの眉や鬢を鬼のように赤く染めた。遠くから覗いている千枝松の頬までが焦げるように熱くなってきた。

火が十分燃えあがるのを見とどけて、藻に似た女は持っている唐団扇をたかく挙げると、それを合図に耳もつぶすような銅鑼の音が響いた。千枝松はまたびっくりして振り向くと、鬚の長い男と色の白い女とが階段の下へ牽き出されて来た。かれらも天竺の囚人のように、赤裸の両手を鉄の鎖につながれていた。

千枝松はぞっとした。銅鑼の音はまた烈しく鳴りひびいて、二人の犠牲は銅の柱のそばへ押しやられた。千枝松は初めて覚った。油を塗った柱に倚りかかった二人は、たちまちにからだを滑らせて地獄の火坑にころげ墜ちるのであろう。彼はもう堪らなくなって眼をとじようとすると、階段の下に忙わしい靴の音がきこえた。

今ここへ駈け込んで来た人は、身の長およそ七尺もあろうかと思われる赭ら顔の大男で、黄牛の皮鎧に真っ黒な鉄の兜をかぶって、手には大きい鉞を持っていた。彼は暴れ馬のように跳って柱のそばへ近寄ったかと思うと、大きい手をひろげて二人の犠牲を抱き止めた。それをさえぎろうとした家来の二、三人はたちまち彼のために火の坑へ蹴込まれてしまった。彼は裂けるばかりに瞋恚のまなじりをあげて、霹靂の落ちかかるように叫んだ。

「雷震ここにあり。妖魔亡びよ」

鉞をとり直して階段を登ろうとすると、女は金鈴を振り立てるような凜とした声で叱った。大勢の家来どもは剣をぬいて雷震を取り囲んだ。坑の火はますます盛んに燃えあがって、広い宮殿をこがすばかりに紅く照らした。その猛火を背景にして、無数の剣のひかりは秋の薄のように乱れた。雷震の鉞は大きい月のように、その叢薄のあいだを見えつ隠れつしてひらめいた。

藻に似た女は王にささやいてしずかに席を起った。千枝松はそっとあとをつけてゆくと、二人は手をとって高い台へ登って行った。二人のあとをつけて来たのは千枝松ばかりでなく、鎧兜を着けた大勢の唐人どもが弓や矛を持って集まって来て、台のまわりをたちまち幾重にも取りまいた。そのなかで大将らしいのは、白い鬢髯を鶴の毛のように長く垂れた老人であった。千枝松は老人のそばへ行ってこわごわ訊いた。

「ここはなんという所でござります。お前はなんというお人でござります」

ここは唐土で、自分は周の武王の軍師で太公望という者であると彼は名乗った。そうして、さらにこういうことを説明して聞かせた。

「今この国の政治を執っている殷の紂王は、妲己という妖女にたぶらかされて、夜も昼も淫楽にふける。まだそればかりか、妲己のすすめに従って、炮烙の刑という世におそろしい刑罰を作り出した。お前もさっきからここにいたならば、おそらくその刑罰を眼のあたりに見たであろう。いや、まだそのほかにも、妲己の残虐は言い尽くせぬほどである。生きた男を捕らえて釜うでにする。妊み女の腹を割く。鬼女とも悪魔ともたとえようもない極悪非道の罪業をかさねて、それを日々の快楽としている。このままに捨て置いたら、万民は野に悲しんで世は暗黒の底に沈むばかりじゃ。わが武王これを見るに堪えかねて、四百余州の諸侯伯をあつめ、紂王をほろぼし、妲己を斃して世をむかしの明るみにかえし、あわせて万民の悩みを救おうとせらるるのじゃ。紂王はいかに悪虐の暴君というても、しょせんはただの人間じゃ。これを亡ぼすのは、さのみむずかしいとは思わぬが、ただ恐るべきはかの妲己という妖女で、彼女の本性は千万年の劫を経た金毛白面の狐じゃ。もし誤ってこの妖魔を走らしたら、かさねて世界の禍いをなすは知れてある」

そのことばのいまだ終わらぬうちに、高い台の上から黄色い煙がうず巻いて噴き出した。老人は煙を仰いで舌打ちをした。

「さては火をかけて自滅と見ゆるぞ。暴君の滅亡は自然の命数じゃが、油断してかの妖魔を取り逃がすな。雷震はおらぬか。煙のなかへ駈け入って早く妖魔を誅戮せよ」

かの大鉞を掻い込んで、雷震はどこからか現われた。彼はどよめいている唐人どもを掻き退けて、兜の上に降りかかる火の粉の雨をくぐりながら、台の上へまっしぐらに駈けあがって行った。老人は気づかわしそうに台をみあげた。千枝松も手に汗を握って同じく高い空を仰いでいると、台の上からは幾すじの黄色い煙が大きい龍のようにのたうって流れ出した。その煙のなかから、藻に似た女の顔が白くかがやいて見えた。

「射よ」と老人は鞭をあげて指図した。

無数の征矢は煙を目がけて飛んだ。女は下界をみおろして冷笑うように、高く高く宙を舞って行った。千枝松はおそろしかった。それと同時に、言い知れない悲しさが胸に迫ってきて、彼は思わず声をあげて泣いた。

不思議な夢はこれで醒めた。

あくる朝になっても千枝松は寝床を離れることが出来なかった。ゆうべ不思議な夢におそわれたせいか、彼は悪寒がして頭が痛んだ。叔父や叔母は夜露にあたって冷えたのであろうと言った。叔母は薬を煎じてくれた。千枝松はその薬湯をすったばかりで、粥も喉には通らなかった。

「藻はどうしたか」

彼はしきりにそれを案じていながらも、意地の悪い病におさえ付けられて、いくらもがいても起きることが出来なかった。叔母も起きてはならないと戒めた。それから五日ばかりの間、彼は病の床に封じ込められて、藻の身の上にも、世間の上にも、どんな事件が起こっているか、なんにも知らなかった。

三

碧い空は静かに高く澄んでいるが、その高い空から急に冬らしい尖った風が吹きおろして来て、柳の影はきのうにくらべると俄に痩せたように見えた。大納言師道卿の屋形の築地の外にも、その柳の葉が白く散っていた。

ひとりの美しい乙女が屋形の四脚門の前に立って案内を乞うた。

「山科郷にわびしゅう暮らす藻（みくず）という賤（しず）の女（め）でござります。殿にお目見得（めみえ）を願いとうて参じました」

取次ぎの青侍（あおざむらい）は卑しむような眼をして、この貧しげな乙女の姿をじろりと睨（ね）めた。しかもその睨めた眼はだんだんにとろけて、彼は息をのんで乙女の美しい顔を穴のあくほどに見つめていた。藻はかさねて言った。

「承（うけたまわ）りますれば、関白さまの御沙汰として、独り寝の別れというお歌を召さるるとやら。不束（ふつつか）ながらわたくしも腰折れ一首詠み出（い）でましたれば、御覧に入（い）りょうと存じまして……」

彼女は恥ずかしそうに少しく顔を染めた。青侍は我に返ったようにうなずいた。

「おお、そうじゃ。関白殿下の御沙汰によって、当屋形の大納言殿には独り寝の別れという歌を広く世間から召し募（つの）らるる。そなたもその歌を奉（たてまつ）ろうとか。奇特（きどく）のことじゃ。しばらく待て」

もう一度美しい乙女の顔をのぞいて、彼は奥へはいった。柳の葉が乙女の上にまたははらはらと降りかかって来た。しばらく待たせて青侍は再び出て来て優しく言った。

「殿が逢おうとおっしゃる。子細（しさい）ない、すぐに通れ」

案内されて、藻は奥の書院めいたひと間へ通された。どこからか柔らかい香（こう）の匂いが流れて来て、在所（ざいしょ）育ちの藻はおのずと行儀を正さなければならなかった。あるじの大納言師道卿は彼女と親しく向かい合って坐った。敷島(しきしま)の道(みち)には上下の隔(へだ)てもないという優しい公家気質(くげかたぎ)から、大納言はこの賤の女にむかっても物柔らかに会釈(えしゃく)した。

「聞けば独り寝の別れの歌を披露しようとて参ったとか。堂上(どうじょう)でも地下(じげ)でも身分は論ぜぬ。ただ良(よ)い歌を奉ればよいのじゃ。名は藻とか聞いたが、父母(ちちはは)はいずこの何という者じゃな」

「父は……」と、言いかけて藻はすこしためらった。

しばらく待っていても次の句が容易に出て来ないので、師道は催促するように訊いた。

「身分は論ぜぬと申しながら、いらぬ詮議をするかとも思おうが、これは関白殿下の御覧に入るる歌じゃ。一応は詠人(よみびと)の身分を詮議し置かないでは、わしの役目が立たぬ。父は誰であれ、母は何者であれ、恥ずるに及ばぬ。憚(はばか)るにおよばぬ。ただ、正直に名乗ってくればよいのじゃ」

「母はもうこの世におりませぬ。父の名をあからさまに申し上げませいでは、歌の御披露はかないませぬか」と藻は聞き返した。

「かなわぬと申すではないが、まずおのれの身分を名乗って、それから改めて披露を頼むというがひと通りの筋道じゃ。父の名は申されぬか」

「はい」

「なぜ言われぬ。不思議じゃのう」と、師道はほほえんだ。「ははあ、聞こえた。父の名をさきに申し立てて、もしその歌が無下に拙いときには、家の恥辱になると思うてか。年端のゆかぬ女子としては無理もない遠慮じゃ。よい、よい。さらばわしも今は詮議すまい。何者の子とも知れぬ藻という女子を相手にして、その歌というのを見て取らそう。料紙か短冊にでもしたためてまいったか」

「いえ、料紙も短冊も持参いたしませぬ」と、藻は恥ずかしそうに答えた。

師道はすぐに硯や料紙のたぐいを運ばせた。この歌を広く世に募られてから、大納言の手もとへは毎日幾十枚の色紙や短冊がうずたかく積まれる。さすがは都、これほどの詠みびとが隠れているかと面白く思うにつけても、心に叶うような歌は一首も見いだされなかった。人の顔かたちを見て、もとよりその歌の高下を判ずるわけにはいかないが、この乙女の世にたぐいなき顔かたちと、そのさかしげな物の言い振りとを併せて考えると、師道の胸には一種の興味が湧いてきた。世にかくれたる才女が突然ここに現われて来て、自分を驚かすのではないかとも思われた。彼はじっと眼を据えて、乙女の筆のなめらかに走るのを見つめていた。

「お恥ずかしゅうござります」

藻は料紙をささげて、大納言の前に手をついた。師道は待ち兼ねたように読んだ。

　夜や更けぬ　閨のともしびいつか消えて　わが影にさへ別れてしかも

「ほう」と、彼は思わず感嘆の息をついて、料紙のおもてと乙女の顔とを等分に見くらべていた。想像は事実となって、隠れたる才女が果たして彼を驚かしに来たのであった。

「おお、あっぱれじゃ。見事じゃ。ひとり寝の別れという難題をこれほどに詠みいだす者は、都はおろか、日本じゅうにもあるまい。まことによう仕（つかまつ）った。奇特のことじゃ。関白殿下にも定めて御満足であろう。世は末世（まっせ）となっても、敷島（しきしま）の道はまだ衰えぬかと思うと、われらも嬉しい」

師道は幾たびか繰り返してその歌を読んだ。文字のあともあざやかであった。かれは感に堪えてしばらくは涙ぐんでいた。それにつけても彼はこの才女の身の上を知りたかった。

「今も聞く通りじゃ。これほどの歌はまたとあるまい。すぐに関白殿下に御披露申さねばならぬが、さてその時にこの詠みびとは何者じゃと問われたら、わしは何と申してよかろう。もうこの上は隠すにも及ぶまい。いずこの誰の子か、正直に明かしてくりゃれ」

「どうでも申さねばなりませぬか」と、藻は思い煩（わずら）うように言った。「身分の御詮議がむずかしゅうござりまするなら、詠みびと知らずとなされて下さりませ」

「それもそうじゃが、なぜ親の名をいわれぬかのう」

「申し上げられませぬ。わたくしはこれでお暇（いとま）申し上げまする」

言い切って、藻はしとやかに座を起（た）った。その凜とした威に打たれたように、大納言は無理に引き留めることも出来なかった。彼はこの美しい不思議な乙女のうしろ姿を夢のように見送っていたが、急に心づいて青侍を呼んだ。

「あの乙女のあとをつけて、いずこの何者か見とどけてまいれ」

青侍を出してやって、師道は再び料紙を手に取って眺めた。容貌といい、手蹟といい、これほどの乙女が地下の者の胤であろうはずがない。あるいは然るべき人の姫ともあろう者が、このようないたずらをして興じているのか。ただしは鬼か狐か狸か。彼もその判断に迷っていると、日の暮れる頃になって青侍が疲れたような顔をして戻って来た。

「殿。あの乙女の宿は知れました」

「おお、見とどけて参ったか」

「京の東、山科郷の者でござりました。あたりの者に問いましたら、父はそのむかし北面の武士で坂部庄司なにがしとか申す者じゃと教えてくれました」

「北面の武士で坂部なにがし……」と、大納言は眼をとじて考えていたが、やがて思い出したように膝を打った。「おお、それじゃ。坂部庄司蔵人行綱……確かにそれじゃ。彼は大床の階段の下で狐を射損じたために勅勘の身となった。その後いずこに忍んでいるとも聞かなんだが、さては山科に隠れていて、藻は彼の娘であったか。親にも生まれまさった子を持って、彼はあっぱれの果報者じゃ」

藻が父の名をつつんだ子細もそれで判った。勅勘の身を憚ったのである。父が教えたか、娘が自分に思いついたか、そのつつましやかな心根を大納言はゆかしくもまたあわれにも思った。彼はその夜すぐに関白忠通卿の屋形に伺候して、世にめずらしい才女の現われたことを報告すると、関白もその歌を読みくだして感嘆の声をあげた。

あらためて註するまでもないが、源の俊頴の歿後は和歌の道もだんだん衰えてきたのを、再び昔の盛りにかえそうと努めたのは、この忠通卿である。久安百首はこの時代の産物で、男には俊成がある。清輔がある。隆季がある。女には堀川がある。安芸がある。小大進がある。国歌はあたかも再興の全盛時代であった。その時代の名ある歌人すらもみな詠み悩んだ「独り寝のわかれ」の難題を、名も知らぬ賤の乙女がこう易やすと詠み出したのであるから、関白や大納言が驚歎の舌をまいたのも無理はなかった。

「父は勅勘の身ともあれ、娘には子細あるまい。予が逢いたい。すぐに召せ」と、忠通は言った。

関白家のさむらい織部清治はあくる日すぐに山科郷へゆき向かって、坂部行綱の侘び住居をたずねた。思いも寄らぬ使者をうけて、行綱もおどろいた。彼は娘が大納言の屋形へ推参したことをちっとも知らなかったのであった。その頃の女のたしなみとして、行綱は娘にも和歌を教えた。しかしそれが当代の殿上人を驚かすほどの名誉の歌人になっていようとは夢にも知らなかった。彼は驚いてまた喜んだ。彼は父に無断で大納言の屋形に推参した娘の大胆を叱るよりも、それほどの才女を我が子にもったという親の誇りに満ちていた。

「せっかくのお召し、身に余ってかたじけのうはござりますけれど……」

言いかけて彼はすこしためらった。貧と病とに呪われている彼は、関白殿下の御前にわが子を差し出すほどの準備がなかった。いかに磨かぬ珠だといっても、この寒空にむかって肌薄な萌黄地の小振袖一重で差し出すのは、自分の恥ばかりでない、貴人に対して礼儀を欠いているという懸念もあった。使者もそれを察していた。清治は殿よりの下され物だといって、美しい染め絹の大振袖ひとかさねを行綱の前に置いた。

「重々の御恩、お礼の申し上げようもござりませぬ」

行綱はその賜り物を押し頂いて喜んだ。使者に急き立てられて、藻はすぐに身仕度をした。門の柿の木の下には清治の供が二人控えていた。いたずら者の大鴉もきょうは少し様子が違うと思ったのか、紅い柿の実を遠く眺めているばかりで迂闊に近寄って来なかった。

「御前、よろしゅうお取りなしをお願い申す」と、行綱は縁端までいざり出て言った。

「心得申した。いざ参られい」

藻のあとさきを囲んで、清治と下人らが門を出ようとするところへ、千枝松が来た。彼はまだ病みあがりの蒼い顔をして、枯枝を杖にして草履をひきずりながら辿って来た。彼は藻をひと目見てあっと驚いたが、そばには立派な侍が物々しい顔をして警固しているので、彼はむやみに声をかけることも出来なかった。

　隣りの陶器師の店の前に突っ立って、彼は見違えるように美しくなった藻の姿を呆れたように眺めていると、陶器師の翁も婆も眼を丸くして簾のあいだから窺っていた。藻はそれらに眼もくれないように、形を正して真っ直ぐにあるいて行った。千枝松はもう堪らなくなって声をかけた。

「藻よ。どこへ行く」

　彼女は振り向きもしなかった。一種の不安と不満とが胸にみなぎってきて、千枝松は前後の考えもなしに女のそばへ駈け寄った。

「これ、藻。どこへゆく」と、彼はまた訊いた。

「ええ、邪魔するな。退け、のけ」

　清治は扇で払いのけた。勿論、強く打つほどの気でもなかったのであろうが、手のはずみでその扇が千枝松の頬にはたとあたった。

　彼は赫となって思わず杖をとり直したが、清治の怖い眼に睨まれてすくんでしまった。藻は知らぬ顔をして悠々とゆき過ぎた。

塚の祟り

一

「おお、入道よ。ようぞ見えられた」

関白忠通卿はいつもの優しい笑顔を見せて、今ここへはいって来たひと癖ありそうな小作りの痩法師を迎えた。法師は少納言通憲入道信西であった。当代無双の宏才博識として朝野に尊崇されているこの古入道に対しては、関白も相当の会釈をしなければならなかった。ことに学問を好む忠通は日頃から信西を師匠のようにも敬っていた。

「きょうは藻という世にもめずらしい乙女がまいるはずじゃ。入道もよい折柄にまいられた。一度対面してその鑑定をたのみ申したい」と、忠通はまた笑った。

「藻という乙女……。それは何者でござるな」と、信西もその険しい眉をやわらげてほほえんだ。

「これ見られい。この歌の詠みびとじゃ」

関白の座敷としては、割合に倹素で、忠通の座右には料紙硯と少しばかりの調度が置かれてあるばかりであった。忠通は一枚の料紙をとり出して入道の前に置くと、信西はその歌を読みかえして、長い息をついた。

「なにさまよう仕ったのう。ひとり寝の別れという難題をこれほどに詠みいだすものは、世におそらく二人とはござるまい。して、その乙女は何者でござるな。身はうき草の根をたえて、水のまにまに流れてゆく、藻とは哀れに優しい名じゃ」と、彼は再びその料紙を手にとり上げて、見とれるように眺めていた。

それがさきに勅勘を蒙った坂部庄司蔵人行綱の娘であると言い聞かされて、信西はまた眉を皺めた。彼は蔵人行綱の名を記憶していなかった。自分の記憶に残っていないくらいであるから、行綱の人物も大抵知れてあるように思われた。その行綱がこれほどの才女を生み出したというのは、世にも珍しいことである。彼もその藻という乙女をひと目見たいと思った。

「では、その乙女をきょう召されましたか」

「大納言のことばによれば、世にたぐいないかとも思わるるほどの美しい乙女じゃそうな。一度逢うて見たいと思うて、きょう呼び寄せた。もうやがて参るであろうよ」

幾分か優柔という批難こそあれ、忠通は当代の殿上人のうちでも気品の高い、心ばえの清らかな、まことに天下の宰相として恥ずかしからぬ人物であった。彼は色を好まなかった。年ももう四十に近い。美しい乙女ということばが彼の口から出ても、それが何のけしからぬ意味をも含んでいないことは相手にもよく判っていた。客もあるじも十六夜の月を待つような、風流なのびやかな、さりとて一種の待ちわびしいような心持で、その美しい乙女のあらわれて来るのを待っていた。

「藻が伺候つかまつりました。すぐに召されまするか」

織部清治は来客の手前を憚って、主人の顔色をうかがいながらそっと訊くと、忠通はすぐに通せと言った。やがて清治に案内されて、藻は庭さきにはいって来た。

ここは北の対屋の東の庭であった。午すぎの明るい日は建物の大きい影を斜めに地に落として、その影のとどかない築山のすそには薄紅い幾株かの楓が低く繁って、暮れゆく秋を春日絵のようにいろどっていた。藻はその背景の前に小さくうずくまって、うやうやしく土に手をついた。

「いや、苦しゅうない。これへ召しのぼせて藁蓐をあたえい」と、忠通はあごで招いた。

清治は心得て、藻を縁にのぼらせた。そうして藁の円座を敷かせようとしたが、藻は辞退して板縁の上に行儀よくかしこまった。

「予は忠通じゃ。そちは前の蔵人坂部庄司の娘、藻と申すか」と、忠通は向き直って声をかけた。

「おおせの通り、坂部行綱のむすめ藻、初めてお目見得つかまつりまする」

彼女は謹んで答えると、信西も軽く会釈した。

「わしは少納言信西じゃ」

「遠慮はない。おもてをあげて見せい」

関白に再び声をかけられて、藻はしずかに頭をあげた。彼女の顔は白い玉のように輝いていた。彼女の眉は若い柳の葉よりも細く優しくみえた。彼女の眼は慈悲深い観音のそれよりもやわらかく清げに見えた。その尊げな顔、その優しげなかたち、これが果して人間の胤（たね）であろうかと、色を好まない忠通も思わず驚歎の息をのんで、この端麗なる乙女の顔かたちをのぞき込むように眺めていた。六十に近い信西入道も我にもあらで素絹（そけん）の襟をかき合わせた。

「年は幾つじゃ」と忠通はまた訊いた。

「十四歳に相成りまする」

「ほう、十四になるか。才ある生まれだけに、年よりまして見ゆる。歌は幾つの頃から誰に習うた」

この問いに対して、藻はあきらかに答えた。自分は字音（じおん）仮名づかいを父に習ったばかりで、これまで定まった師匠について学んだことはない。いわば我流でお恥ずかしいと言った。その偽らない、誇りげのない態度が、いよいよ忠通の心をひいた。彼はさらに打ち解けて言った。

「なにびとも詠み悩んだ独り寝の別れの難題を、よう仕った者には相当の褒美を取らそうと、忠通かねて約束してある。そちには何を取らそうぞ。金か絹か、調度のたぐいか、なんなりとも望め」

藻の涙は染め絹の袖にはらはらとこぼれた。

「ありがたいおおせ。つたない腰折れをさばかりに御賞美下されまして、なんなりとも望めとある、そのおなさけに縋って、藻一生のお願いを憚りなく申し上げてもよろしゅうござりましょうか」

「おお、よい、よい。包まずに申せ」と、忠通は興ありげにうなずいた。

「父行綱が御赦免を……」

言いかけて、彼女は恐るおそる縁の上に平伏した。忠通と信西とは眼をみあわせた。

忠通の声はすこし陰った。

「優しいことを申すよのう。恩賞として父の赦免を願うか」

この願いは二様の意味で忠通のこころを動かした。第一は乙女の孝心に感じさせられたのと、もう一つには自分の過去に対する微かな悔み心を誘い出されたのとであった。北面の行綱に狐を射よと命じたのは自分である。行綱が仕損じた場合に、ひどく気色を損じたのも自分である。勅勘とはいえ、そのとき自分に彼を申しなだめてやる心があれば、行綱はおそらく家の職を剥がれずとも、済んだのであろう。勿論、彼にも落度はあるが、さまでに厳しい仕置きをせずともよかったものをと、その当時にもいささか悔むくや心のきざしたのを、年月としつきの経つにつれて忘れてしまった。それが今度の歌から誘い出されて、北面行綱の名が忠通の胸によみがえった。まして自分の眼の前には、美しい乙女が泣いて父の赦免を訴えているではないか。忠通もおのずと涙ぐまれた。

「そちの父は勅勘の身じゃ。忠通の一存でとこうの返答はならぬが、その孝心にめでて願いの趣きは聞いて置く。時節を待て」

この時代、関白殿下から直接にこういうお詞ことばがかかれば、遅かれ速かれ願意のつらぬくのは知れているので、藻は涙を収めてありがたくお礼を申し上げた。御前の首尾のよいのを見とどけて、清治は藻に退出をうながした。

「また召そうも知れぬ。その折りには重ねてまいれよ」

忠通は当座の引出物ひきでものとして、うるわしい色紙短冊と、紅葉もみじがさねの薄葉うすようとを手ずから与えた。そうして、この後ともに敷島の道に出精しゅっせいせよと言い聞かせた。藻はその品々を押しいただいて、清治に伴われて元の庭口からしずかに退出した。

「さかしい乙女じゃ、やさしい乙女じゃ。独り寝の歌をささげたも、身の誉れを求むる心でない。父の赦免を願おうためか。さりとは哀れにいじらしい」と、忠通は彼女のうしろ姿をいつまでも見送って再び感歎の溜息を洩らした。

信西は黙っていた。定めてなんとか相槌を打つことと思いのほか、相手は固く口を結んでいるので、忠通はすこし張り合い抜けの気味であった。彼は信西の返事を催促するように、また言った。

「あれほどの乙女を草の家に朽ちさするはいとおしい。眉目形といい、心ばえといい、世にたぐいなく見ゆるものを……。のう、入道。あれをわが屋形に迎い取って教え育て、ゆくゆくは宮仕えをもさしょうと思うが、どうであろうな」

信西は眼をとじて黙っていた。彼の険しい眉は急に縮んだかと思われるように迫ってひそんで、ひろい額には一本の深い皺を織り込ませていた。彼が大事に臨んで思案に能わぬ時に、いつもこうした物凄い人相を現わすことを忠通もよく知っていた。知っているだけに、なんだか不思議にも不安にも思われた。

「入道。どうかおしやれたか」

重ねて呼びかけられて、信西は初めて眼をひらいたが、何者をか畏るるようにその眼を再び皺めて、しばらくは空をにらんでいた。そうして、呻くようにただひと言いった。

「不思議じゃのう」

それは藻が屋形の四脚門を送り出された頃であった。

二

千枝松は自分の家へいったん帰って、日のかたむく頃にまた出直して来た。彼は藻が見違えるような美しい衣（きぬ）を着て、見馴れない侍に連れてゆかれるのを見て、驚いて怪しんでその子細を聞きただそうとしたが、藻は彼には眼もくれないで行き過ぎてしまった。侍は扇で彼を打った。くやしいと悲しいとが一つになって、彼の眼にはしずくが宿った。彼は藻のひと群れのうしろ姿が遠くなるまで見送っていたが、それからすぐに藻の家へ行った。藻が関白の屋形へ召されたことを父の行綱から聞かされて、彼もようやく安心したが、屋形へ召されてからさてどうしたか、彼の胸にはやはり一種の不安が消えないので、家へ帰っても落ち着いていられなかった。

「病みあがりじゃ。もう日が暮るるにどこへゆく」と、叔母が叱るのをうしろに聞き流して、千枝松はそっと家をぬけ出した。

もう申（さる）の刻を過ぎたのであろう。綿のような秋の雲は、まだその裳（もすそ）を夕日に紅く染めていたが、そこらの木蔭からは夕暮れの色がもうにじみ出してきて、うすら寒い秋風が路ばたの薄の穂を白くゆすっていた。千枝松はけさとおなじように枯枝を杖にしてたどって来ると、陶器師の翁は門に立って高い空をみあげていた。

「千枝まよ。また来たか。藻はまだ戻るまいぞ」と、翁は笑いながら言った。

「まだ戻らぬか」と、千枝松は失望したように翁の顔を見つめた。「関白殿の屋形へ召されて、今頃まで何をしているのかのう」

「ここから京の上(かみ)まで女子の往き戻りじゃ。それだけでも相当のひまはかかろう。どうでも藻に逢いたくば、内へはいって待っていやれ。暮れるとだんだん寒うなるわ」

翁は両手をうしろに組みあわせながら、くさめを一つして簾(すだれ)のなかへ潜(くぐ)ってはいった。千枝松も黙って付いてはいると、婆は柴を炉にくべていた。

「病みあがりに朝晩出あるいて、叔母御がなんにも叱らぬかよ」と、婆はけむそうな眼をして言った。「おまえも藻にはきつい執心(しゅうしん)じゃが、末は女夫(めおと)になる約束でもしたのかの」

千枝松の顔は今燃え上がった柴の火に照らされて紅くなった。彼は煙を避けるように眼を伏せて黙っていた。

「そりゃ銘々の勝手じゃで、わしらの構うたことではないが、お前知っていやるか。この頃の藻の様子がどうも日頃とは違うている。現にこのあいだの夜もお前や爺さまにあれほどの世話を焼かせて、その明くる朝ゆき逢うてもろくろくに会釈もせぬ。今までのおとなしい素直な娘とはまるで人が違うたような。のう、爺さま」

人の好い翁は隣りの娘の讒訴(ざんそ)をもう聞き飽きたらしい。ただ黙ってにやにや笑っていた。その罪のない笑顔と、意地悪そうな婆の皺づらとを見くらべながら、千枝松はやはり黙って聞いていると、婆はさらに唇をそらせて、そのまだらな歯をむき出した。

「まだそればかりでない。わしは不思議なことを見た。おとといの宵に隣り村まで酒買いにゆくと、そこの川べりの薄や蘆が茂ったなかに、藻が一人で立っていた。立っているだけなら別に子細もないが、片手に髑髏（されこうべ）を持って、なにやら頭の上にかざしてでもいるような。わしも薄気味が悪うなって、そっとぬき足をして通り過ぎた」

その髑髏はかの古塚から抱えてきたものに相違ないと千枝松はすぐに覚ったが、藻がいつまでもそれを大切に抱えていて、なぜそんな怪しい真似をしていたのか、それは彼にも判らなかった。

「わしもその後しばらく藻に逢わぬが、毎晩そのようなことをしているのであろうか」

と、千枝松は心もとなげに婆に訊いた。

「わしも知らぬ。わしの見たのはただ一度じゃ。なぜそのようなことをしていたのか、お前逢うたらきいてお見やれ」

「はは、なんのむずかしく詮議することがあろうか」と、翁は急に笑い出した。「宵の薄暗がりで婆めが何か見違えたのじゃ。さもなくば、人の見ぬ頃をはかって、そこらの川へ捨てに行ったのであろう。髑髏を額にかざして冠（かんむり）にもなるまいに。ははははは」

むぞうさに言い消されて、婆は躍気（やっき）となった。彼女は手真似をまぜてその時のありさまを詳しく説明した。その間に彼は幾たびか柴の煙にむせた。

「なんの、わしが見違えてよいものか。藻はたしかに髑髏を頭に頂いていたのじゃ」

「こりゃじい様のいう通り、なにかの見違えではあるまいかのう」と、千枝松は不得心らしい顔をして側から喙をいれた。

左右に敵を引き受けて、婆はいよいよ口を尖らせた。

「はて、お前らは見もせいで何を言うのじゃ。わしはその場へ通りあわせて、二つの眼でたしかにそれを見とどけたのじゃ」

「見たというても老いの眼じゃ。その魚のような白い眼ではのう」と、千枝松はあざ笑った。

「なんじゃ、さかなの眼じゃ」と、婆は膝を立て直した。「これでもわしの眼は見透しじゃ。お前らのような節穴と一つになろうかい」

「なにが節穴じゃ」と、千枝松も居直った。

「そんならわしを、さかなの眼となぜ言やった」

「そのように見ゆるから言うたのじゃ」

二人が喧嘩腰になって口から泡をふこうとするのを、翁はまたかというように笑いながらしずめた。

「はて、もうよい、もうよい。隣りの娘が髑髏を頂こうと、抱えようと、わしらになんの係り合いもないことじゃ。角目立って争うほどのこともないわ。千枝まはとかくに婆めと仲がようないぞ。二人を突きあわせて置いては騒々しくてならぬ。千枝まはもう帰って、あしたまた出直して来やれ」

「そうじゃ。爺さまがこんな阿呆を誘い入れたのが悪い」と、婆は焚火越しに睨んだ。

「ここはわしらの家じゃ。お前を置くことはならぬ。早う帰ってくりゃれ」

「おお、帰らいでか。わしがことを阿呆とよう言うたな。おのれこそ阿呆の疫病婆じゃ」

呶鳴り散らして、千枝松はそこをついと出ると、外はもう暮れていた。その薄暗いなかに女の顔がほの白く浮かんで見えた。女は小声で彼の名を呼んだ。

「千枝ま」

それは藻であった。千枝松はころげるように駈け寄った。

「おお、藻。戻ったか」

「お前、隣りの家で何かいさかいでもしていたのか。阿呆の、疫病のと、そのような憎て口は言わぬものじゃ」

「じゃというて、あの婆め。何かにつけてお前のことを悪う言う。ほんにほんに憎い奴じゃ。今もお前が髑髏を頭に乗せていたの何のと、見て来たように言い触らしてわしをなぶろうとしいる」と、千枝松はうしろを見返って罵るように言った。

藻は案外におちついた声で言った。

「あの婆どのもお前がいうように悪い人でもない。わたしが髑髏を持っているところを、婆どのは確かに見たのであろう。その訳はこうじゃ。このあいだの晩、わたしが枕にしていた白い髑髏はどこの誰の形見か知らぬが、わたしの身に触れたというも何かの因縁じゃ。回向してやりたいと思うて持ち帰って、仏壇にそっと祀って置いたを父さまにいつか見付けられて、このような穢れたものを家へ置いてはならぬ。もとのところへ戻して来いと叱られたが、あの森へは怖ろしゅうて二度とは行かれぬ。おまえに頼もうと思うても、あいにくにお前は見えぬ。よんどころなしにあの川べりへ持って行って普門品を唱えて沈めて来た。隣りの婆どのは丁度そこへ通りあわせて、わたしが髑髏を押し頂いているところを見たのであろう。訳を知らぬ人が見たら不思議に思うも無理はない。婆どのはお前をなぶろうとしたのではない。ほんのことを正直に話したのじゃ」

「そうかのう」

千枝松もはじめてうなずいた。藻が薄暗い川べりに立って髑髏をかざしていた子細も、これで判った。陶器師の婆が根もないことを言い触らしたのでないという証拠もあがった。彼は一時の腹立ちまぎれに喧嘩を売って、人のよいじいさまの気を痛めたことを少し悔むようになってきた。

「それからきょうは関白殿の屋形へ召されて、御前の首尾はどうであった」

「首尾は上々じゃ」と、藻は誇るように言った。「色紙やら短冊やらいろいろの引出物をくだされた。帰りも侍衆が送って来てくれたが、侍衆の話では、わたしをお屋形へ御奉公に召さりょうも知れぬと……」

「なんじゃ、御奉公に召さるると……。して、その時はどうするつもりじゃ」と、千枝松はあわただしく訊いた。

「どうするというて……。ありがたくお受けするまでじゃ。もしそうなれば思いも寄らぬ身の出世じゃと、父(とと)さまも喜んでいやしゃれた」

秋の宵闇は二人を押し包んで、女の白い顔ももう見えなくなった。その暗い中から彼女の顔色を読もうとして、千枝松は梟(ふくろう)のように大きい眼をみはった。

「お受けする……。関白殿の屋形へまいるか。お宮仕えは一生の奉公と聞いておる。それほどで無(の)うても、三年や五年でお暇(いとま)は下されまいに、お前はいつここへ戻って来るつもりじゃ」

「それはわたしにも判らぬ。三年か五年か、八年か十年か、一生か」と、藻は平気で答えた。

それでは約束が違うと言いたいのを、千枝松はじっと噛み殺して、しばらく黙っていた。勿論、二人のあいだに表向きの約束はない。行く末はどうするということを、藻の口からあらわに言い出したこともない。父の行綱も娘をお前にやろうと言ったことはない。しょせんは言わず語らずのうちに千枝松が自分ぎめをしていたに過ぎないのである。この場合、彼は藻にむかって正面からその違約を責める権利はなかった。しかし彼は悲しかった。口惜しかった。腹立たしかった。どう考えても藻を宮仕えに出してやりたくなかった。

「その身の出世というても、出世するばかりが人間の果報でもあるまいぞ。奉公などやめにしやれ」と彼は率直に言った。

藻はなんにも言わなかった。

「いやか。どうでも関白殿の屋形へまいるのか」と、千枝松は畳みかけて言った。「わしの叔母御のところへ来て烏帽子を折り習いたいというたは嘘か。お前はわしに偽(いつわ)ったか」

彼はこの問題をとらえて来て、女の違約を責める材料にしようと試みたが、それは手もなく跳ね返された。

「そりゃ御奉公しようとも思わぬ昔のことじゃ」

「その昔を忘れては済むまい」

暗いなかでは女の顔色を窺うことはできないので、千枝松はじれて藻の手をつかんだ。そうして隣りの陶器師の門までひいてゆくと、炉の火はまばらな簾を薄紅く洩れて、女の顔が再び白く浮き出した。千枝松はその顔をのぞき込んで言った。

「これほど言うてもお前はきかぬか。わしの頼みを聞いてくれぬか。のう、藻。わしは来年は男になって、烏帽子折りの商売(あきない)をするのじゃ。わしが腕かぎり働いたら、お前たち親子の暮らしには事欠かすまい。宮仕えなどして何になる。結局は地下で暮らすのが安楽じゃ。第一おまえが奉公に出たら、病気の父御はなんとなる。誰が介抱すると思うぞ。わが身の出世ばかりを願うて、親を忘れては不孝じゃぞ」

第一の抗議で失敗した彼は、さらに孝行の二字を控え綱にして、女の心をひき戻そうとあせったが、それもすぐに切り放された。

「わたしが奉公するとなれば、父さまの御勘気も免るる。殿に願うて良い医師を頼むことも出来る。なんのそれが不孝であろうぞ」

千枝松はあとの句を継ぐことが出来なくなった。

藻は勝ち誇ったように笑った。

「おまえとも久しい馴染みであったが、もうこれがお別れになろうも知れぬ。今もお前が言うた通り、来年は男になって、叔父さまや叔母さまに孝行しなされ」

彼女は幽霊のように元の闇に消えてしまった。

三

千枝松はその晩眠らずに考えた。

「陶器師の婆の言うたに嘘はない。藻はむかしの藻でない。まるで生まれ変わった人のような」

あしたはもう一度たずねて行って、今度はなんといって口説き伏せようかと、彼は疲れ切った神経をいよいよ尖らせて、秋の夜長をもだえ明かした。あかつきの鶏の啼く頃から彼はまたもや熱がたかくなった。

「それお見やれ。しかと癒り切らぬ間にうかうかと夜歩きをするからじゃ」と、彼は叔母からまた叱られた。叔父からも命知らずめと叱られた。

そうして、四日ばかりは外出を厳しく戒められた。

いかにあせっても、千枝松は動くことが出来なかった。四日目の朝には気分が少し快くなったので、叔母が買物に出た留守を狙って、彼は竹の杖にすがって家を這い出した。三、四日のうちに今年の秋も急に老けて、畑の蜀黍もみな刈り取られてしまったので、そこらの野づらが果てしもなく遠く見渡された。千枝松は世界が俄に広くなったように思った。そうして、晴ればれしいというよりも、なんだか頼りないような悲しい思いに涙ぐまれた。彼は重い草履を引きずってとぼとぼと歩いて来た。

藻の門の柿の梢がようように眼にはいったと思う頃に、彼は陶器師の翁に逢った。翁は野菊の枝を手に持って、寂しそうに俯向き勝ちに歩いていた。ふたりは田圃路のまん中で向かい合った。

「じいさま。どこへゆく」

挨拶なしで行き違うわけにもいかないので、千枝松の方からまず声をかけると、翁はゆがんだ烏帽子を押し直しながら、いつもの通りに笑っていたが、その頤には少し痩せがみえた。

「これじゃ。婆の墓参りじゃ」と、彼は手に持っている紅い花を見せた。

「婆どのが死んだか」と、千枝松もさすがに驚かされた。「いつ死なしゃれた。急病か」

「おお、丁度おまえが来て、いさかいをして帰った晩じゃ」

その夜ふけにそっと戸を叩いた者がある。婆はいつもの寝坊に似合わず、すぐに起きて戸をあけた。外には誰が立っていたのか知らないが、彼女はそのまますると表へ出て行って、夜の明けるまで帰って来なかった。翁も不思議に思って近所に聞き合わせたが、なにぶんにも夜更けのことで誰も知っている者はなかった。だんだん猟り尽くした揚げ句に、翁はふと過日の杉の森を思いついて、念のために森の奥へはいってみると、婆は藻と同じようにかの古塚の下に倒れていた。しかし彼女は何者にか喉を啖い破られていて、とてもその魂を呼びかえすすべはなかった。葬いは近所の人たちの手を借りて、その明くる日の夕方にとどこおりなく済ませたと、翁も顔を陰らせながら話した。

千枝松も眉を寄せて、この奇怪な物語に耳をかたむけていると、翁はまた言った。

「わしの考えでは、それもみんな古塚の祟りじゃ。わしらがあの森の奥へむざと踏み込んだので、その祟りがわしの身にはかからいで、婆の上に落ちかかって来たのじゃ。婆めは塚の主にひき寄せられて、あの森の奥に屍をさらすようになったのであろう。千枝まよ、お前もまんざら係り合いがないでもない。婆めはあの丘の裾に埋めてある。暇があったら一度はその墓を拝んでやってくれ。生きている間は仇同士のようにしていても、死ねば仏じゃ。どうぞ回向を頼むぞよ」

こう言っているうちに、翁はだんだんにふだんの笑顔にかえった。しかし千枝松は笑っていられなかった。俄に物の祟りということが怖ろしくなってきて、さらでも寒い朝風に吹きさらされながら彼は鳥肌の身をすくめた。

「それは気の毒じゃ。わしもきっと拝みにゆく」

翁に別れてふた足三足行きかかると、彼はあとから呼び戻された。

「千枝まよ。まだ言い残したことがある。藻はもう家にいぬぞよ」

千枝松の顔色は変わった。翁は戻って来て気の毒そうに言った。

「婆めの弔いのときには藻も来て手伝うてくれたが、その明くる日に、都からまたお使いが来たそうで、すぐに御奉公にあがることに決まって、きのうの午頃にいそいそして出て行ったよ」

渡り鳥が二人の頭の上を高くむらがって通ったので、翁は思わず空をみあげた。千枝松は俯向いてくちびるを噛んでいた。

「詳しいことは庄司どのにきいてお見やれ。婆がいなくなったので寂しゅうてならぬ。

わしが家へも相変わらず遊びに来てくれよ」

千枝松はうなずいて別れた。

仇のように憎んでいた疫病婆でも、その死を聞けばさすがに悲しかった。その奇怪な死にざまはさらに怖ろしかった。しかし今の千枝松に取っては、婆の死も塚の祟りももう問題ではなかった。彼は半分夢中で藻の家へ急いでゆくと、行綱は蒲団の上に起き直っていた。

「おお、いつも見舞うてくれてかたじけない」と、行綱はいつになく晴れやかな眼をして言った。「そなたと仲好しであった藻は、関白殿の屋形へ召されて行った。わしもまだ起き臥しも自由でない身の上で、介抱の娘を手放してはいささか難儀じゃと思うたが、第一にはあれの出世にもなること、ひいてはわしの仕合わせにもなることじゃで、思い切って出してやった。行く末のことは判らぬが、一度御奉公に召されたからは五年十年では戻られまい。そなたも藻とは久しい馴染みじゃ。娘の出世を祝うてくりゃれ」

千枝松はもう返事が出なかった。聞くだけのことを聞いてしまって、彼はすぐに外へ出ると、門の柿の梢には鴉のついばみ残した大きい実が真っ紅にただれて熟して、その腐った葉が時々にはらはらと落ちていた。彼は陰った眼をあげてその梢をみあげているうちに、熱い涙が頬を伝って流れ出した。

藻は自分を捨てて奉公に出てしまった。五年十年、あるいはもう一生戻らないかもしれない。それを思うと、彼はむやみに悲しくなった。来年から一人前の男になって烏帽子折りのあきないに出るという楽しみも、藻というものがあればこそで、その藻が鳥のように飛んで行ってしまって、再び自分の籠には戻らないと決まった以上、自分はこの後になにを楽しみに働く。なにを目あてに生きてゆく。

千枝松はこの世界が俄に暗黒になったように感ずると同時に、まだほんとうに癒り切らない病の熱がまた募ってきた。彼の総身は火に灼かれるように熱くなった。彼は息苦しいほどに喉がかわいてきたので、隣りの陶器師のうちへ転げ込んで一杯の水を飲もうとしたが、翁の留守を知っているので、さすがに遠慮した。彼は杖を力にして近所の川べりへさまよって行った。

ここは藻と一緒にたびたび遊びに来た所である。このあいだも十三夜の薄を折りに来た所である。二人が睦まじくならんで腰をかけた大きい柳はそのままに横たわって、秋の水は音もなしに白く流れている。

千枝松は水のきわに這い寄って、冷たい水を両手にすくってしたたかに飲んだが、総身はいよいよ燃えるようにほてって、眼がくらみそうに頭がしんしんと痛んで来た。彼はもう立って歩くことが出来なくなったので、杖をそこに捨ててしまった。蟹のように這ってあるいて、枯れた蘆や薄の叢をくぐって、ともかく往来まで顔を出したが、彼はまた考えた。

「もういっそ、死んだがましじゃ」
藻を失った悲しみと病にさいなまるる苦しみを忘れるために、いっそこの水の底へ沈んでしまおうと、彼は咄嗟のあいだに覚悟をきめた。彼は再び水のきわへ這い戻って、蒼ざめた顔を水に映した一刹那に、うしろからその腰のあたりを引っ掴んで不意にひき戻した者があった。

「これ、待て」

それは下部らしい小男であった。くずれた堤の上にはその主人らしい男が立っていた。もう争うほどの力もない千枝松は、子供につかまれた狗ころのように堤のきわまでずるずると曳き摺られて行った。

「お前はそこに何をしている」と、主人らしい男は彼に徐かに訊いた。男は三十七、八でもあろう。水青の清らかな狩衣に白い奴袴をはいて、立烏帽子をかぶって、見るから尊げな人柄であった。彼は鼻の下に薄い髭をたくわえていた。優しいながらもどこやらに犯し難い威をもった彼の眼のひかりに打たれて、千枝松は土に手をついた。

「見れば顔色もようない」と、男は重ねて言った。「おまえは怪異に憑かれて命をうしなうという相が見ゆる。あぶないことじゃ」

「殿のおたずねじゃ。つつまず言え。おのれ入水の覚悟であろうが……」と、下部は叱るように言った。

「わしは播磨守泰親じゃ。何者の子か知らぬが、おまえの命を救うてやりたい。死ぬる子細をつぶさに申せ」

泰親の名を聴いて、千枝松もおもわず頭をあげて、自分の前に立っているその人の顔を恐るおそる仰いで視た。播磨守泰親は陰陽博士安倍晴明が六代の孫で、天文亀卜算術の長として日本国に隠れのない名家である。その人の口からお前には怪異が憑いているとしめされて、千枝松はいよいよ怖ろしくなった。

彼は泰親の前で何事もいつわらずに語った。泰親は眼をとじてしばらく勘考していたが、やがてまた徐かに言った。

「その藻とやらいう女子の住み家はいずこじゃ。案内せい」

泰親はなにやら薬をとり出してくれた。それを飲むと千枝松は俄に神気がさわやかになった。彼は下部にたすけられて行綱の家の前までたどってゆくと、泰親は立ち停まって家のまわりを見廻した。それからさらに眉を皺めて家の上を高く見あげた。

「凶宅じゃ」

柿の梢にはいつもの大きい鴉が啼いていた。

花の宴

一

それから年のこよみが四たび変わって、仁平二年の春が来た。

この三、四年は疫病神もどこへか封じ込められて、そのあらぶる手を人間の上に加えなかった。ややもすれば神輿を振り立てて暴れ出す延暦寺の山法師どもも、この頃はおとなしく斎の味噌汁をすすって経を読んでいるらしい。長巻のひかりも高足駄の音も都の人の夢を驚かさなかった。検非違使の吟味が厳しいので盗賊の噂も絶えた。火事も少なかった。嵐もなかった。この世の乱れも近づいたようにおびえていた平安朝末期の人の心もいつか弛んで、再び昔ののびやかな気分にかえると、そのゆるんだ魂の緒をさらにゆるめるように、ことしの春はうららかに晴れた日がつづいた。野にも山にも桜をかざして群れ遊ぶ人が多いので、浮かれた蝶はその衣の香を追うに忙しかった。

関白忠通卿が桂の里の山荘でも、三月のなかばに花の宴（うたげ）が催された。氏（うじ）の長（おさ）という忠通卿の饗宴に洩れるのは一代の恥辱であると言い囃（はや）されて、世にあるほどの殿上人は競ってここに群れ集まった。濡るるとも花の蔭にてという風流の案内であったが、春の神もこの晴れがましい宴の莚（むしろ）を飾ろうとして、この日は朝から美しい日の光が天にも地にも満ちていた。

　風流の道に魂を打ち込んで、華美（はで）がましいことを余り好まなかった忠通も、一昨年初めて氏（うじ）の長者（ちょうじゃ）と定められてから、おのずと心も驕（おご）って来た。世の太平にも馴れて来た。この当時の殿上人が錦を誇る紅葉（もみじ）のなかで、彼は飾りなき松の一樹と見られていたのが、いつか時雨（しぐれ）に染められて、彼もまた次第に華美を好むように移り変わって来た。

　もう一つには藤原氏の長者という大いなる威勢をひとに示そうとする政略の意味も幾分かまじって、きょうの饗宴は彼として実に未曽有（みぞう）の豪奢を極めたものであった。かねてこうと大かたは想像して来た賓客（まろうど）たちも、予想を裏切らるるばかりの善美（ぜんび）の饗応（もてなし）には、そのやわらかい胆（きも）をひしがれた。主人（あるじ）は得意であった。客もむろん満足であった。

　思い思いに寄りつどって色紙や短冊に筆を染める者もあった。管絃（かんげん）の楽（がく）を奏する者もあった。当日の賓客は男ばかりではこちたくて興（きょう）が薄いというので、なにがしの女房たちや、なにがしの姫たちもみな華やかなよそおいを凝らして、その莚に列（つら）なっていた。その美しい衣の色や、袖の香や、楽の音（ね）や、それもこれも一つになって、あぶるように暖かい春のひかりの下に溶けて流れて、花も蝶も鶯も色をうしない声をひそめるばかりであった。

これもその美しい絵巻物のなかから抜け出して来た一人であろう。縹色（はないろ）の新しい直衣（のうし）を着た若い公家（くげ）が春風に酔いを醒ませているらしく、水にただよう花の影をみおろしながら汀（みぎわ）の白い石の上に立っていると、うしろからそっと声をかけた者があった。男は振り向いて立烏帽子のひたいを押し直した。

「玉藻（たまも）の前（まえ）。きょうはいろいろの御款待（おんもてなし）、なにかと御苦労でござった」

若い公家は左少弁兼輔（さしょうべんかねすけ）であった。色の白い、髯（ひげ）の薄い優雅の男振りで、詩文もつたなくない、歌も巧みであった。そのほかに絵もすこしばかり描いた。笛もよく吹いた。当代の殿上人のうちでも風流男（みやびおとこ）の誉（ほま）れをうたわれて、なんの局（つぼね）、なんの女房としばしばあだし名を立てられるのを、ひとにも羨（うらや）まれ、彼自身も誇らしく考えていた。

その風流男の前に立って恥じらう風情もなしに心易（こころやす）げに物をいう女子（おなご）は、人間の色も恋もとうに忘れ果てた古（ふる）女房か、ただしは色も風情も彼に劣らぬという自信をもった風流乙女（みやびおとめ）か、二つのうちの一つでなければならなかった。彼と向き合っている女子は確かに後の方の資格を完全にそなえていた。

「なんの御会釈（ごえしゃく）に及びましょう。おんもてなしはわたくしどもの役目、何事も不行届きで申し訳がござりませぬ。この頃の春の日の暮るるにはまだ間（ひま）もござりましょう。あちらの亭(ちん)へお越しなされて、今すこし杯をお過ごしなされてはいかが。わたくし御案内を仕(つかまつ)ります」

「いや、せっかくながら杯はもう御免くだされ。先刻からいこう酔いくずれて、みだりがましい姿を人びとに見せまいと、この木蔭(こかげ)まで逃げてまいったほどじゃ」と、兼輔は扇を額(ひたい)にかざしながらほほえんだ。

「と申さるるは嘘で、誰やらとここで出逢う約束と見えました。そういうことなら、わたくし何時(いつ)までもここにいて、お前がたの邪魔しますぞ」と、女も扇を口にあてて軽く笑った。

「これは迷惑。われらには左様な心当ては少しもござらぬ。ただここにさまよい暮らして、物いわぬ花のかげを眺めているばかりじゃ。おなぶりなさるな」

まじめらしく言い訳する男の顔を、女はやはり笑いながらじっと見入っていた。遠い亭座敷から笛の声がゆるく流れて来て、吹くともない春風にほろほろと零(こぼ)れて落ちる桜の花びらが、女の鬢(びん)の上に白く宿った。

女は玉藻の前であった。坂部庄司蔵人行綱の娘の藻(みくず)が関白忠通卿の屋形に召し出されて、侍女(こしもと)の一人に加えられたのは、彼女が十四の秋であった。当代の賢女と言い囃(はや)されていた忠通の奥方は、それから間もなく俄に死んだ。忠通もその後無妻であったので、美しいが上にさかしい藻は主人(あるじ)の卿の寵愛を一身にあつめて、ことし十八の花の春をむかえた。

奉公の後も忠通は昔のままに藻という名を呼ばせていたが、玉のように清らかな彼女のかんばせは早くも若公家ばらの眼をひいて、誰が言い出したともなしに、彼女の名の上には玉という字がかぶらせられた。それがだんだんに言い慣らわされて、主人の忠通すらも今では彼女を玉藻と呼ぶようになった。才色類いなきこの乙女を自分の屋形にたくわえてあるということが、主人の一種の誇りとなって、客のあるごとに忠通は玉藻を給仕に召した。かりそめの物詣でや遊山にもかならず玉藻を供に連れて出た。忠通がこの頃ようやく華美の風に染みて来たのも玉藻を近づけてから後のことであった。

玉藻が外から帰って来ると、長い袂はいつも重くなっていた。その袂へ人知れずに投げ込まれた数々の文や歌には、いずれもあこがれた男どもの魂がこもっていたが、玉藻は一度も返しをしなかった。それでも根気よくまつわって来る者が多いので、彼女の袂はきょうもよほど重くなっているらしかった。それを察して、今度は兼輔の方からなぶるように言った。

「のう、玉藻の前。きょうはお身の袂も定めて重いことでござろう。身投げするものは袂に小石を拾うて入るるとかいうが、お身のように重い袂を持っている者が迂闊にこの流れに陥ったら、なかなか浮かびあがられまい。気をつけたがようござるぞ」

精いっぱい軽口のつもりで彼は自分から笑ってかかると、玉藻も堪えられないように、扇で顔をかくしながら言った。

「そりゃお身さま御自身のことじゃ。わたくしのような端下者が何でそのような……。現在の証拠はお身さまこそ、さっきから人待ち顔にここに忍んでござるでないか」

今度は別に言い訳をしようともしないで、兼輔はただにやにやと笑っていた。実をいうと、彼もそういう心構えがないでもない。自分ほどの者がまどいを離れて、こうして一人でさまよっているからには、誰か慕い寄って来る女があるに相違ないと、誰をあてともなしに待ち網を張っているところへ、思いのほかの美しい人魚が近寄って来たのであった。彼はどうしてこの獲物を押さえようかとひそかに工夫を練っていた。

「うたがいも人にこそよれ、兼輔はさような浮かれた魂を抱えた男でござらぬ。そういうお身はなにしにここへ参られた。われらこそここにおってはお邪魔であろうに……。ほんにそうじゃ。お身が先刻あちらの亭へゆけと言われたは、その謎か。それを悟らで、うかうかと長居したは、われらの不粋じゃ。ゆるしてくだされ」

相手の心をさぐるつもりであろう。彼は笑いにまぎらせて徐かにここを立ち去ろうとすると、その袂はいつか白い手につかまれていた。

「お身さま、御卑怯じゃ」

兼輔は相手の心をはかりかねて、黙って立ち停まった。

「殿上人のうちでも、風流の名の高いお身さまじゃ。女子をなぶるは常のことと思うてもいらりょうが、もしここに浅はかな一途な女子があって、なぶらるるとは知らいで思いつめたら、お身さまそれをどうなされまする」

「われらは正直者、ひとをなぶった覚えはござらぬ」と、兼輔は眼で笑いながら空うそぶいた。

「いや、無いとは言わせませぬ。お身さま、これを御存じないか」

玉藻は丁寧に畳んだ短冊をふところから探り出して、男の眼の前につきつけた。嬉しいと、さすがに恥ずかしいとが一つになって、兼輔は顔の色をすこし染めた。

「お身さまは御卑怯と言うたが無理か。この歌の返しを申し上げようとて人目を忍んでまいったものを、お身さまはむごく突き放して逃ぎょうとか」

妖艶な瞳の光に射られて、兼輔は肉も骨も一度にとろけるように感じた。玉藻は笑いながらその短冊を再び自分のふところに収めると、若い公家の魂もそれと一緒に、女のふところへ吸い込まれてしまった。

二

「お身さまの叔父御は法性寺の隆秀阿闍梨でおわすそうな。世にも誉れの高い碩学の聖、わたくしも一度お目見得して、眼のあたりに教化を受けたい。お身さま御案内してくださらぬか」と、玉藻は思い入ったように言った。それは、彼女の口から恋歌の返しを兼輔の耳にそっとささやいた後であった。

「ほう、法性寺の叔父にお身はまだ一度も逢われぬか」と、兼輔はすこし不思議そうな顔をした。

法性寺は誰も知る通り、関白家建立の寺である。忠通卿の尊崇なおざりでないことは兼輔もかねて知っていた。その寺の尊い阿闍梨に、玉藻が一度も顔をあわせていないというのは、なんだか理屈に合わないようにも思われた。

「阿闍梨は女子がきついお嫌いそうな」と、玉藻はそれを説明するように寂しくほほえんだ。

甥の兼輔とは違って、叔父の隆秀阿闍梨は戒律堅固の高僧であった。彼は得度しがたき悪魔として女人を憎んでいるらしく、いかなる貴人の奥方や姫君に対しても、彼は膝をまじえて語るのを好まなかった。忠通もそれをよく知っているので、法性寺詣でのときに限って、決して女子を伴って行ったことはなかった。寵愛の玉藻の望みでも、法性寺の供だけは一度も許されなかった。兼輔もそこに気がついて苦笑いした。

「はは、叔父のかたくなは今に始まったことでござらぬ。われらも顔さえ見せれば何かと叱られて、むずかしい説法を小半晌も聞かさるる。うかと美しい女子など引き合わせたら、また何を言わりょうやら。しかしほかならぬお身の頼みじゃ。ちっとぐらい叱られても苦しゅうござらぬ。なんどきなりとも案内して、叔父の阿闍梨に逢わせ申そうよ」と、彼は事もなげに受け合った。

「八歳の龍女が当下に成仏したことは提婆品にも説かれてあります。いかに罪業の深い女子の身とて、尊い阿闍梨の教化を受けましたら、現世はともあれ、せめて来世は心安かろうにと、ただそればかりを念じておりまする」と、玉藻の声はすこしく陰った。

いたましく打ちしおれたような玉藻のすがたが、兼輔の眼にはさらに一段のあでやかさを加えたようにも見られた。彼が好んで口ずさむ白楽天の長恨歌の「梨花一枝春帯雨」というのは、まさしくこの趣であろうとも思われた。彼は慰めるようにまた言った。

「はて、われらの約束にいつわりはござらぬ。あすでもあさってでも、かならず一緒に連れ立って参る。文のたよりさえ遣されたら、なんどきでもすぐに誘いにまいる。叔父が頑固になんと言おうとも、われらがきっとその前に連れ出して引き合わしてみしょう」

頼もしそうな誓いを聞いて、玉藻は嬉しそうにうなずいた。二人はひたと身をよせてさらに何事をかささやき合おうとするところへ、木の間伝いにここへ近寄って来る足音がきこえた。兼輔はすこし慌てて見かえると、その人は三十をまだ越えたばかりの痩形の男で、顔の色はやや蒼白いが、この頃の殿上人には稀に見る精悍の気がその鋭い眼の底にあふれていた。彼はわざと拗ねたのであろう、きょうの華やかな宴の莚に浄衣めいた白の直衣(のうし)を着て、同じく白い奴袴(ぬばかま)をはいていた。彼はきょうの主人の忠通の弟で、宇治(うじ)の左大臣頼長(よりなが)であった。彼は師の信西入道をも驚かすほどの博学で、和歌に心を寄せる兄の忠通を常に文弱と罵っているほどに、抑えがたい覇気と野心とに充(み)ち満ちている人物であった。この人にじろりと鋭い一瞥(いちべつ)を呉れられて、兼輔はなんだか薄気味悪くなって来た。ことに場合が場合であるので、彼はいよいよ度を失って、肌の背には冷汗がにじんだ。

「ほう、左少弁(さしょうべん)はこれにいたか」と、頼長はその怖い眼には不似合いな柔らかい声で言った。

それでもこちらはやはり落ち着いていられなかった。彼は酒の酔いを醒ますためにこの川端へ降りていたことを言い訳がましく答えると、頼長はあざ笑うような眼をして黙って聞いていた。なんだか居心の悪い兼輔は、玉藻と眼をみあわせて早々にそこを逃げて行ってしまった。

頼長はまだそこに立っている玉藻には眼もくれないで、薄むらさきの霞のうちに暮れかかる春の夕空を静かに打ち仰いでいた。嵐が少し吹き出したとみえて、花の吹雪が彼の白い立ち姿をつつんで落ちた。

「左大臣殿」と、玉藻はしとやかに声をかけた。

「なんじゃ」と、頼長も静かに見かえった。

「嵐が誘うてまいりました」

「花もここ二、三日が命じゃのう。お身は兼輔とここで何を語ろうていた」と、頼長は笑いながら訊いた。

「歌物語など致しておりました」

「恋歌の講釈か」と、彼はまたあざ笑うような眼をした。

「はい。恋の取り持ちを頼もうかと……」

こうしたなまぬるい恋ばなしを好まない頼長も、この美麗な才女に対してあまりに情ない返事も出来ないので、いい加減に取り合わせて言った。

「お身ほどの者でも、人を頼まいでは恋はならぬか。恋はなかなかにむずかしいものじゃな」

「身にあまる望みでござりますれば……」

玉藻は遣る瀬ないように低い溜息をついて、頼長の顔をそっとのぞいた。人を蠱惑せねばやまないような情け深い女の眼の光に魅せられて、頼長の魂は思わずゆらめいた。

「ほう、身にあまる望みとか。これはいよいよむずかしゅう見ゆるぞ。兼輔ひとりの力に及ばずば、頼長も共どもに助力してお身が恋をかなえてやりたい。相手は誰じゃ。明かされぬか」

「お身さまの前では申し上げられませぬ」と、玉藻は藤紫の小袿の袖で切ない胸をかかえるように俯向いた。嵐は桜の梢をゆすって通った。

「予が前では言われぬか。頼長は兼輔ほどに頼もしい男でないと見積もられたか。さりとは心外じゃ」と、頼長はいよいよ興(きょう)にふけったように高く笑った。

藤むらさきの袖の蔭から白い顔はまた現われた。彼女は媚びるように低くささやいた。

「頼もしいと見らるるも、頼もしからぬと見らるるも、お身さまのお心一つでござりまする」

「はて、謎(なぞ)なぞのようなことは言わぬものじゃ。いかようにすれば頼長は世に頼もしい男となるるのじゃ。打ち付けに言え、あらわに申せ」

「申しましょうか」と、玉藻はすこしためらう風情を見せたが、やがて思い切ったように言った。「関白の殿のおん身内、才学は世にかくれのない御仁(ごじん)……。桜さくらの仇めいて艶(あで)なるなかに、梨の花のように白う清げに見ゆるおん方……。もうその上は申されぬ。お察し下さりませ」

頼長は夢から醒めたように眼を見据えて、その秀(ひい)でたる眉をすこし皺めたが、たちまちに肩をそらせてあざ笑った。

「おお、判った。して、お身はその恋の取り持ちをたしかに兼輔に頼んだか」

「まだ打ち明けては頼まぬ間に……」

「頼長がまいって邪魔したか、それは結句仕合わせじゃ。兼輔はおろか、関白殿、信西入道、あらゆる人びとのなかだちでも、この恋は所詮ならぬと思え」

「なりませぬか」

「ならぬ、ならぬ。お身たちが恋を語るには兼輔などの柔弱者がよい相手じゃ」

言い捨てて立ち去ろうとする頼長のゆく手をさえぎって、玉藻は突き当たるばかりに彼の胸のあたりへ我が身をもたせかけた。

「じゃによって、身にあまる望みと申したではござりませぬか」と、彼女は怨ずるように泣き声をふるわせた。

「身にあまるというてもほどのあるものじゃ」と、頼長はあざけるように笑った。「天下を望むよりも大きい恋じゃ。しょせん成らぬのは知れてあるわ」

自分の胸のあたりへ蛇のように纏いかかっている女の長い黒髪を無雑作に押しのけて、頼長は沓を早めてあなたの亭の方へ行ってしまった。

玉藻はきこえよがしに声を立てて桜の幹に倚りかかって泣き崩おれたが、もうその人の影が遠くなったのを覚ったときに、彼女は俄に空を仰いで物凄い笑みを洩らした。その顔の上にはらはらと降りかかって来る花びらを、彼女はうるさそうに扇で払いながら、これも座敷の方へ静かに立ち去ろうとした。

春の日ももう暮れて、長い渡り廊をつたって女房どもや青侍たちが運んでゆく薄紅い灯の影が、木の間がくれに揺れながら通った。

「おお、玉藻の御。これにござったか」

織部清治は主人の言い付けで先刻から玉藻のありかを探していたのであった。同じ屋形に奉公の身ではあるが、玉藻は殿のあつい御寵愛を蒙って、息女のない忠通はさながら彼女を我が娘のようにもいとしがっていられるのであるから、清治も彼女に対しては、分外の敬意を払わなければならなかった。玉藻は自分の顔を見られるのを恐れるようにうつむいて立ち停まった。

「先刻から殿がおたずねでござる。早うあれへお越しなされ」と、清治は促すように重ねて言った。

「わたしはいやじゃ。ゆるしてくだされ」と、玉藻は両袖で顔を掩ったままで、いつまでもそこに立ちすくんでいた。

その素振りが怪しいので清治は近寄って子細をただすと、その返事は泣き声で報いられた。玉藻は心持が悪いからもう座敷へは出ない。人びとの群れから遠く離れたあなたの亭へ行ってしばらく休息していたいというのであった。

清治はいよいよ心配して、すぐに医師を呼ぼうかといったが、玉藻はそれもいやだと断わって、なんでもいいから人の目に触れないところへ行って、苦しい胸を休めていたいと言った。清治もそのままでは捨て置かれないので、主人のもとへ引っ返して行ってその次第をささやくと、忠通も眉を寄せた。

「ついぞないこと。どうしたものじゃ」

彼は席を起って清治と一緒に玉藻の隠れ場所をたずねると、彼女は奥まった亭の薄暗いなかに俯伏しているのを発見した。

「心地がようないと聞いたが、どうじゃな」と、忠通は立ち寄って、彼女の肩越しにうしろから覗こうとして驚いた。玉藻は床に顔をおしつけるばかり身を投げ伏して、嗚咽の声をもらしているのであった。清治も驚いた。主と家来とは顔をみあわせて暫く黙っていた。

「はは、こりゃ誰やらになぶられたな」と、忠通はほほえんだ。

昼からの饗宴で、ひとも我もみな酔うている。花と酒とに浮かされた若公家ばらのうちには、たそがれの薄暗がりにまぎれて彼女の袂をひいた者もあろう、彼女の黒髪をなぶった者もあろう。それがけしからぬいたずらとしても、楚王が纓を絶った故事も思いあわされて、きょうの場合には主人の忠通もそれを深く咎めたくなかった。清治もそこに気がつくと、今までの不安は一度に消えて、これもにやにやと笑い出した。

「なんの、珍しゅうもない。そんなことをいちいち詮議立てしたら、今夜はそこらに幾人の科人ができようも知れぬ」と、平安朝時代の家人は肚のなかで呟いた。

唐土の桃李園の風流になぞらえて、きょうは燭をとって夜も遊ぶというかねての計画であるので、どの座敷でも燈火が昼のようにともされた。春の一日をたわむれ暮らしても、まだ歓楽の興をむさぼり足らない人びとは、酔いくずれて眠りこけるか、疲れ切って倒れるか、それまでは夜を昼についで浮かれ狂うつもりであろう。朗詠(ろうえい)や催馬楽(さいばら)の濁った声もきこえた。若い女の華やかな笑い声もひびいた。その騒がしい春の夜のなま暖かい空気のなかに、桜の花ばかりは黙って静かに散った。

「さあ、来やれ。そちがおらいでは座敷がさびしい。玉藻の前はきょうの団欒(まどい)の花じゃと皆も言うている。夜の灯に照り映えたら、その美しい顔が一段と光かがやいて見えようぞ。来やれ、来やれ。あの賑わしい方へ……」

手を取らぬばかりに引き立てられて、玉藻は泣き顔をおさえながら立ち上がった。忠通と清治とはその前後を囲んで、薄暗い渡り廊を静かにあゆんで行った。おぼろ月が今宵はとりわけて霞んでいるらしく、軒に近い花の梢もただぼんやりと薄白く仰がれた。

三

あかりの運ばれるのを合図に、頼長は席を起って帰った。気を置かれる人が立ち去ったので、若い人たちはいよいよ調子づいてきた。とりわけて左少弁兼輔はほっとした。脛(すね)に疵(きず)持つ彼は、頼長になにやら睨まれているような気がして、なるべくその傍へは寄り付かぬように努めていたが、もう誰に憚(はばか)ることもない。玉藻のありかをもう一度たずねて、さっき言い残した話の数々を語りつづけようと、彼は酔いにまぎらせてよろよろと座を起(た)った。

「あれ、あぶない」

酔いをたすける風をして、若い女房たちが左右から付きまつわって来るのを、彼はいつになくうるさそうに押しのけて、おぼろ月夜の庭さきへ迷い出たが、どこの木蔭にもそれらしい人の影は見えなかった。彼は餌をあさる狐のように、木(こ)の間(ま)をくぐって他の亭座敷をうろうろと覗いてあるいたが、どこの灯の下にも玉藻の輝いた顔は見つけ出されなかった。彼は失望して元の座敷へ戻ると、女房たちは待ちかねたように再び彼を取りまいた。

ここが一番広い座敷で、きょうの賓客(まろうど)のおもな者は大抵ここに席を占めていた。兼輔も藁褥(わらうだ)の上に引き据えられて、またもや酒をしいられた。酒量の強いのを誇っている彼も、昼からの酒が胸いっぱいになって、さすがに頭が重くなってきたので、彼は憚りもなく自分のそばにいる若い女房の膝を枕にして、小声で朗詠(ろうえい)を謡(うた)っていた。

兼輔ばかりでない、一座はもう乱れに乱れて、そこらには座に堪えやらないような若い男たちもだんだんにふえてきた。縁さきへ出て手持ち無沙汰に月を仰いでいるのは、もう春の盛りを過ぎて額ぎわのさびしい古女房たちばかりで、眉の匂やかな若い女たちは、思い思いに男の介抱に忙しかった。時々に広い座敷もゆらぐような笑い声がどっと起こった。

「信西入道はきょうは見えぬそうな」と、ひとりの若い公家が思い出したように言った。

「あの古入道、このようなまどいに加わるは嫌いじゃで、所労というて不参じゃよ」

「宇治の左大臣殿ももう戻られたとやら」と、その枕もとになまめかしく膝をくずしている若い女房が、鬢のおくれ毛を掻き上げながら言った。

「あの御仁もこのような席へは余り近寄られぬ方じゃが、きょうは兄の殿への義理で、暮れ方までは辛抱せられた。左大臣どのも信西入道も我らには苦手じゃ。あの鋭い眼でじっと睨まれると、なにやら薄気味悪うなって身がすくむようじゃ。ははははは」

また一人の男が高く笑い出すと、兼輔はだるそうな眼をして半分起き直った。

「ほんにそうじゃ。さっきも……」

と言いかけて彼はまた俄に口をつぐんだ。妬みぶかい男や女が大勢列んでいるところで、うかつに先刻の秘密は明かされないと思った。まだ寄るべも定まらない池の玉藻を、あっぱれ自分の手にかき寄せたという強い誇りが彼の胸に満ちていながらも、さすがにまだそれを発表する時機ではないと、彼は無理に奥歯で噛み殺していた。

「さっきもどうなされた。お身さまも何か叱られたか、睨まれたか」と、彼に膝枕をかしていた女が、薄い麻紙で口紅をぬぐいながら訊いた。

「いや、別に何事もなかったが、庭先でふとすれ違うたので、早々に逃げて来た」と、兼輔は笑いにまぎらせた。

そう言いながらも気にかかるので、彼は伸び上がって座敷の隅々を見渡したが、玉藻らしい女の影はやはりどこにも見えなかった。彼はまた一種の不安を感じはじめた。何者かが彼女を小蔭へ誘い出して、自分と同じように恋歌の返しを迫っているのではないかとも疑われた。彼はもう一度庭へ出てみたくなったので、いい加減に座をはずして立とうとすると、あいにくにその鼻の先へ一人の大男が瓶子（へいし）と土器（かわらけ）とを両手に持って来た。

「左少弁、どこへゆく。実雅（さねまさ）の杯じゃ。受けてたもれ」

彼はそこにどっかと坐った。彼は少将実雅という酒の上のよくない男であった。兼輔は迷惑そうに頭（かぶり）を振った。

「もうかなわぬ。免（ゆる）してたもれ」

「そりゃ卑怯じゃぞ」と、実雅は無理に土器を突きつけた。「お身この酒を飲まぬとあらば、その罰としてわしがこの瓶子を飲みほすあいだに、歌百首を詠み出してお見やれ」

「いや、歌も詩も五も六ない。この通りに酔うては、ただもう免せ、ゆるせ」と、兼輔はわざとおどけた身振りをして蛙のように床へ手をついた。

「ほう、実雅の前で詫ぶるというか。まだそればかりでは免されぬ。お身、ここで、白状せい」

兼輔はひやりとした。その慌てたような顔をじっと睨みつけて、実雅はのけぞるばかり胸を突き出してあざ笑った。

「どうじゃ、白状せぬか。お身は先ほどあの川端で誰と何を語ろうていた。それを真っ直ぐに言うまいか」

兼輔はいよいようろたえた。彼は笑い出したいような嬉しさを感じながらも、一方にはくすぐられるような苦しさをも覚えた。いっそ言おうか言うまいかと迷いながら、彼は相手を焦らすように空うそぶいた。

「そりゃ人違いであろう。われらは昼間からこの座を一寸も動いたことはござらぬ」

「いや、そりゃ嘘じゃ」

女房たちは三方から彼を取りまいて、口をそろえて燕のようにさえずった。

「昼間は勿論のこと、日が暮れてからも庭先をうろうろと……。現に今もここをぬけ出そうとせられたところじゃ」

「それ見い」と、実雅は鼻の下の薄い髭をこすってまた睨んだ。「それでもお身にうしろ暗いことがないというか」

「いかに責められても、知らぬことは知らぬのじゃ」と、兼輔は笑いながら席をはずして立とうとすると、女房たちの白い手は右ひだりから彼の袂や裳にからみついた。

「いや、逃がさぬ、今度はわたしたちが詮議する。さあ、誰と語ろうてござった。それを聞こう。それを打ち明けられい」

妬み半分と面白半分とで、女たちは鉄漿黒の口々から甲高の声々をいよいよ姦しくほとばしらせた。かれらは兼輔の晴れの直衣をあたら揉み苦茶にするほどに、袖や袂を遠慮なしに摑んで小突きまわして、さあ白状しろと責めさいなんだ。女の袖に焚きしめた香の匂いや、髪の匂いや油の匂いや、それが一緒に乱れて流れて、女の匂いに馴れていた兼輔ももうむせ返りそうになってきた。

彼が眼鼻を一つにして苦しんでいるのを、実雅はいよいよ妬げに睨んでいたが、ふと気がついたように庭先へ眼をやった。

「ほう。えらい嵐になった」

まことに凄まじい嵐であった。おぼろ月はそれに吹き消されたように光を隠して、闇をゆるがすような嵐の音がどうどうと聞こえた。花に嵐は珍しくないが、これまた颷風のような怖ろしい勢いで、山じゅうの桜を一度に落とそうとするらしかった。鞍馬の天狗倒しがここまで吹き寄せたかとも思われて、座敷じゅうの笑い声は俄にやんだ。女たちは顔を掩って俯伏した。嵐は座敷の内へもどっと吹き込んで、あらん限りのともし灯を奪ってゆくように、片端からみな打ち消してしまった。

真っ暗ななかで男たちは息をのんだ。女たちはおもわず泣き声をあげた。外の嵐はまだ吹きつづけて、黒い雲のひとかたまりが家根の上へ低く舞いさがってきた。人間の限りない歓楽を天狗が妬んで、人も家も一緒につかんで眼の前の谷底へ投げ込もうとするのではないかとも恐れられた。そのなかでも心のきいた老人は呼んだ。

「ともかくも燈火を早う。灯をともせ」

その声は嵐に吹き消されて遠くきこえなかった。給仕に侍っている関白家の家来も、女も、あまりの怖ろしさに席を動くことが出来なかった。なにがしの大将、なにがしの少将も、この物凄い敵の前には言い甲斐もなく怖れ伏してしまった。実雅も勿論その一人であった。

「おびただしい嵐じゃのう」

忠通は表の闇を透かし視てつぶやいた。彼は玉藻を連れて丁度今ここへ出て来たのであった。清治も袖で烏帽子をおさえながら不安らしく言った。

「まことに怖ろしい嵐でござりまする。どこもかしこも真の闇になり申した」

「暗うてはどうもならぬ。早う燈火を持て」

「はあ」

清治はうけたまわって引っ返そうとすると、またひとしきり強い嵐が足をすくうように吹き寄せて来て、彼は野分になぎ伏せられた薄のように両膝を折って倒れた。忠通も危うく倒れかかって、扇で顔を掩いながら苛だった。

「燈火を……燈火を……。早うせい」

この途端に座敷は月夜のように明るくなった。時ならぬ稲妻かと見ると、その光はいつまでも消えなかった。忠通が倚りかかっている襖の絵も、そこらに取り散らしてある杯盤の数々も、おどろいて眺めている人びとの衣の色も、みなあざやかに映し出された。

闇を照らすこの不思議の光は、玉藻のからだからほとばしったのであった。彼女は後光を背負う仏陀のように、赫灼たる光明にあたりを輝かして立っていた。

法性寺

一

「ふむう。頼長めが……。確と左様なことを申したか」

関白忠通は二日酔いらしい蒼ざめたひたいの上に蒼い筋を太くうねらせて、扇を膝にきっと突き立てたままで、自分の眼の前に泣き伏している艶女の訴えをじっと聞き済ましていた。花の宴のあくる日で、ゆうべから酔いこけた賓客たちも日の高い頃にだんだん退散して、主人（あるじ）の軽いしわぶきも遠い亭（ちん）まできこえるほどに、広い別荘のうちもひっそりと静まっていた。すさまじい夜嵐の名残りで、庭は見渡すかぎり一面に白い花びらを散り敷いていた。

「神ほとけも見そなわせ、わたくし誓って偽りは申し上げませぬ」と、玉藻は涙ぐんだ美しい眼をあげて、主人の顔色をぬすむようにうかがった。

「日ごろから器量自慢の頼長めじゃ。それほどのこと言い兼ねまい」

忠通はわざと落ち着いた声で言った。しかもその語尾は抑え切れない憤恚（いかり）にふるえているのが、玉藻にはよく判っているらしかった。二人の話はしばらく途切れた。

忠通もゆうべはこの別荘に酔い伏して、賓客たちが大方退散した頃にようように重い頭を起こしたのであった。酔いのまだ醒めない彼は、玉藻の給仕で少しばかりの粥（かゆ）をすすって、香炉に匂いの高い香をたかせて、その匂いを快（こころよ）く嗅ぎながら再びうとうとと夢心地になろうとする時、彼は玉藻にその夢を揺すられて、思いも寄らない訴えを聞かされた。

それは花の宴もたけなわなるきのうの夕方の出来事で、玉藻が川端に立って散り浮く花をながめていると、そこへ主人の弟の左大臣頼長が来た。彼は酔っているらしく見えなかったが、玉藻をとらえてざれごとを二つ三つ言った。相手は主人の弟で、殿上でも当時ならぶ方のない頼長である。さすがに情（すげ）なく突き放して逃げるわけにもいかないので、玉藻もよいほどにあしらっていると、頼長はいよいよ図に乗って、ほとんど手籠めにも仕兼ねまじいほどのみだらな振舞いに及んだ。

「それだけならば、わたくし一人のこと、どのようにも堪忍もなりまするが……」と、玉藻は口惜し涙をすすり込むようにして訴えた。

彼女に対して無礼を働いたばかりでなく、頼長は誇り顔に、こんなことを口走ったというのである。兄の忠通は天下の宰相たるべき器でない。彼は単に一個の柔弱な歌詠みに過ぎない。今でこそ氏の長者などと誇っているが、やがてはこの頼長に蹴落とされて、天下の権勢を奪わるるのは知れてある。彼の建立した法性寺は、彼自身が最後のかくれ家であろう。そのように影のうすい兄忠通に奉仕していて何となる。立ち寄らば大樹の蔭という諺もあるに、なぜおれの心に従わぬぞ。兄を見捨てよ、おれに靡けと、頼長は聞くに堪えないような侮蔑と呪詛とを兄の上に投げ付けて、しいて玉藻を自分の手にもぎ取ろうとしたのであった。

仲のよい兄弟のあいだでも、これだけの訴えを聞けば決していい心持はしない。まして忠通と頼長とはその性格の相違から、うわべはともあれ、内心はたがいに睦まじい仲ではなかった。頼長が兄を文弱と軽しめていることは、忠通の耳に薄々洩れきこえていた。自分が氏の長者となったについては、器量自慢の頼長があるいは妬んでいるかもしれないという邪推もあった。きのうの饗宴にもすねたような風をみせて、ろくろくに興も尽くさずに中座したということも、忠通としては面白くなかった。それらの事情が畳(たた)まっているところへ、寵愛の玉藻からこの訴えを聞いたのである。忠通はもうそれを疑う余地はなかった。

「憎い奴」

彼は腹のなかで弟を罵った。酔いの醒めない頭はぐらぐらして、烏帽子を着ているに堪えないほどに重くなってきた。現在の兄を蹴落としておのれがその位に押し直ろうとする、それが免(ゆる)しがたい第一の罪である。兄が寵愛の女を奪っておのれが心のままにしようとする、それが免しがたい第二の罪である。自体が温和な人でも、この憤りをおさえるのはよほどむずかしそうに思われるのに、ましてこの頃はだんだんに志がおごって、疳癖(かんぺき)の募ってきたのが著しく眼に立つ折柄(おりから)である。

忠通の胸は憤怒(ふんぬ)に焼けただれた。しかし彼が現在の位地(いち)として、さすがに一人の侍女(こしもと)の訴えを楯(たて)にして表向きに頼長を取りひしぐわけにもいかないのを知っているので、彼はあふるるばかりの無念をこらえて、しばらく時節を待つよりほかはなかった。

やがて彼は玉藻をなだめるように言った。

「頼長めの憎いは重々じゃが、氏の長者ともあるべき我々が兄弟墻(けいていかき)にせめぐは頼長のきこえが忌々(いまいま)しい。そちをなぶったも酒席の戯れじゃと思うて堪忍せい。予もしばらくはこらえて、彼が本心を見届けようぞ」

玉藻をなだめるのは彼自身をなだめるのである。忠通はしいて寂しい笑顔をつくって、うつむいている女の黒髪を眺めていた。

「わたくしの堪忍はどのようにも致しまする。ただ、左大臣殿が、かりにも上を凌ぐようなおん企てを懐かせられまするようなれば……」

「いや、その懸念は無用じゃ。彼は予を文弱と侮っているとか申すが、忠通は藤原氏の長者じゃ。忠通は関白じゃ。彼らがいかにあせり狂うたとて、予を傾けようなどとは及ばぬことじゃ。なんの彼らが……」

忠通は調子のはずれた神経的の声を立てた。そうして、鬢の毛でも掻きむしりたいように、両手で烏帽子のふちをおさえて頭を二、三度強くふった。その神経のだんだんに昂奮して来るのを、玉藻はいたましそうな眼をしてそっと窺っていたが、いつかその眼から白いしずくがはらはらとこぼれてきた。

「はて、なにを泣く。まだ堪忍がならぬか」と、忠通は彼女の涙に眼をつけて叱るように言った。

「ただ今も申す通り、わたくしの堪忍はどのようにも致しまするが……」

「もう言うな。予のことは予に思案がある。その懸念には及ばぬことじゃ」

顔の色はいよいよ蒼ざめて、忠通の眼の奥には決心の光がひらめいた。

「ただしこのことを余人に洩らすなよ」

「はあ」

二人は再び眼をみあわせた。ゆうべに引き替えて、きょうはそよりとも風の吹かない日であった。散り残った花が時々に静かに落ちて、どこやらで鶯（うぐいす）の声がきこえた。

その日の午（ひる）過ぎに、忠通は桂（かつら）の里から屋形へ帰った。きのうの接待に疲れたといって、彼は人払いをしてひと間に引き籠っていたが、点燈（ひともし）ごろになって少納言信西を召された。大方はいつもの歌物語であろうと気を許して、信西入道はゆるゆると支度して伺候すると、忠通は待ちかねたように彼を呼び入れて出逢った。入道がきのうの不参の詫びをしているのを耳にも入れないで、忠通は唐突（とうとつ）に言い出した。

「早速じゃが、入道。頼長はこの頃もお身のもとへ出入りするかな」

「折りおりに見られまする」

「学問はいよいよ上達するか」

「驚くばかりの御上達で、この頃ではいずれが師匠やら弟子やら、信西はなはだ面目もござりませぬ」

信西はすこしゆがんだ唇をほどいでほほえんだが、聴く人はにっこりともしなかった。

「調達（ちょうだ）は八万蔵（はちまんぞう）をそらんじながら遂に奈落（ならく）に堕（お）ちたという。いかに学問ばかり秀（ひい）でようとも、根本のこころざしが邪道（よこしま）にねじけておっては詮（せん）ない。かえって学問が身の禍いをなす例（ためし）もある。予が見るところでは弟の頼長もそれじゃ。彼がお身のもとへ参ったら、この上に学問無用と意見おしやれ」

善悪にかかわらず、うかつに返事をしないのが信西の癖であった。彼は今夜もしばらく黙って考えているので、忠通はすこし急いた。

「弟子を見ることは師に如かずといえば、彼の人となりはお身も大かた存じておろう。彼は才智に慢ずる癖がある。この上に学問させたら、彼はいよいよ才学に誇って、果ては天魔に魅られて何事を仕いだそうも知れまい。学問はやめいと言うてくれ。しかと頼んだぞ」

実をいえば、信西も頼長に対してそういう懸念がないでもなかった。才学非凡で、しかも精悍の気に満ちている頼長の前途を、彼もすこしく不安に感じているのであった。この意味においては、彼も忠通の意見に一致していた。しかし今夜の忠通の口吻は、弟の行く末を思う親身の温かい人情からあふれ出たらしく聞こえなかった。

兄弟の不和——それから出発して来た兄の憤恚であるらしいことを、古入道の信西は早くも看て取った。

「仰せいちいち御道理にうけたまわり申した。それがしよりもよくよく御意見申そうなれど、あれほど御執心の学問をやめいとは……」

「申されぬか」

相手は眼を薄くとじたままで、やはり否とも応ともはっきりとした返事をあたえないので、忠通はいよいよ焦れ出して、彼が天魔に魅られているという現在の証拠を相手の前に叩き付けようとした。

「入道はまだ知るまい。頼長はこの兄を押し傾けようと内々に巧んでいるのじゃ」

「よもや左様な儀は……」と、信西はすぐに打ち消した。

「いや、証人がある。彼が口から確かに言うたのじゃ」

余人に洩らすなと口止めをしたのを忘れたように、忠通自身がその秘密をあばいた。

「その証人は……」

相手のおちついているのが、忠通には小面が憎いように見えた。

「証人は玉藻じゃ。彼はきのう玉藻に猥りがましゅう戯れて、あまつさえそのようなことを憚りもなしに口走ったのじゃ」

「ほう、玉藻が……」

信西の瞳は忠通と同じように鋭く晃った。

二

それから二日経って、玉藻のもとへ左少弁兼輔の使いが来た。彼はこのあいだの約束を果たすために、あすは法性寺へ誘いあわせて詣ろうというのであった。玉藻は承知の返し文をかいた。そのあくる日、彼女は主人の許しを受けて、兼輔と一緒に法性寺へ参詣した。

その日は薄く陰っていて、眠たいような空の下に大きい寺の甍が高く聳えていた。門をくぐると、長い石だたみのところどころに白い花がこぼれて、二、三羽の鳩がその花びらをついばむようにあさっていた。

叔父と甥との打ち解けた間柄であるので、兼輔はすぐに奥の書院へ通されて、隆秀阿闍梨とむかい合って坐った。阿闍梨はもう六十に近い老僧で、関白家建立のお寺のあるじには不似合いの質素な姿であったが、高徳の聖と一代に尊崇されるだけの威厳がどこやらに備わって、打ち解けた仲でも兼輔の頭はおのずと下がった。

「左少弁どの、久しゅう逢わなんだが、変わることものうてまずは重畳じゃ。きょうは一人かな」

「いや」と、言いかけて兼輔は少し口ごもった。

「連れがあるか」と、阿闍梨は俄に気がついたように甥の顔をきっと見た。「お身のつれは女子でないか」

星をさされて、兼輔はいよいよ怯んだが、叔父にいやな顔をされるのはもとより覚悟の上であるので、彼はかくさず答えた。

「余人でもござりませぬ。関白殿御内に御奉公する、玉藻という女子でござりまする」

関白殿をかさに被(き)て、彼はかたくなな叔父をおさえつけようとしたが、それは手もなく刎(は)ね返されてしまった。

「たとい御内の御仁(ごじん)であろうとも、わしは女子に逢わぬことに決めている。対面はならぬと伝えてくりゃれ。それは関白殿にもよう御存じのはずじゃ」

ふだんはともあれ、きょうの兼輔はそれでおめおめと引き退がるわけにはいかなかった。かれは玉藻に教えられた提婆品(だいばぼん)を説(と)いた。八歳の龍女当下(とうげ)に成仏(じょうぶつ)の例(ためし)をひいて、たとい罪業のふかい女人(にょにん)にもあれ、その厚い信仰にめでて、一度は対面して親しく教化をあたえてもらいたいと、しきりに繰り返して頼んだ。しかし叔父は石のように固かった。

「いかに口賢(くちさかし)う言うても、ならぬと思え。面会無用じゃとその女子に言え」

「叔父さまはその女子を御存じない故に、世間の女子と一つに見て蛇(じゃ)のようにも忌み嫌わるるが、かの玉藻と申すは……」

「いや、聞かいでも大方は知っている。世にも稀なる才女じゃそうな。才女でも賢女でも我らの眼から見たら所詮(しょせん)はただの女子とかわりはない。逢うても益ない。逢わぬが優(ま)しじゃ」

なんと言っても強情に取り合わないので、兼輔も持て余した。今更となって自分の安受け合いを後悔した彼は、玉藻にあわせる顔がないと思った。といって、この頑固(かたくな)な叔父を説き伏せるのは、なかなか容易なことではないので、彼も途方にくれて窃(ひそ)かに溜息をついていると、遠い入口に待たせてあるはずの玉藻がいつの間にここまで入り込んで来たのか、板縁伝いにするりと長い裳(もすそ)をひいて出た。

兼輔はすこし驚いた。阿闍梨は眼を据えて、今ここへ立ち現われた艶女(たおやめ)の姿をじっと見つめていると、玉藻はうやうやしくそこに平伏した。

「はじめてお目見得つかまつりまする」

老僧は会釈もしなかった。彼はしずかに数珠を爪繰(つまぐ)っていた。

「委細は左少弁殿からお願い申し上げた通りで、あまりに罪業(ざいごう)の深い女子の身、未来がおそろしゅうてなりませぬ。自他平等のみ仏の教えにいつわりなくば、何とぞお救いくださりませ」と、玉藻は哀れみを乞うように訴えた。

彼女は物詣でのためにきょうは殊更に清らかに粧(つく)っていた。紅や白粉(おしろい)もわざと淡(うす)くしていた。しかもそれがかえって彼女の艶色を増して、玉のような面(おもて)はいよいよその光を添えて見られた。堪えられぬ人間の悲しみを優しいまなじりに集めたように、彼女はその眼をうるませて阿闍梨の顔色を忍びやかに窺ったときに、老僧の魂(たま)の緒(お)も思わずゆらいだ。彼は生ける天女のようなこの女人を、無下(むげ)に叱って追い返すに忍びなくなった。

「お身、それほどにも教化を受けたいと望まるるのか」と、阿闍梨は声をやわらげて言った。

玉藻は無言で手をあわせた。彼女の白い手首にも水晶の数珠が光っていた。

「して、これまでに経文（きょうもん）など読誦（どくじゅ）せられたこともござるかな」と、阿闍梨はまた訊いた。

もとより何のわきまえのない身ではあるが、これまで経文の片端ぐらいは覗いたこともあると、玉藻は臆せずに答えた。

阿闍梨は試みに二つ三つの問いを出してみると、彼女はいちいち淀（よど）みなしに答えた。さらに奥深く問い進んでゆくと、彼女の答えはいよいよ鮮やかになった。

いかに執心といっても所詮（しょせん）は女子である。殊に見るところが年も若い。自分たちが五十六十になるまでの苦しい修業を積んで、ようようにこのごろ会得（えとく）した教理をいつの間にどうしてやすやすと覚ったのか。阿闍梨は彼女を菩薩（ぼさつ）の再来ではないかとまでに驚き怪しんだ。世にはこうした女子もある。今までいちずに女人を卑しみ、憎み、嫌っていたのは、自分の狭い眼（まなこ）であったことを、阿闍梨は今日という今日つくづく覚って、おもわず長い溜息をついた。

「さるにてもお身、何人（なんぴと）についてこれほどの修業を積まれしぞ」

玉藻は幼いころから父に教えられて経文を読み習った。それから清水寺のある僧について少しばかりは学んだ。そのほかには、別にこうという修業を積んだこともなくてお恥ずかしいと言った。

「わたくしのような修業のあさい者にも、ひじりの教えをうけたまわることがなりましようか」

「なる、なる」と、阿闍梨は幾たびかうなずいた。「たとい女人ともあれ、お身ほどの御仁なら我ら求めても法を説き聞かせたい。御奉公の暇々（ひまひま）にはたずねて参られい」

思いのほかに叔父の機嫌が直ったので、そばに聴いている兼輔もほっとした。彼はこれほどの才女を叔父に紹介したということについて一種の誇りを覚えた。それと同時に、日ごろ頑固（かたくな）な叔父の鼻を捻（ね）じ折ったような一種の愉快をも感じた。彼は口の上の薄い髭を撫でながらほくそえんだ。

「叔父上、今からはこのみ寺にも女人禁制の掟（おきて）が解かれましょうな」

「それは人による」と、阿闍梨もほほえんだ。「これほどの女人がほかにあろうか」

言いかけて、彼は玉藻と眼をみあわせると、血の枯れた老僧の指先はおのずとふるえて、数珠はさらさらと音するばかりに揺れた。玉藻の顔色にばかり眼をつけていた兼輔はそれに気がつかないらしかった。

「では、かさねて参ります。かならずお逢いくださりませ」

またの日を約束して、玉藻は阿闍梨の前を退がった。兼輔も一緒に立った。阿闍梨は縁まで出ていつまでも見送っていたが、枯木のような彼は急に若やいだ心持になって、総身の血汐（ちしお）が沸くように感じられた。彼は燃えるような眼をあげて夢ごころに陰（くも）った空を仰いでいると、なま暖かい春風が法衣をそよそよと吹いた。何とは知らず、彼は幾たびか溜息をついて、酔ったような足どりで本堂の方へゆくと、昼でも薄暗い須弥壇の奥には蠟燭の火が微かにゆらめいて、香の煙がそこともなしに立ち迷っていた。その神秘的の空気のうちに、阿闍梨はだまって坐った。

彼はいつものように観音経を誦し出そうとしたが、不思議に喉が押し詰まったようで、唱え馴れた経文がどうしても口に出なかった。胸は怪しくとどろいてきた。ふと見上げると、正面の阿弥陀如来の尊いお顔がいつの間にか玉藻のあでやかなる笑顔と変わっていた。阿闍梨は物に憑かれたようにわなわなと顫え出した。彼はもう堪らなくなって、物狂おしいほどの大きい声で弟子の僧たちを呼び集めた。

「すこし子細がある。お身たち一度に声をそろえて高らかに観音経を唱えてくりゃれ」

大勢の僧は行儀よく居並んだ。読経の高い声は一斉に起こった。数珠の音もさらさらと響いた。それに誘い出されて、阿闍梨も共に声を張り上げようとしたが、彼の舌はやはりもつれて自由に動かなかった。彼の胸は不思議に高い浪を打った。

「蠟燭を増せ。香を焚け」

彼は苦しい声を振り絞ってまた叫んだ。蠟燭の数は増されて、須弥壇はかがやくばかりに明るくなった。阿弥陀如来の尊像はくすぶるばかりの香りの煙につつまれた。その渦まく煙のなかに浮き出している円満具足のおん顔容は、やはり玉藻の笑顔であった。

阿闍梨は数珠を投げすてて跳り上がりたいほどにいらいらしてきた。彼のひたいからは膏汗（あぶらあせ）がたらたら流れた。

「銅鑼（どら）を打て。鐃鉢（にょうばち）を鳴らせ」

いろいろの手段によって漲（みなぎ）り起こる妄想を打ち消そうとあせったが、それもこれも無駄であった。あせればあせるほど、彼の道心（どうしん）をとろかすような強い強い業火（ごうか）は胸いっぱいに燃え拡がって、玉藻のすがたは阿闍梨の眼先を離れなかった。日ごろ嘲（あざけ）り笑っていた志賀寺（しがでら）の上人（しょうにん）の執着も、今や我が身の上となったかと思うと、阿闍梨はあまりの浅ましさと情けなさに涙がこぼれた。庭の上にも阿闍梨の涙とおなじような雨がほろほろと降ってきた。

彼は法衣（ころも）の袖に涙を払って、もう一度恐る恐るみあげると、如来のお顔はやはり美しい玉藻であった。一代の名僧の尊い魂はこうして無残にとろけていった。

三

「きょうはきついお世話でございました」

法性寺の門を出ると、玉藻は兼輔に言った。兼輔もきょうの首尾を嬉しく思った。

「頑固（かたくな）な叔父御もお身に逢うてはかなわぬ。まして初めから魂のやわらかい我らじゃ。

察しておくりゃれ」

彼は玉藻に肩をすり寄せて、女の髪の匂いを嗅ぐように顔を差しのぞいてささやくと、玉藻は顔をすこし赤らめてほほえんだ。

「またそのようなことを言うてはお弄りなさるか。その日の風にまかせて、きょうは東へ、あすは西へ、大路の柳のように靡いてゆく、そのやわらかい魂が心もとない。なにがしの局、なにがしの姫君と、そこにもここにも仇し名を流してあるく浮かれ男のお身さまと、末おぼつかない恋をして、わが身の果ては何となろうやら」

「なんの、なんの」と、男は小声に力をこめて言った。「昔は昔、今は今じゃ。兼輔の恋人はもうお身ひとりと決めた。鴨川の水がさかさに流るる法もあれ、お身とわれらとは尽未来じゃ」

「それが定ならばどのように嬉しかろう。その嬉しさにつけてもまた一つの心がかりは、数ならぬわたくしゆえにお身さまに由ない禍いを着しょうかと……」

「由ない禍い……。とはなんじゃ」

玉藻は黙ってうつむいていると、兼輔はやや得意らしくまた訊いた。

「お身と恋すれば他の妬みを受くる……それは我らも覚悟の前じゃ。諸人に妬まるるほどで無うては恋の仕甲斐がないともいうものじゃ。妬まるるは兼輔の誉れであろうよ。それがために禍いを受くるも本望……と我らはそれほどまでに思うている。恋には命も捨てぬものかは」

「そりゃお身の言わるる通りじゃ」と、玉藻は低い溜息をついた。「じゃというて、お身さまに禍いの影が蛇のように付きまとうているのを、どうしてそのままに見ていらりょう」

「じゃによって訊いている。その禍いの影とはなんじゃ。禍いの源はいずこの誰じゃ」

「少将どのじゃ」

「実雅か」と、兼輔は眼をみはった。

少将実雅はかねて自分に恋していたと玉藻は語った。恋歌も艶書も千束にあまるほどであったが、玉藻はどうしてもその返しをしないので、実雅はしまいにこういう恐ろしいことを言って彼女をおびやかした。自分の恋を叶えぬのはよい。その代わりにもしお身が他の男と恋したのを見つけたが最後、かならずその男を生けては置かぬ。実雅は彼と刺し違えても死んで見するぞと言った。殿上人とはいえ、彼は代々武人である。殊にいちずの気性であるから、それほどのこともしかねまい。自分が兼輔のために恐れているのはその禍いであると、玉藻は声をひそめて話した。

そう言われると思い当たることがないでもない。現に関白殿の花の宴のゆうべに、彼は自分と玉藻との語らいをぬすみ聴いていたらしく、それを白状せよと迫って土器をしい付けた。そのとき彼はなにげなく笑っていたが、その笑みの底には刃を含んでいたかもしれない。こっちの返事次第であるいは刺し違える料簡であったかもしれない。こう思うと、兼輔は俄にぞっとした。気の弱い彼は、もう実雅に胸倉をとられて、氷のような刃を突き付けられたようにも感じられた。

二人はしばらく黙って、九条の河原を北にむかって辿ってゆくと、うす暗い空をいよいよ暗く見せるような糺（ただす）の森が、眼のさきに遠く横たわっていた。聖護院（しょうごいん）の森ももう夏らしい若葉の黒い影に掩われていた。ほととぎすでも啼（な）きそうなという心で、二人は空へ眼をやると、その眉の上に細かい雨のしずくが音もなしに落ちてきた。

「ほう、降ってきたか」

兼輔は牛車（ぎっしゃ）に乗って来なかったのを悔んだ。恋しい女と連れ立ってゆく物詣（ものもう）でには、かえって供のない方が打ち寛（くつろ）いでよいとも思ったので、きょうはわざと徒歩（かち）で来たのであるが、この俄雨に逢って彼はすこし当惑した。自分はともあれ、玉藻を濡らしたくないと思ったので、彼は扇をかざしながらあたりを見まわした。

「しばらくここに待たれい。強く降らぬ間に笠を求めてまいる」

河原の柳の下蔭に玉藻をたたずませて置いて、彼は人家のある方へ小走りに急いで行った。雨の糸はだんだんに繁くなって、彼の踏んでゆく白い石の色も変わってきた。玉藻は薄い被衣（かつぎ）を深くかぶって、濡れた柳の葉にその細い肩のあたりを弄（なぶ）らせながら立っていると、これも俄雨に追われたのであろう。立烏帽子のひたいに直衣（のうし）の袖をかざしながら急ぎ足にここを通り過ぎる人があった。彼は柳の蔭に佇（たたず）んでいる女の顔を横眼に見ると、ひき戻されたように俄に立ち停まった。

玉藻もその人と顔をみあわせた。彼は千枝松であった。しばらく見ないうちに彼はもう立派な男になって、その男らしい顔がいよいよ男らしくなっていた。彼が昔の烏帽子折りでないことは、その清げな扮装（いでたち）を見てもすぐに覚られた。

しかし千枝松は黙って立っていた。玉藻も黙って眼を見合っていた。

「藻（みくず）でないか」と、しばらくして男は声をかけながら近寄った。

藻と千枝松は四年振りでめぐり逢ったのである。勿論、男の方では女の消息をみな知っていた。関白どのに召されて寵愛を一身に集めて、玉藻の前と世の人びとに持て囃（はや）されていることは、彼の耳にも眼にも触れていた。しかもこうして顔を突きあわせて、親しく物を言いかけるのは実に四年目であった。怨めしいと懐かしいとが一つにもつれ合って、かれは容易にことばも出なかったのである。

昔の我が名を呼びかけられても、玉藻は返事もしなかった。千枝松はまたひと足進み寄って言った。

「玉藻の前と今ではお言やるそうな。幼な馴染みの千枝松を、よもや忘れはせられまいが……」

「久しゅう逢いませぬ」と、玉藻もよんどころなしに答えた。

「お身の出世は蔭ながら聞いている。果報めでたいことじゃ」

めでたいという詞の裏には一種の怨みを含んでいるらしいのを、相手は覚らないように軽くほほえんだ。

「ほほ、羨まるるほどの果報でもござらぬ。お前が昔の意見も思い当たった。上つかたの御奉公もなかなか辛い苦しいもの、察してくだされ。して、こなたはやはり叔父御と一つに暮らしていやるのか」

「いや、わしは烏帽子折りの職人をやめて、日本じゅうに隠れのないお人のお弟子になった」と、千枝松は誇るように答えた。

「そのお師匠さまはなんというお人じゃ」

「陰陽師の播磨守泰親どのじゃ」

「おお、安倍泰親どのか」

玉藻の顔色はさっと変わったが、たちまちもとにました柔らかい笑顔にかえった。

「それは仕合わせなこと。おまえは堅い生まれ付きじゃで、よいお師匠をもたれたら、行く末の出世は見るようじゃ。して、お前も男になって、今も昔の名を呼ばれてござるのか」

「千枝松という名はあまりに稚げじゃと仰せられて、お師匠さまが千枝太郎と呼びかえて下された。しかも泰親の一字を分けて、元服の朝から泰清と呼ばるるのじゃ」

「千枝太郎泰清……ほんに立派な名乗じゃ。名も変われば人柄も変わって、昔の千枝ま、とは思われぬ」と、玉藻もさすがに懐かしそうに、昔の友達の大人びた姿を眺めていた。藻に捨てられた悲しみと、病にさいなまるる苦しみとに堪えかねて、千枝松は若い命を水の底に沈めようとしたのであったが、運の強い彼は通りかかった泰親に救われた。泰親は彼を憫れんだ。ことに彼の慧しげなのを見て、泰親は叔父夫婦にも子細をうちあけて、彼を自分の弟子として取り立ててみたいと言った。都はおろか、日本じゅうに隠れのない、名家の弟子のかずに入ることは身の誉れであると、千枝松は涙をながして喜んだ。叔父たちにも異存はなかった。

禍いがかえって福となった烏帽子折りの少年は、それから泰親の門に入って、天文を習った。卜占を学んだ。さすがは泰親の眼識ほどあって、年にも優して彼の上達は実に目ざましいもので、明けてようよう十九の彼は、ほかの故参の弟子どもを乗り越えて、やがては安倍晴明以来の秘法という悪魔調伏の祈りをも伝えらるるほどになった。彼は泰親が秘蔵弟子の一人であった。

それほどの事情を詳しく知らないまでも、昔の千枝ま、が今は千枝太郎泰清と名乗っていることが、玉藻に取っては意外の新発見であるらしかった。彼女はこの昔の友に対して、過去の罪を悔むような打ちしおれた気色をみせた。

「のう、千枝太郎どの。お前はさぞ昔の藻を憎い奴と思うでござろうのう。わたしもまだその頃は幼な心の失せいで、お宮仕えの、御奉公のとただひと筋にあこがれて、お前を振り捨てて都へ上ったが、くどくも言う通り御奉公は辛い切ないもの、山科の田舎で気ままに暮らした昔が思い出されて、今更しみじみ懐かしい。お前とてもそうであろう。泰親殿は気むずかしい、弟子たちの躾けかたもきびしいお人じゃと聞いている。朝夕の奉公に定めて辛いことも数々あろう。出世の、果報のと羨まれても、それがなんの身の楽になることか。おたがいに辛いうき世じゃ」

昔を忍ぶようにしみじみと託たれて、千枝太郎もなんだか寂しい心持になった。女に対する年ごろの積もる怨みは次第に消えて、彼はいつかその人を憫れむようになって来た。彼はもう執念深く彼女を責める気にもなれなかった。

「父御はあの明くる年に死なれたそうな」と、彼は声を沈ませて言った。

「おお、御奉公に出た明くる年の春の末じゃ。関白殿のお指図で典薬頭が方剤を尽くして、いろいろにいたわって下されたが、人の命数は是非ないものでのう」と、玉藻も今更のように眼をうるませた。

「お師匠さまが山科の家の門に立って、これは凶宅じゃ、住む人の命は保つまいと言われたが、その卜占はたしかにあたった」

「お師匠さまはそのように申されたか」と、玉藻の瞳はまた動いたが、やがて感嘆の太息をついた。「卜占に嘘はない。お師匠さまは神のようなお人じゃ」

「それは世にも隠れのないことじゃ。四年このかた、わしもおそばに仕えて何もかも知っているが、お師匠さまが空を見て雨ふるといえばきっと降る。風ふくといえばきっと吹く。あつい襖（ふすま）を隔てて他人（ひと）のすること一から十まで言い当てらるる。お師匠さまが白紙（しらかみ）を切って、印をむすんで庭に投げられたら、大きい蟇（ひき）めがその紙に押しつぶされて死んでしもうた」

玉藻はおそろしそうに身をすくめた。

しだれた柳の葉は川風にさっとなびいて、雨のしずくをはらはらと振り落とすのを、千枝太郎は袖で払いながらまた言った。

「現にきょうもじゃ。お師匠さまは雨具の用意してゆけと言われたを、近い路じゃと油断して、そのままに出て来ると直ぐにこれじゃ。ほんに思えばおそろしい」

「お前もその怖ろしい人にならるるのか」と、玉藻はあやぶむように男の顔をじっと見つめた。

「おそろしいのでない。まことに尊いのじゃ。わしもせいぜい修業して、せめてはお師匠さまの一の弟子になろうと念じている」

「それもよかろう。じゃが……」

玉藻はなにか言い出そうとして、ふと向こうを見やると、二つの笠を持った兼輔が河原づたいに横しぶきのなかを駈けて来た。

「おお、わたしの連れが笠を借りて戻った。千枝太郎殿、また逢いましょうぞ」

言う間(ひま)に兼輔はもう近づいた。柳の雨に濡れて立つ美女を前にして、若い公家と若い陰陽師とは妬ましそうに眼をみあわせた。

采女(うねめ)

一

千枝太郎泰清は柳の雨に濡れて帰った。播磨守泰親の屋敷は土御門(つちみかど)にあって、先祖の安倍晴明以来ここに年久しく住んでいた。

「ただ今戻りました」

「ほう、いこう濡れて来た。笠を持たずにまいったな」と、泰親は自分の前に頭をさげた若い弟子の烏帽子をみおろしながらほほえんだ。

「おことばにそむいて笠を用意せずに出ました」と、千枝太郎は恐れ入ったように再び頭をさげた。

「いや、懲(こ)るるのも修業の一つじゃよ」

事もなげにまた笑った泰親の優しげな眼の色は見るみる陰った。彼は扇を膝に突き立てて、弟子の顔を睨むように見つめた。

「お身は途中で誰に行き逢うた」

千枝太郎はぎょっとした。しかも何事にも見透しの眼を持っている、神のような師匠の前で、彼はいつわりを言うべきすべを知らなかった。彼は河原で玉藻の藻(みくず)に偶然出逢ったことを正直に白状すると、泰親は低い溜息をついた。

「わしもそう見た。お身は再び怪異(あやかし)に憑(つ)かれたぞ。心(こころ)せい」

言い知れない恐怖におそわれて、千枝太郎は息をつめて身を固くしていると、泰親はあわれむように、また諭(さと)すように言い聞かせた。

「お身はあやかしに一度憑かれて、危うく命を亡(うしな)おうとしたことを今も忘れはせまい。その後は一心に修業を積んで、年こそ若けれ、ゆくゆくは泰親の一の弟子とも頼もしゅう思うていたに、きょうは俄にお身の相好(そうごう)が変わって見ゆる。みだりに嚇(おど)かすと思うなよ。お身のおもてには死の相がありありと現われているとは知らぬか。お身をいとしいと思えばこそ、泰親かねて存ずる旨をひそかに言うて聞かすが、誓って他言無用じゃぞ」

くれぐれも念を押しておいて、泰親は日ごろ自分の胸にたくわえている一種の秘密を打ち明けた。それはかの玉藻の身の上であった。泰親はさきに山科の玉藻の住家を凶宅とうらなって、それからだんだん注意していると、玉藻という艶女(たおやめ)は形こそ美しい人間であれ、その魂には怖ろしいあやかしが宿っている。悪魔が彼女の体内に隠れ棲んでいる。それを知らずに、関白殿は彼女を身近う召し出されて、並々ならぬ寵愛を加えられている。その禍いが関白殿の一身一家にとどまれば未(ま)だしものことであるが、悪魔の望みはさらにそれよりも大きい。それからそれへと禍いの種をまき散らして、やがてはこの日本を魔界の暗黒に堕(おと)そうと企てているのである。――こう話してきて、泰親は一段とその声をおごそかにした。

「お身に心せいというのはこのことじゃ。広い都にかの女性(にょしょう)を唯者(ただもの)でないと覚っているものは、この泰親のほかにまだ一人ある。それは少納言の信西入道殿じゃ。かの御仁(ごじん)も天文人相に詳しいので、とかくに彼女を疑うて、さきの日わしに行き逢うた折りにもひそかに囁かれたことがある。関白殿はもう彼女に魂を奪われていれば、とても一応や二応の御意見で肯(き)かりょうとも思われぬが、ただひとつの頼みは弟御の左大臣殿じゃ。信西入道からかの殿に申し勧めて、玉藻をまず関白殿の屋形から遠ざけ、さてその上で悪魔調伏の秘法を行ない、とこしえに禍いの種を八万奈落(はちまんならく)の底に封じ籠めてしまわねばならぬ。その折柄(おりから)にお身がうかうかと再びその悪魔に近づいて、なにかの秘密を覚られたら我々の苦心も水の泡じゃ。悪魔は人間よりも賢い。それと覚ったらまたどのような手だてをめぐらそうも知れぬ。きょうは自然のめぐりあいで、まことに余儀ない破目（はめ）であるが、これを機縁に再び彼女と親しゅうするなど夢にもならぬことじゃと思え。この教えに背いたらお身の命はかならず亡ぶる。きっと忘れまいぞ」

「ありがたい御教訓、胆（きも）にこたえて決して忘れませぬ」と、千枝太郎は尊い師匠の前で立派に誓った。

「わかったかな」と、泰親はまだ危ぶむような眼をしていた。

「判りました」

半分は夢のような心持で、千枝太郎は師匠の前を退がった。自分の部屋へ戻って、彼は机の前に坐ったが、あまりに思いも付かない話をだしぬけに聴かされたので、彼の頭は恐怖と驚異とに混乱してしまった。あの可愛らしい藻、あの美しい玉藻、それに怖ろしい悪魔の魂が宿っているなどとは、どう考えても信じられない不思議であった。いかに神のようなお師匠さまの眼にも何かの陰翳（くもり）が懸かっているのではあるまいかと、彼も一度は疑った。

しかし、だんだん考え詰めているうちに、いろいろの記憶が彼の胸によみがえってきた。藻はゆくえをくらまして、昔から祟りがあると伝えられている古塚の下に眠っていたこともある。陶器師の婆の話によれば、藻は白い髑髏（されこうべ）をひたいにかざして暗い川端に立っていたこともあるという。しかもそれを話した婆は、やはり古塚のほとりで怪しい死に方をしていた。またそればかりでない。近い頃にも関白殿の花の宴に、玉藻のからだから不思議の光を放って暗い夜を照らしたという噂もある。

それやこれやを取り集めて考えると、玉藻が普通の人間ではないらしいという判断も、決して拠りどころのない空想ではなかった。

「かりにもお師匠さまを疑うたのはわしの迷いであった。玉藻は悪魔じゃ。いつぞやの夢に見た天竺、唐土の魔女もやはり玉藻の化身に相違あるまい」

そう気がつくと、千枝太郎は急に身の毛がよだつほどに怖ろしくなった。彼は屋敷に召し使われている女子から鏡を借りて来て、自分の顔をつくづくと映してみた。彼は幾たびか眼を据えて透かして視たが、自分の若々しい顔の上から死相を見いだすことは出来なかった。かれは溜息と共に鏡を投げ出した。

「陰陽師、身の上知らずとはこれじゃ」

それにつけても師の泰親は万人にすぐれて偉い、尊い人であると、彼は今更のように感心した。信西入道も偉いと思った。彼は自分の学問未熟を恥ずると共に、師匠や信西を尊敬するの念がいよいよ深くなった。こうした尊い師匠に救われて、親しくその教えをうけているおのれは、いかに幸いであるかということも、しみじみと考えさせられた。

「なんでもお師匠さまのお指図通りにすればよいのじゃ」と、今の彼はこう素直に考えるよりほかはなかった。

実をいえば、さっき河原で玉藻に別れるときに、女はそこへ来あわせた若い公家の手前を憚って、口ではなんにも言わなかったが、その美しい眼が明らかに語っていた。それは近いうちにまた逢おうという心であることを千枝太郎は早くも覚った。彼もおなじ心を眼で答えて別れた。しかし今となっては、もうそんなことを考えるさえも怖ろしかった。自分はその一刹那から再び怪異に憑かれたのであった。彼はこれから一七日の間、斎戒して妖邪の気を払わなければならないと思った。

自分にはお師匠さまという者が付いている——こう思うと、彼はまた俄に心強くもなった。未熟な自分の力ではとてもその妖魔に打ち勝つことは覚束ないが、お師匠さまの力を仮りればかならず打ち勝つことが出来る。お師匠さまもまたそれに苦心していられるのであるから、及ばずながらも自分はお師匠さまに力を添えて、ともどもに悪魔調伏に一心を凝らさなければならない。悪魔がほろぶれば自分ひとりの命が救われるなどという小さい事ではない、この日本の国を魔界の暗闇から救うことも出来るのである。

彼は一生の勇気を一度に振るい起こして、悪魔と向かい合って闘わなければならないと、強い、強い、健気な雄々しい決心をかためた。彼はその夜の更けるまで机に正しく坐って、一心不乱に安倍晴明以来の伝書の巻を読んだ。

それから十日ほど経って、泰親は外から帰ってくると、そっと千枝太郎を奥へ呼んだ。

「法性寺の阿闍梨も気が狂うたそうな」

阿闍梨もという言葉に深い意味が含まれているらしく聞こえたので、千枝太郎はまたぞっとして師匠の顔をみあげると、泰親はさらに説明した。

「思うても怖ろしいことじゃ。お身が河原で玉藻にめぐり逢うたのは、彼女が法性寺詣での戻り路であった。左少弁兼輔の案内で、阿闍梨は玉藻に面会せられた。それから後は何とやらん様子が変わって、よそ目には物に憑かれたとも、物に狂うたとも見ゆるとやら。余人はその子細を覚らいで、ただただ不思議のことのように驚き怪しんでいるが、泰親の観るところでは、これもかの悪魔のなす業じゃ。まず日本の仏法を亡ぼさんがために碩学高徳の聖僧の魂に食い入って、その道念を掻き乱そうと企てたのであろう。それを知らいで、うかうかと彼女の手引きをした左少弁殿も、その行く末はどうあろうのう」

さきの日、河原で出逢った若い公家が左少弁兼輔であることを、千枝太郎は初めて知った。その当時、彼は一種の妬みの眼をもってその人を見ていたのであるが、今となっては、彼は憫れみの眼をもってその人を見なければならないようになった。

「しかし、恐るるには及ばぬ。泰親はよい時に生まれあわせた。わしの力で悪魔を取り鎮めて、世の暗闇を救うことが出来れば、末代までも家の誉れじゃ」

泰親は、力強い声で言った。

二

「阿闍梨も気が狂うたそうな」

丁度それと同じ頃に、おなじ詞が関白の屋形にある玉藻の口からも洩れた。彼女は兼輔の文によってそれを知ったらしく、その文を繰り返して見入っていた。文は阿闍梨の病気のことを報らせて、自分は今夜その見舞いに法性寺へ参ろうと思うが、お身も一緒にまいらぬかという誘いの文句であった。

阿闍梨と兼輔とは叔父甥の親しい仲である。それがただならぬ病に悩んでいると聞いたらば、何を差しおいても直ぐに見舞うべきはずであるのに、わざわざ女子を誘ってゆく。しかも夜を択んでゆく。兼輔の本心が叔父の病気見舞いでないことは見え透いていたが、玉藻は躊躇せずに承知の返事をかいた。しかし若い男がたびたび誘いに来られては、主人の手前、余人の思惑、自分もまことに心苦しいから、四条の河原で待ち合わせてくれと言ってやった。

日の暮れるのを待って、玉藻は屋形を忍んで出た。暦はもう卯月に入って、昼間から雨気を含んだ暗い宵であった。その昔、一条戻り橋にあらわれたという鬼女のように、彼女は薄絹の被衣を眉深にかぶって、屋形の四脚門からまだ半町とは踏み出さないうちに、暗い木の蔭から一人の大きい男が衝（つ）と出て来て、渡辺（わたなべ）の綱（つな）のように彼女の腕をしっかりと摑んだ。

「あれ」

振り放そうともがいても、男はなかなかその手をゆるめなかった。彼は小声に力をこめて言った。

「騒がれな、玉藻の前。暗うても声に覚えがござろう。われらは実雅じゃ」

「おお。少将どのか」と、玉藻はほっとしたらしかった。「わたくしはまた、鬼か盗人かと思うて……」

「その鬼よりも怖ろしいかもしれぬぞ」と、実雅は暗いなかであざ笑った。「お身はこの宵にどこへ参らるる」

　玉藻は立ちすくんで黙っていた。

「法性寺詣でか、兼輔と連れ舞うて……。はは、何をおどろく。お身たちのすることなすこと、この実雅の耳へはみな筒抜けじゃ。われらが今宵、大納言師道（もろみち）卿の屋形へ歌物語を聴きにまいろうと存じて、四条のほとりへ来かかると、兼輔めが人待ち顔にたたずんでいる。何してじゃと問えば、これから法性寺へ叔父御の見舞いにゆくという。その慌てた口ぶりがどうやら胡乱（うろん）に思われたので、五、六間も行き過ぎてまた見返ると、彼はまだ行きもやらじに立ち明かしている。さてはここに連れの人を待ち合わせているのかと思うと、すぐに覚ったは玉藻の御、お身のことじゃ。それから足を早めてここの門前へ来て、さっきから出入りを窺うていたとは知らぬか。さあ真っ直ぐに言え、白状せられい」

と、実雅ははずむらしい息を努めて押し鎮めて、女の細い腕を揺すぶりながら訊いた。

「そう知られては隠しても詮ないこと。まこと今宵は左少弁殿と言いあわせて、法性寺詣でに忍び出たに相違ござりませぬ」

「むむ。相違ないか」と、大きいからだをふるわせて実雅は唸った。「お身は先月も兼輔めと連れ立って法性寺へまいったというが、確かにそうか」

それも嘘ではないと玉藻は答えた。しかしそれは隆秀阿闍梨の教化をうけたいために兼輔の案内を頼んだので、ほかには別に子細はないと言ったが、実雅は素直にそれは肯き入れなかった。現にこのあいだの花の宴にも、自分は彼と玉藻との密会を遠目に見ている。今更そんなあさはかな拵えごとで、自分を欺くことはできまいとまたあざ笑った。

「ついては、少将実雅があらためてお身に訊きたいことがある。お身が実雅の恋をきかぬ以上、あだし男に心をかよわすことはならぬ。もしその約束を破ったら、その男を生けては置かぬと……」

「それもよう覚えております」

実雅の手にすがって、玉藻はさめざめと泣き出した。もうこうなれば何もかも白状するが、実は兼輔に迫られて、自分は彼の恋をいれたのである。勿論、そのときに実雅との約束を楯にして、彼女は必死に断わったのであるが、兼輔はどうしても承知しないで、実雅のような愚か者がなんと言おうとも恐るるには及ばぬ。彼が執念深くぐずぐず言ったら、自分がきっと引き受けて二度とは口を明かせぬようにして見せる。なんの、食らい肥りの貧乏公家が何事をなし得ようぞと、彼はさんざんに実雅を罵って、無理無体に彼女を自分の物にしてしまった。

思えば女子は弱いもの、その当座は身も世もあられぬほどに悔み悲しんだが、今となってはもうどうすることも出来ないので、彼が誘うままに今夜もうろうろと屋形をぬけ出して来たのである。さぞ憎かろうが、どうぞ堪忍してくれと玉藻は泣いて訴えた。

「それは定か、いつわりないか」と、実雅はいらいらしながら念を押した。

「なんのいつわりを言いましょう。神かけて……」

「よし。思案がある」

玉藻を突き放して実雅は暗い大路を暴れ馬のように駈けて行った。大きい身体をゆすりながら大股に駈けるのであるから、四条の河原まで行き着いた頃には、ほとんど口も利かれないくらいに息が疲れていたが、それでも柳の下にたたずんでいる人の影を透かし視たときに、彼は喉が裂けるほどの大きい声を振り立てた。

「兼輔、まだそこにか」

また引っ返して来たのかと、兼輔は肚のなかで舌打ちした。そうして、暗いのを幸いに、黙ってそこをすり抜けて行こうとすると、水明かりで早くもそれと認めた実雅は、これも無言で駈けつけて、彼が直衣の袖を力任せにぐいと曳いた。たとい平安時代の殿上人にもせよ、実雅はともかくも武人の少将である、しかも力自慢の大男である。その大男に強くひかれて、孱細い左少弁は意気地もなくへなへなとそこに引き据えられた。

「やい、兼輔。関白殿の花の宴の夜に、おのれひねり潰してくれようと思うていたが、あいにくの嵐に邪魔されて、そのままに助けて置いたをありがたいとも思わずに、女にむかって人もなげなる広言を吐き散らしたそうな。やい、食らい肥りの貧乏公家とは誰がことじゃ。おれの前で、もう一度確かに言え」

「そりゃ無体の詮議じゃ。われら夢にもさようなことを……」と、兼輔はあわてて打ち消そうとするのを、哮り立った実雅は耳にもかけないで、嵩にかかってまた呶鳴った。

「ええ、なにが無体……。おのれは舌がやわらかなるままに、口から出るに任せてさまざまの雑言をならべ、この実雅を塵あくたのように言いおとしめたことを、おれはみな知っている。ええ、今さら卑怯に言い抜けようとして、おれには確かな証人があるぞ」

「そのような喚讒を誰が言うた」

「おお、玉藻が言うた。おのれは今宵も無理無体に玉藻をここへ誘い出して、法性寺へ行こうでな。憎い奴め」

実雅の拳(こぶし)は兼輔の頬を二つ三つ続けて打った。大力に打たれた兼輔は悲しい声をあげて、子供につかまれた子猫のように、相手の膝の下をくぐって逃げようと這いまわるのを、実雅は足をあげて鞠(まり)のように蹴倒した。

こうしたさんざんの手籠めに逢って、兼輔もさすがに無念であった。もう一つには、このまま彼の手に囚(とら)われていたら、果てはむごたらしいなぶり殺しに逢おうも知れまいという怖れもまじって、彼は足もとに転げている河原の小石をさぐり取って、相手の顔と思うあたりへ三つ四つ投げ付けた。そのうろたえる隙(すき)をみて、彼は飛び起きて逃げようとするのを、実雅はすぐに追い掛けて再びその襟髪を摑んだ。嫉妬と憤怒(ふんぬ)にのぼせているところへ、小石の痛い眼つぶしを食わされて、実雅はまったく眼がくらんでしまった。彼は再び恋のかたきを蹴倒して、腰に佩(は)いている衛府(えふ)の太(た)刀(ち)に手をかけたかと思うと、闇にきらめいた切っ先は兼輔の烏帽子をはたと打ち落として、その小鬢(こびん)を斜めにかすった。

「わッ、人殺しじゃ」

その声の消えないうちに、二度目の太刀さきは兼輔の頸(くび)のあたりを横に払ったので、彼は息もせずにそこにぐたりと倒れた。実雅は片足でそれを二、三度揺り動かしてみたが、兼輔は石のように転(まろ)ばったままで、再び身動きをしそうもなかった。

「はは、もろい奴じゃ。おのれその醜態(ざま)で、実雅の悪口いうたか」

彼は勝利の満足をおぼえると同時に、一種の不安と後悔とが急に湧き出して来た。死人に口なしでなんとでも言い訳は出来るようなものの、かりにも左少弁たる人を河原で暗撃ちにしたとあっては、後日の詮議が面倒である。憎い奴ではあるが、さすがに殺すまでにも及ばなかったとも悔まれた。

今夜の河原は闇である。この闇にまぎれて逸早くここを立ち退いてしまえば、相手は殺され損で、誰にも詮議はかかるまいと思うと、実雅は俄にあとさきが見られて、あわてて血刀を兼輔の袖でぬぐってそっと鞘に収めようとすると、うしろからその肩を軽く叩く者があった。ぎょっとして振り返ると、自分のそばには玉藻が立っていた。凄いほどに白い彼女の笑顔は、暗い中にもありありと浮き出して見えた。

「見事になされました」

相手があまりにも落ち着き払っているので、実雅はすこし気味が悪くなって、無言のままで突っ立っていると、玉藻は重ねて言った。

「かたきを仕留められたのは男の面目、見事にも立派にも見えまするが、これからのちを何とせられまする。相手を殺して卑怯にも逃げられますまい」

星をさされて、実雅はまたぎょっとした。彼は太刀を鞘に収めるすべも知らないように、ただぼんやりと立っていた。

「お身さまも男じゃ、少将どのじゃ。仇の亡骸を枕にして見事に自害なされませ」と、玉藻は命令するように言った。

　この怖ろしい宣告を受けて、実雅は我にかえった。しかし彼はその命令に服従する気にはなれなかった。どうで自分の物にならない女ならば、いっそここであわせて玉藻を殺して、後日の口をふさぐ方が利益であると、彼は咄嗟のあいだに思案を決めた。

　彼はなにか言おうとするように見せかけて、玉藻のそばへひと足摺り寄ると同時に、手に持っている太刀を颯とひらめかせると、刃は空を切って玉藻の姿はたちまち消えた。おどろいて見廻すと、玉藻は彼の左に肩をならべて笑いながら立っていた。

　実雅はまた横に払った。その刃もおなじく空を切って、玉藻はさらに彼の右に立っていた。彼は焦れて右を切った。左を切った。うしろを払った。前を薙いだ。彼は独楽のようにそこらをくるくると廻って、夢中で手あたり次第に切り払ったが、一度も手ごたえはなかった。

　焦れて狂って、跳り上がって、彼は暗い河原を東西に駈けまわって、果ては狂い疲れてそこにばったり倒れた。倒れるはずみに彼は自分の刃で自分の胸を深く貫いてしまった。

　鴨川の水はむせぶように流れていた。暗い河原にひざまずいて、まだ温かい彼の生血を吸う者があった。

三

左少弁兼輔と少将実雅とが四条の河原で怪しい死にざまをしたということが、たちまち京じゅうの大きい噂となった。勿論、誰もその事実を知った者はないが、二つの死骸の疵口から考えると、実雅がまず兼輔を切り殺して、自分はその場から少し距れた川下へ行って自害したものらしく思われた。

下手人も倶に亡びた以上、別に詮議の仕様もないのであるが、実雅は武人で宇治の左大臣頼長に愛せられていた。兼輔はむしろ関白忠通の昵懇であった。その関係からいろいろの浮説が生み出されて、実雅と兼輔との刃傷事件は単に本人同士の意趣ではなく、忠通、頼長兄弟の意趣から導かれたかのように言い囃す者も出て来た。

頼長は別に気にも留めなかったが、この頃いちじるしく神経質になった兄の忠通は、そのままに聞き流していることが出来なかった。彼は厳重に実雅が刃傷の子細を吟味させたが、確かな証拠はとうとう挙がらなかった。

証拠が挙がらないので、自然立ち消えになってしまったが、忠通の胸は安らかでなかった。殊に実雅の方から仕掛けて兼輔を殺したらしいのが猶お不快であった。つまり頼長の味方が自分の味方を倒したのである。忠通はそれが何となく面白くなかった。彼は弟から戦いを挑まれたようにも感じられた。この上はせめてもの心やりと、二つには自分の威勢を示すために、忠通は兼輔の三七日法会を法性寺で盛大に営むことになった。

　この時代の習いで法性寺の内に墓地はなかったが、法会は寺内で行なわれた。殊にこの寺は関白の建立で、それをあずかる隆秀阿闍梨は兼輔が俗縁の叔父であるから、忠通が彼の法会をここで営むのは誰が眼にもふさわしいことであった。

　しかしここに一つの懸念は、当日の大導師たるべき阿闍梨その人がこのあいだから物に憑かれたように怪しゅう狂い乱れているという噂であった。

「阿闍梨の容態はどうあろう。見てまいれ」

　主人の言い付けで、織部清治は法性寺へ出向いてみると、阿闍梨はその怨念が鼠になったとか伝えられる昔の三井寺の頼豪のように、おどろおどろしい長髪の姿で寝床の上に坐っていた。清治の口上を聴いて、彼は謹んでうなずいた。

「かずならぬ甥めが後世安楽のために、関白殿が施主となって大法要を催さるるとは、御芳志は海山、それがしお礼の申し上げようもござらぬ。たとい如何ほどの重病たりとも、当日の導師の務めは拙僧かならず相勤め申す。この趣、殿下へよろしくお取次ぎを……」

　見たところは痛ましくやつれているが、その応対に少しも変わった節は見えないので、清治はまず安心した。すぐに屋形へ戻ってその通りを報告すると、忠通も眉を開いた。

「それほどに申すからは子細はあるまい。当日の用意万端怠（おこた）るな」

やがてその当日が来た。時の関白殿が施主となって営まるる大法要というのであるから、仏の兼輔に親しいも疎（うと）いもみな袂をつらねて法性寺の御堂（みどう）にあつまった。門前は人と車とで押し合うほどであった。その綺羅（きら）びやかな、そうして壮厳な仏事のありさまをよそながら拝もうとして、四方から群がって来た都の老幼男女も、門前を埋めるばかりにひしひしと詰めよせていた。四月も末に近い白昼（まひる）の日は、このたとえ難い混雑の上を一面に照らして、男の額にも女の眉にも汗がにじんだ。

「ほう、えらい群集（ぐんじゅ）じゃ」と、一人の若者が半ば開いた扇をかざしながらつぶやくと、その声に気がついたように一人の翁（おきな）が肩を捻じ向けた。

「おお、千枝までないか。久しいな」

それは山科郷の陶器師（すえものつくり）の翁であった。

声をかけられて千枝太郎もなつかしそうに摺り寄った。

「翁よ。ほんに久しいな」

よい相手を見付けたというように、翁も摺り寄ってささやいた。

「お身、藻（みくず）を見やったか」

「藻……。藻がきょうもここへ見えたか」

「おお、半刻ほども前に、見事な御所車に乗って来た。おれは車を降りるところを遠目に覗いたが、今は玉藻と名が変わっているとやら……。名も変われば人も変わって、顔も姿も光かがやくばかりの美しさ、おれは天人か乙姫さまかと思うたよ。偉い出世じゃ。いくら昔馴染みでも、もうおれたちはそばへも寄り付かれまい。はははは」と、翁は昔とちっとも変わらない、人の善さそうな笑顔をみせた。

藻――それは千枝太郎に取って、堪え難いように懐かしい、しかも身ぶるいするほどに怖ろしい名であった。彼女は果たして魔性の者であろうか。千枝太郎は明るい日の下で、もう一度彼女の正体を確かに見とどけたいと思った。

「きょうの法会はなんどきに果つるかのう」と、彼は独りごとのように言った。

「申の刻じゃと聞いている」と、翁は言った。「諸人が退散するまでにはまだ一刻余りもあろうよ」

　言ううちに、前の方に詰め寄せていた人びとは、物に追われたように俄に崩れて動き出した。その人なだれに押されて、突きやられて、翁と千枝太郎は別れ別れになってしまった。法会は中途で急に終わって、参列の諸人が一度に退散するために、先払いの雑色どもが門前の群集を追い立てるのであった。

　法会はなぜ中途で終わったのか。千枝太郎は逢う人ごとに訊いてみたが、誰にも確かなことは判らなかった。しかし衆僧を集めて読経の最中に、大導師の阿闍梨がなにを見たのか、急に顔の色を変えて額に玉の汗をながして、数珠の緒を切って投げ出して、壇からころげ落ちたというのが事実であるらしかった。

「魔性のわざじゃ」

千枝太郎も顔の色をかえて早々に逃げ帰った。阿闍梨はなにを見て俄に取り乱したのか、おそらく参列の人びとのうちにかの玉藻の妖艶な姿を見いだして、その道心が怪しく乱れ始めたのであろう。生きながら魔道へ引き摺られてゆく阿闍梨の浅ましい宿業を悼むと共に、千枝太郎は自分のお師匠さまの眼力の高く尊いのをいよいよ感嘆した。

しかしこれを察したのは千枝太郎の師弟ばかりで、余人の眼にはこの秘密が映らなかった。高徳のひじりが物狂おしゅうなったのは、天狗の魔障ではあるまいかなどと、ひたすらに恐れられた。そうして、それが日の本の仏法の衰えを示すかのように、口さがない京わらんべは言いはやすので、忠通はいよいよ安からぬことに思った。なまじいのことを企てて、かえって自分の威厳を傷つけたように口惜しく思われた。彼は眼にみえない敵に取り囲まれて、四方からだんだんに圧迫されるような苦しみをおぼえて、その神経はいよいよ尖って来た。この頃の彼は好きな和歌を忘れたように捨ててしまった。政務もとかくに怠り勝ちで、はては所労と称して引き籠った。

ことしの夏は都の空にほととぎすの声は聞こえなかったが、五月雨はいつもの夏よりも多かった。五月に入ってからはほとんど小やみなしに毎日じめじめと降りつづいて、若葉の緑も腐って流れるかと思うばかりに濡れ朽ちてしまった。垂れこめている忠通の頭はくろがねの冠をいただいたように重かった。そうして、むやみに癇がたかぶって、訳もなしにいらいらした。夜もおちおちとは眠られなかった。このままに日を重ねたらば、自分も法性寺の阿闍梨の二の舞いになるのではあるまいかと、自分ながら危ぶまれるようになった。

家来も侍女どもも主人の機嫌が悪いので、みなはらはらしていた。お気に入りの織部清治も毎日叱られ続けていた。ことに彼はさきの日、法性寺へ使いに立ったときに、阿闍梨の容態を確と見届けて来なかったがために、大切の法要をさんざんの結果に終わらせたというので、いよいよ主人の機嫌を損じた。

そのなかで寵愛のちっとも衰えないのはかの玉藻ひとりで、主人の機嫌がむずかしくなればなるほど、彼女は主人のそばに欠くべからざる人間となって、忠通が朝夕の介抱や給仕はすべて彼女ひとりが承っていた。

「よう降ることじゃ」

忠通は暮れかかる庭の雨を眺めながら、滅入るような溜息をついた。

「ほんによう降り続くことでござりまする。河原ももう一面に浸されたとか聞きました」と、玉藻もうっとうしそうに美しい眉を皺めて言った。

「また出水か。うるさいことじゃ。出水のあとは大かた疫病であろう。出水、疫病、それにつづいて盗賊、世がまた昔に戻ったか。太平の春は短いものじゃ」

　天下の宰相としてこの苦労は無理ではなかった。二人はまた黙っていると、庭の若葉はだんだんに暗い影につつまれて、溢れるばかりに漲った池のほとりで蛙がそうぞうしく鳴き出した。

「ああ、世の中がうるそうなった。わしもお暇を願うて、いっそ出家遁世しようか」

と、忠通はまた溜息をついた。

「御出家……」と、玉藻は聞き咎めるように言った。「殿が御出家なされたら、あとは誰が代わらせられまする」

「頼長かな」

「そうなりましたら、左大臣殿は思う壺でござりましょう。現に殿がお引き籠りの後は、かのお人が何もかも一人で取り仕切って、殿上を我が物顔に押し廻していらるるとやら。今ですらその通り、殿が御隠居遊ばされたら、その後の御威勢は思いやられまする」

「彼のことじゃ。さもあろうよ」と、忠通は苦笑いした。

　その笑いの底には、おさえ難い不満が忍んでいた。日頃からややもすれば兄を凌ごうとする頼長めが、おれの引き籠っているのを幸いに、冠をのけぞらして殿上を我が物顔にのさばり歩く。その驕慢の態度が眼にみえるように思われて、忠通は急にいまいましくなってきた。うかつに遁世して、多年の権力を彼にやみやみ奪われるのは如何にも残念で堪らないように思われてきた。

「さりとて、わしはこの通りの所労じゃ。頼長が兄に代わって何かの切り盛りをするも是非があるまい。余の公家ばらは彼の鼻息を窺うばかりで、一人も彼に張り合うほどのものは殿上にあるまいよ」と、忠通は憤るように言った。勢いに付くが世の習いであることを、彼はしみじみと感じた。

その果敢ないような顔をじっと見あげて、玉藻はそっと言い出した。

「つきましては、わたくしお願いがござりまするが……」

「あらためてなんの願いじゃ」

「殿の御推挙で采女に召さるるように……」

「ほう、お宮仕えが致したいと申すか」

忠通はすこし考えた。玉藻ほどの才と美とを具えていれば、采女の御奉公を望むも無理はない。その昔の小野小町とてもおそらく彼女には及ぶまい。実は忠通にもかねてその下心があったのであるが、自分の傍を手放すのが惜しさに、自然延引して今日まで打ち過ぎていたのである。この際、本人の望むがままに、玉藻を殿上の采女に召させて、彼女の力をかりて頼長めの鼻をくじかせてやろうかとも考えた。忠通も女のひそめる力というものを能く識っていた。

「望みとあれば、推挙すまいものでもないが……。頼長めが何かと邪魔しようも知れぬぞ」と、忠通はさびしく笑った。

「いえ、その左大臣殿と見事に張り合うて見せます」

「頼長と張り合うか」

「わたくしが殿上に召されましたら、左大臣殿とて……」と、言いさして彼女は、ほほと軽く笑った。

　これはあながちに自讃でない。玉藻ほどの才女ならば、ひそめるその力を利用して、頼長めを殿上から蹴(け)落とすことが出来るかもしれないと、忠通は頼もしく思った。

雨乞(あまご)い

一

　あくる朝、大納言師道(もろみち)は関白の屋形に召された。師道は雨を冒(おか)して来た。

「きのうも今日も降りつづいて、さりとは侘(わび)しいことでござる。殿には御機嫌いかがおわします」と、師道はねんごろに関白の容態をたずねた。

「とかくに勝れないでのう」と、忠通は烏帽子のひたいを重そうに押さえた。「きょうわざわざ召したはほかでもない。お身と忠通とは年ごろの馴染みじゃ。打ちあけて少しく申し談じたい儀があって……。近う寄られい」

それは玉藻を采女に推薦する内儀であった。師道にももちろん異存はなかった。

「至極の儀、わたくしも然るびょう存じ申す。当時関白殿下の御威勢をもって、彼女を采女にすすめ奉るに、誰も故障申し立つべきようもござりますまい」

「いや、そこじゃて」と、忠通は悩ましげに頭をかたむけた。「お身の言わるる通り、忠通の威勢をもって彼女を申し勧むるに、何の故障はないはずじゃが、高き木は風に傷めらるるとやらで、この頃の忠通には眼にみえぬ敵が多い。いや、ひがみでない、忠通はたしかにそう見ておる。ついては玉藻の儀も何かとさえぎって邪魔するやからがないとも限らぬ。まず第一には弟の頼長めじゃ。次には信西入道、彼もこのごろは弟めの襟元に付いて、ややもすれば予に楯を突こうとする、けしからぬ古入道じゃ。まだそのほかにも数え立てたら幾人もあろう。うわべはさりげのう見せかけて、心の底には忠通を押し傾けようと企んでいるやからが、殿上には充ち満ちておる。お身はまだ知らぬか」

忠通と頼長、この兄弟の不和は師道もうすうす知らないでもなかったが、忠通の敵が殿上に充ち満ちているなどとはちっとも思い寄らないことで、それは恐らく彼のひがみであろうと思った。自体関白の様子は昔とよほど変わっている。質素な人物がだんだんに驕奢に長じてきた。温厚な人物がだんだん疳癖の強いわがままな性質に変わってきた。殊にこの頃は病に垂れ籠めているので、疳癖はいよいよ昂ぶって、あらぬことにも心を狂わすのであろう。それに逆らっては好くないと考えたので、師道は素直に彼の言うことを聴いていた。

「それじゃに因って、玉藻の儀もこの忠通の口から申しいづると、きっと邪魔するやからがある。ついては大納言、お身から好いように申し立ててはたもるまいか。お身は初めて玉藻を見いだした御仁じゃ。そのお身から申し勧むるにおいては、誰も表立ってさえぎる者もあるまい。どうじゃ。頼まれておくりゃれぬか」と、忠通は重ねて言った。

時の関白藤原忠通卿が詞をさげて頼むのである。師道はこれに対して故障をいうべきようもなかった。まして、自分は年来その恩顧を受けている。玉藻を彼に推薦したのも自分である。これらの関係上、師道はどうしてもこの頼みを断わるわけにはいかない破目になっているので、彼はやはり素直に承知した。

「御懇の御意、委細心得申した。あすにも参内して、万事よろしゅう執奏の儀を……」

「おお、取りかはろうてたもるか」と、忠通は子供のように身体をゆすって喜んだ。

いろいろの打ち合わせをして、師道はやがて関白の前をさがると、入れ代わって玉藻が召し出された。忠通は笑ましげに彼女に言い聞かせた。

「万事は大納言が受け合うてくれた。心安う思え」

「ありがとうござりまする」と、玉藻も晴れやかな眼をして会釈した。

雨はその日の夕方からひとしきり降りやんで、鼠色の雲が一枚ずつ剝げてゆくように明るくなった。その明るい大空の上には赤い星が三つ四つ光っていた。この時代の習いで、亥の刻頃（午後十時）には広い屋形の内もみな寝静まって、庭の植え込みでは時々に若葉のしずくのこぼれ落ちる音がきこえた。今夜は蛙も鳴かなかった。

女の童の小雪というのが眼をさまして廁へ立った。彼女は紙燭をともして長い廊下を伝ってゆくと、紙燭の火は風もないのにふっと消えた。それと同時に暗い行く手に明るい光が浮き出して、七、八間ほど先を静かに動いてゆくのを見たので、年の若い小雪はぎょっとして立ちすくんだ。

光の主は女であった。女は長い袴の裳をひいて、廊下を静かに歩んでゆく。そのうしろ姿が玉藻によく似ていると思ううちに、廊下の隅にある一枚の雨戸が音もなしにするりと明いて、女の姿は消えるように庭へぬけ出した。小雪は一種の好奇心にうながされて、これも足音をぬすんでそのあとからそっと庭に降り立つと、玉藻に似た姿は植え込みの間をくぐって行って、奥庭の大きい池の汀にすっくと立った。

池は年を経て、その水は蒼黒く淀んでいるのが、この頃の雨に嵩を増して、濁った暗い色が汀までひたひたと押し寄せていた。あやめや、かきつばたはその濁った波に沈んで、わずかに藻の花だけが薄白く浮かんでいるのが、星明かりにぼんやりと見えた。女はまず北に向かって一つの大きい星を拝した。ほかの星の赤いなかに、その星一つは優れて大きく金色(こんじき)に輝いていた。それは北斗七星というのであろうと小雪は思った。

女はその星をしばらく拝していたが、やがて向きを変えて池の汀にひざまずいた。彼女は左の手で長い袂をおさえながら、夜目にも白い右の手をのばして池の玉藻をすくっているらしかった。好奇心はいよいよ募って、女の童は息もせずに見つめていると、女はやがてその青い藻を手の上にすくいあげて、しずくも払わずに自分の頭の上に押し頂いた。

藻をかつぐのは狐である——こういう言い伝えを彼女は知っていたので、小雪は俄に怖ろしくなった。すくんだ足を引き摺りながらそっと引っ返そうとした時に、女の光は吹き消したように消えた。

「小雪か」と、暗いなかで女の涼しい声がきこえた。それは確かに玉藻の声であった。

女の童はもうおびえて、声も出なかった。ただ身を固くしてそこにうずくまっていると、玉藻はするすると寄って来て、彼女の細い腕をつかんだ。

「おまえ見たか」

女の童はやはり黙ってすくんでいた。

「隠さずに言や。なにを見た」

「なんにも……見ませぬ」

彼女はふるえながら答えたが、もう遅かった。女の童の小さいからだは、蛇に呑まれようとする蛙のように手足を拡げたまま固くなってしまった。その正体のない女の童を地の上にまろばして、玉藻はまずその黒い髪の匂いを嗅いだ。豊かな頰の肉をねぶった。

　このとき、鬼火のような小さい松明（たいまつ）の光が植え込みのあいだからひらめいて、だんだんにこちらへ近寄って来た。それは織部清治で、彼は宵と夜なかと夜あけとの三度に、屋形の庭じゅうを見廻るのが役目であった。

　彼は暗いなかで、犬が水を飲むような異様なひびきを聞いたので、ぬき足をしてここへ忍んで来た。そうして、その正体を見定めようとして松明をあげると、その火は水を掛けられたように消えてしまった。しかしその一刹那に、そこに這いかがまっている人が玉藻であるらしいことを、彼は早くも認めた。

「玉藻の御（ご）か」と、清治は声をかけると、あたりは急に明るくなった。その光は花の宴（うたげ）のゆうべに、玉藻の身から輝いたのと同じように見えた。

　それよりさらに清治の眼をおどろかしたのは、その光に照らし出されたこの場のむごたらしい光景であった。女の童の小雪は死んだきりぎりすのように、手も足もばらばらになってそこに倒れていた。玉藻の口には生（なま）なましい血が染みていた。もうこうなると、相手の玉藻はまさに鬼女である。清治はすぐに太刀に手をかけたが、その手はしびれて働かなかった。

玉藻はその冷艶なおもてに物凄い笑みを洩らした。怪しい光は再び消えて、暗いなかで男の唸る声がきこえた。

「望みを遂ぐる時節も近づいたと思うたら、丁度幸い男と女の生贄を手に入れた」

男の唸り声も玉藻の声もそれぎりで聞こえなくなった。

夜があけてから、清治と女の童との浅ましい亡骸が古池の水に浮かんでいるのを見いだされた。しかも二人がどうしてこんな無惨な死に様をしたのか、誰にも判らなかった。

兼輔の死に次いで、こんな奇怪な事件が再び出来したので、忠通の神経はいよいよ傷つけられた。殊に今度はそれが自分の屋形の内に起こったので、彼は言い知れない恐怖と不安とに囚われた。彼は三度の食事すらも快く喉へは通らないようになってきた。

それから四日ほど過ぎて、大納言師道が来た。彼の報告はさらに忠通の心を狂わせる種であった。玉藻を采女に申し勧める一条は、果たして左大臣頼長から強硬なる抗議が出た。信西入道も反対であった。彼らの反対は師道も内々予期していたので。彼もなんとかしてその敵を押し伏せようと試みたが、何をいうにも正面の敵は頼長である。しかも博学宏才の信西入道がその加勢に付いているので、師道はとても彼らと対抗することは出来なかった。結局さんざんに言いまくられて、彼は面目を失って退出した。

「彼らは何故ならぬという。素性が卑しいと申すのか」と、忠通は唇を咬みながら訊いた。

「いや、そればかりではございませぬ。玉藻という女性については落意しがたき廉々があるとか申されまして……」と、師道もすこしあいまいに答えた。「あのような女性を召されては天下の乱れにもなろうと信西入道が申されました」

「なんの、天下の乱れ……。おのれらこそこの忠通を押し倒して、天下を乱そうと巧んでいるのじゃ」

忠通は拳を握って、跳り上がらんばかりに無念の身をもだえた。

二

師道が早々に帰ったあとで、忠通はすぐに玉藻を呼んだ。彼は燃えるような息を吐きながら、今聞いた顚末を物語った。

「もう堪忍も容赦もならぬ。衛府の侍どもを召し集めて、宇治へ差し向けようと思う」

「宇治へ……」と、玉藻は眉をよせた。

「おお、頼長めを誅伐するのじゃ。氏の長者を許され、関白の職におる忠通に敵対するやからは謀叛人も同様じゃ。弟とて容赦はない。すぐに人数を向けて攻め亡ぼすまでのことじゃ。信西入道も憎いやつ、今までは我が師と敬うていれば付け上がって、謀叛人の方人となって我に刃向かうからは、彼めも最早ゆるされぬ。頼長と時を同じゅうして誅伐する。かれら二人をほろぼせば、その余の徒党は頭のない蛇も同様で、よも何事をも仕得まいぞ。侍を呼べ、すぐに呼べ」と、忠通はまなじりを裂いて哮った。

「御立腹重々お察し申しまするが、まずお鎮まりくださりませ」

玉藻はさえぎってとめた。今この場合に衛府の侍どもを召されても、かれらが素直に左大臣誅伐の命令に応じて動くかどうかわからない。左大臣の野心はとうに見え透いているものの、これぞと取り立てていうほどの証拠もないのであるから、迂闊にここで事を起こすと、理をもって非に陥るおそれがないでもない。衛府の者どものうちに左大臣や信西入道に心をかよわす者があって、早くもそれを敵に注進されたら、あの精悍な頼長と老獪な信西とが合体して何事を仕向けるかもしれない。あるいは機先を制して、むこうから逆寄せに押しかけて来るかもしれない。下世話のことわざにもある通り、急いては事を仕損ずる。しょせんは彼らを誅伐するにしても、今しばらく堪忍しておもむろに時機を待つ方が安全であろうと、彼女は賢しげに忠告した。

それも一応理屈はあった。殊にそれが玉藻の意見であるので、忠通もしぶしぶながら納得したので、彼女はほっとしたような顔をしてそこを起った。

その日の午過ぎに玉藻は被衣を深くして屋形を忍んで出た。清治と女の童の死んだ晩から、さみだれ空はぬぐったように晴れつづいて、俄に夏らしい強い日に照らされた京の町には、もう軽い砂が舞い立っていた。柳のかげには牛をつないで休んでいる人が見えた。玉藻は姉小路（あねやこうじ）の信西入道の屋形をたずねた。

門をはいると、大きい槐（えんじゅ）の梢に蟬が鳴いていた。車溜りのそばには一人の若い男がたたずんで、その蟬の声を聴いているらしく見えた。男は千枝太郎であった。

「千枝太郎どの」

玉藻に呼ばれて、千枝太郎は振り向いた。

「おお、玉藻……」と、彼はすこしく眉を動かしたが、さりげなく会釈した。「晴れたら俄に暑うなった。お身には河原で逢うたぎりじゃが、変わることもないか」

「お前にも変わることはありませぬか」と、玉藻はなつかしそうに言った。「その後にはよい折りがのうて、逢うこともならなかった。して、今はなにしにここへ……。お師匠さまのお供してか」

千枝太郎はうなずいた。彼は明るい夏の日の前で玉藻とむかい合って、きょうこそはその正体をよく見届けようと思ったのである。地に黒く映っている玉藻の影は、やはり普通の女の姿であった。千枝太郎はさらに女の顔をじっと視つめると、玉藻は少し羞（は）じらうように顔をかしげて、斜めに男の眼のうちをうかがった。

「お師匠さまはなんの御用じゃ」

「わしは知らぬ」と、千枝太郎は情（すげ）なく言った。

梢の蟬は鳴きつづけていた。二人はしばらく黙っていた。

「お前には一度逢うて、しみじみ話したいこともあるが、よい折りはないものか」と、玉藻はひと足すり寄って訊いた。

懐かしげな、恋しげな、情けの深そうな女の眼をじっと見ているうちに、千枝太郎の胸はなんとなくほてってきた。彼女は果たして魔性の者であろうか。年の若い千枝太郎は師匠の教えを少し疑うようにもなってきた。それでも彼は迂闊に油断しなかった。

「お師匠さまは厳しいで、御用のほかには滅多に外へは出られぬ。それはわしばかりでない。ほかの弟子たちも皆それじゃで是非がない」

「ほんにそうであろうのう」と、玉藻は低い溜息を洩らした。「それでも忍んで出られぬことはあるまいに、たった一度じゃ、逢うて下されぬか。むかしの藻じゃ、憎うはあるまい。それともお前、ほかに親しい女子でも出来たのか。もう昔の藻を何とも思わぬのか。このあいだも言うた通り、人の身の行く末は知れぬものじゃ。山科の里に一緒に育って、おまえは烏帽子折りの職人になる。わたしも烏帽子を折り習うて……。思えばそれもたがいに幼い同士の夢であった」

千枝太郎の眼の前には、その幼い夢の絵巻物が美しく拡げられた。山科の里の森や川や、それを背景にして仲よく遊んでいた二人の姿も、まぼろしのように浮かび出した。彼はうっとりとして玉藻の顔を今更のように見つめた。そうして、何事をか言おうとするとき、奥から一人の侍が出て来た。

侍は胡乱(うろん)らしく玉藻をじろじろ眺めているので、玉藻は丁寧に会釈して、主人の入道に取次ぎを頼むと、侍はさらに彼女の顔を睨むように見て、すぐに内へ引っ返して行った。

「あれは右衛門尉成景(うえもんのじょうなりかげ)というお人じゃ」と、千枝太郎は彼のうしろ姿を見送って教えた。

「見るから逞(たくま)しそうな。さすがは少納言殿のお内に侍(さむら)う人ほどある」と、玉藻はうなずいて、さてまた語り出した。

「のう、千枝太郎どの。くどくも言うようじゃが、お前どうでもわたしに逢うのはいやか。今宵にはかぎらぬ、あすでもあさってでも……。関白殿のお屋形へまいって、玉藻に逢おうと言うてくれたら、わたしはきっと首尾して出る。これ、どうでもいやか。どうでも応(おう)とは言われぬか」

彼女はくれないの唇を男の耳にすりつけて囁(ささや)いた。

女のうす絹に焚きこめた甘いような香の匂いは千枝太郎のからだを夢のように押し包んで、若い陰陽師の血は俄に沸き上がった。強い夏の日を仰ぐ彼の眼はくらくらと眩(くら)んできて、彼は真っ直ぐに立っているに堪えられないように、思わず女の腕にもたれかかると、玉藻はほほえみながら彼を軽くかかえてやった。そうしてまた、甘えるようにささやいた。

「さりとは情のこわい人じゃ。むかしの藻を忘れてか」

邪魔なところへ右衛門尉成景が再び出て来た。彼は玉藻に向かっておごそかに言った。

「主人の少納言、あいにくの客来（きゃくらい）でござれば、御対面はかなわぬとの儀にござる。失礼は御免、早々にお帰りあれ」

「それは残り多いこと」と、玉藻は相手の無礼を咎（とが）めもせずにあでやかに笑った。「お客は播磨守殿とやら。大切の御用談でござろうか」

「主人と閑室にての差し向かい、いかようの用談やら我々すこしも存じ申さぬ」と、成景はにべなく言った。

それでも玉藻は素直に立ち去らなかった。自分は是非とも入道殿にひと目逢って密々に申し入れたい大切の用事があるから、お客の邪魔にならないように別間でしばらくお逢いを願いたいと押し返して言った。成景はなんとかして主人に逢わせまいと考えているらしく、いろいろに詞（ことば）をかまえて追い払おうとしたが、玉藻はなかなか動きそうもないので、彼もとうとう根（こん）負けがしてまたもや奥へ引っ返したかと思うと、今度はすぐに出て来て、玉藻を内へ案内した。

千枝太郎はもとの一人になって、槐の青い影の下に立っていた。彼はもう半分は夢のようで、なにを考える力もなかった。青い葉をゆする南風がそよそよと彼の袂を吹きなびかせて、鈴を振るような蝉の声がにぶい耳にもこころよく聞こえた。

しばらくして玉藻は成景に送られて出て来た。彼女の口元には豊かな笑みが浮かんでいた。成景の見る前、もうなにも言っている間もないので、彼女はただ千枝太郎に目礼して別れた。そのうしろ影が門の外へ消えてゆくのを見送って、千枝太郎はなんだか物足らないような寂しい心持になって、糸にひかれたようにふらふらと樹の下を離れた。そうして、彼女を追うように同じく門の外へ出ると、まだ五、六間とはゆき過ぎない玉藻がけたたましく叫んだ。

「あれ、誰か来て……。助けてくだされ」

その声におどろかされて、きっと見ると、痩せさらばえた一人の老僧が片手に竹の杖を持って、片手に玉藻の袂をしかと掴んでいた。僧は物に狂っているらしい。鼠の法衣は裂けて汚れて、片足には草履をはいて片足は跣足であった。千枝太郎はすぐに駈け寄って二人のあいだへ割ってはいった。

「おお、千枝太郎どの。ようぞ来てくだされた。この御僧は物に狂うたそうな。不意にわたしを捉えてどこへか連れて行こうとする。どうぞ助けてくだされ」と、玉藻は悩める顔を袖に掩いながら言った。

「御坊。いかに狂えばとて、女人をとらえてなんの狼藉……」と、千枝太郎は叱るように言った。「静まられい、ここ放されい」

僧はなんにも言わなかった。白い鬚がまだらに伸びて、頬骨の悼ましく尖った顔に、窪んだ眼ばかりを爛々とひからせて、彼は玉藻の白い襟もとをじっと見つめていた。相手が執念深いので、千枝太郎はいよいよ急いた。

「ええ、退かれいというに……。ええ、放されい。放さぬか」

彼は相手の痩せた腕を摑んで、力まかせに引き放そうとしたが、命のあらんかぎりと摑んでいるらしい僧の手は容易に解けなかった。血気の若者は焦れてあせって、折れるばかりにその手を捻じ曲げて、無理にようよう引き放して突きやると、力の尽きた老僧は枯木のようにばったり倒れた。玉藻はそれを見向きもしないで、急ぎ足に立ち去った。

僧は這い起きてまた追おうとするのを、千枝太郎はまた抱き止めた。僧は熱い息をふいて身をもがいているところへ、四、五人の若い僧が汗みどろになって追って来た。

「おお、ここにじゃ。どなたか知らぬが、かたじけのうござる」

彼らは千枝太郎に礼をいって、まだ哮り狂っている老僧を宙にかつぐように連れて行った。狂える老僧は法性寺の阿闍梨であった。

三

法性寺の阿闍梨がその夜、寺内の池に身を沈めて果てたということを聞いたときに、千枝太郎はまたぞっとした。高僧は玉藻の蠱惑に魅せられて、狂い死にの浅ましい終わりを遂げたのであろう。きのう信西入道の屋形で彼女に囁かれた甘いことばも、今は悪魔の囁きのように思われて、千枝太郎はややもすれば魔道へ引き入れられそうな自分の危うい運命を恐れた。

「きのう、かの玉藻に逢うたか」と、播磨守泰親は若い弟子に訊いた。

千枝太郎は彼女に出逢ったことを正直に打ち明けると、泰親の眉はまた皺められた。

「くどうも言うようじゃが、心（こころ）せい。お身の行く末いかにも心許（こころもと）ないぞ。玉藻はきのう少納言入道の屋形へまいって、別室で入道に対面し、世におそろしいことを密々に訴えたそうじゃ。関白殿が俄に人数を召されて、宇治の左大臣と少納言入道とを一ッ時に誅伐せらるるお催しがあると申すのじゃ。入道殿ほどの御仁（ごじん）がそのような讒口（ざんこう）を真（ま）に受けらるるはずはなし、かつは日頃から疑いの眼を向けている玉藻の訴えじゃで、まずよいほどに会釈して追い返されたそうなが、こちらへ来てそれほどのことを言う奴、あちらへ参ってもまたどのような讒口を巧（たく）もうやら。返すがえすも怖ろしい。しょせん彼女めはさまざまに手を換え品をかえて、人間に禍いの種をまき、果ては天下の乱れを惹（ひ）き起こそうとするにきわまった。まだそればかりでない。彼女は関白殿をそそのかして、采女に召さりょうという大望を起こしたという。勿論、左大臣殿にさえぎられて、いったんは沙汰やみになったと申すが、彼女のごとき魔性の者が万一、殿上に召さるるなどの事あっては、わが日の本は暗闇じゃ」

もうどうしても猶予は出来ないので、信西入道と相談の上で、自分はきょうから身を浄めて七十日の祈禱を行なうことにきめた。左大臣頼長ももちろん同意である。

由来、かかる魔性の者はその目の前で祈り伏せて、すぐに正体を見あらわすのが秘法の極意ではあるが、関白殿御寵愛の女子を呼び出して、その目の前で悪魔調伏の祈禱を試みるというわけにもいかないので、七十日の間、自分の居間に降魔の壇を築いて、蔭ながら彼女を祈り伏せる決心である。それには自分のほかに四人の弟子がいる。お前もその一人に加えるはずであるから、あっぱれ一心をぬきん出て怠りなく仕れと、彼は千枝太郎にこまごまと言い聞かせた。

「かしこまりました」と、千枝太郎は自分の重い責任を感じながら直ぐに承知した。

「泰親に取っては一生に一度の大事の祈禱じゃ。身命をなげうって仕る。お身たちも命を惜しまず、精かぎり根限り祈りつづけよ。われわれ五人のうち、一人たりとも心のゆるむものあらば、修法は決して成就せぬものと思え。胸にきざんで忘るるな」

播磨守泰親は決死の覚悟でこの大事に当たろうというのである。千枝太郎のほかに、三人のすぐれた弟子も交るがわるに呼び出されて、同じく師匠の大決心を言い聞かされた。

弟子たちはみな涙ぐまれるような心持で、神のように尊い師の前に頭をさげた。一種悲壮な空気が安倍晴明の子孫の家にみなぎった。

一時は鴨川が溢れるかとも危ぶまれた今年のさみだれも、五月の末から俄に晴れつづいて、六月にも七月にも一滴の雨がなかった。火のような雲が空を飛んで、焼けるような強い日が朝から晩まで照りつけた。それに焦(こが)された都の土は大地震のあとのように白く裂けてしまった。鴨川の水も底を見せるほどに痩せて枯れて、死んだ魚は白い腹を河原にさらしていた。大路(おおじ)の柳はぐたりと葉をたれて、広い京の町に燕(つばめ)一羽の飛ぶ影もみえなかった。それが京ばかりでなく、近郷近国(きんごうきんごく)いずれもこの大旱(おおひでり)に虐(しいた)げられて、田畑にあるほどの青い物はみな立ち枯れになってしまった。

あらゆる神社仏閣で雨乞いの祈禱が行なわれた。このままにひでりが打ち続いたならば、草木ばかりでなく、人間もやがて蒸し殺されてしまうかもしれないと悲しまれた。八月になっても雨雲の影さえ動かなかった。

「えらい暑さじゃ。総身(そうみ)がゆでらるるような」

薄い藍(あい)色の大空を仰いで、関白忠通は唸るような溜息をついた。さらでも病み疲れている彼が、このごろの暑さに毎日さいなまれているのであるから、骨も肉も半分は溶けたようで、もう生きている心持はなかった。こうした嬲(なぶ)り殺しに逢うほどならば、いっそひと思いに死んだ方がましであるようにも思われた。まして彼の胸にはさまざまの不満や不快の種が充(み)ち満ちている。さりとて今となっては出家遁世して、自分の地位や権力を見すみす頼長に横領されるのも無念であった。

彼は今、玉藻がむいてくれた瓜(うり)の露をすこしばかりすすって、死にかかった蛇のように蒲莚の上に蜿打っていた。それを慰めるのは玉藻がいつもの優しい声であった。

「ほんに何というお暑さやら。天竺は知らず、日本にこのような夏があろうとは……。もう六十日あまりも降りませぬ」

「ここやかしこで雨乞いの祈禱も、噂ばかりでなんの奇特も見えぬ。世も末になったのう」と、忠通も力なげに再び溜息をついた。

「神ほとけに奇特がないと仰せられまするか」

「論より証拠じゃ。いかに祈ってもひと粒の雨さえ落ちぬわ」

「それは神ほとけに奇特が無いのでない。人の誠が足らぬからかと存じまする」

「それもあろうか」と、忠通はうなずいた。「弟が兄をかたむけようと企て、味方が敵になる世の中じゃ。人に誠の薄いのも是非ないか」

玉藻は忠通をあおいでいる唐団扇の手を休めて、しばらく考えているらしかったが、あらためて主人の前に手をついた。

「ただ今も仰せられました通り、あらゆる神社仏閣の雨乞いが少しも効験のないと申すは、世も末になったかのように思われて、神ほとけの御威光も薄らぐと存じられまする。さりとは余りにもったいないこと。つきましては、不束ながらこの玉藻に雨乞いの祈禱をお許しくださりませぬか」

小野小町は神泉苑で雨を祈った。自分に誠の心があらば神も仏もかならず納受させらるるに相違ないと彼女は言った。なるほどそんな道理もあろうと忠通も思った。この玉藻ならばむかしの小町に勝るとも劣るまい。彼女の誠心が天に通じて、果たして雨を呼ぶことができれば世の幸いで、万人の苦を救うことも出来るのである。

もう一つには、ここで彼女にそれだけの奇特を示させて置けば、かの采女の問題もやすやす解決して、頼長でも信西でももう故障をいう余地はない。玉藻も立ちどころに殿上に召されて、やがては予定の通りに頼長や信西の一派を蹴落とすことも出来る。こう思うと、忠通の弱った魂はよみがえったように活気づいて、彼は俄に起き直った。

「おお、殊勝な願いじゃ。忠通が許す。早くその祈禱をはじめい」

「では、一七日のあいだ身を浄めまして、加茂の河原に壇を築かせ、雨乞いの祈禱を試みまする」

玉藻が雨乞いの祈禱は関白家から触れ出された。その式はなるべく壮厳を旨として、堂上堂下の者どもすべて参列せよとのことであった。雑人どもの争擾を防ぐために、衛府の侍は申すにおよばず、源平の武士もことごとく河原をいましめと言い渡された。

その日は八月八日と定められた。

「ほう、さりとは不思議。あたかも七十日の満願の当日じゃ」と、泰親はうなずいた。

彼はすぐに信西入道のもとへ使いを走らせて、自分たちも当日は河原へ出て祈りたいと言った。眼のあたりに魔性の者を祈り伏せるには、願うてもなき好機会であると彼は思った。

信西も同意であった。彼は頼長と打ちあわせて、こちらも表向きは雨乞いの祈禱と言い立て、おなじ河原で祈りくらべをさせることに決めた。一日を二つに分けて、あかつきの卯の刻（午前六時）から午の刻（十二時）までの半日を泰親の祈禱と定め、午の刻から酉の刻（午後六時）までの半日を玉藻の祈禱と定め、いずれに奇特があるかを試さするというのであった。

「またしても彼らが楯を突くか」と、忠通は焦れて怒った。

しかし玉藻は別に騒ぎもしなかった。祈り比べをするというのは、かえって幸いである。どちらに奇特があるかを万人の見る前でためしたいと言った。

「して、万一わたくしの勝ちとなりましたら、相手の播磨守どのはどうなりましょう」

「むろん流罪じゃ。陰陽の家へ生まれてこの祈りを仕損じたら、安倍の家のほろぶるは当然じゃ」と、忠通は罵るように言った。

「お気の毒じゃが、是非がござりませぬ」

彼女は自分の勝ちを信ずるように言った。

忠通も彼女に勝たせたかった。相手の泰親はともかくも、この勝ち負けは結局自分と頼長一派との運定めであるように思われた。彼はいらいらした心持でその日を待っていた。

八月八日はやはり朝から晴れ渡っていた。赤い雲すらも今日はもう灼け尽くしたのであろう、大きい空は遠い海をみるようにただ一面に薄青かった。

河原の祈禱はまず泰親から始められた。

犬の群れ

一

祈禱の壇は神々しいものであった。

壇の上には新しい荒莚を敷きつめて、四隅には笹竹をたて、その笹竹の梢には清らかな注連縄を張りまわしてあった。またその四隅には白木の三宝を据えて、三宝の上にはもろもろの玉串が供えられてあった。

壇にのぼる者は五人で、白、黒、青、黄、赤の五色に象った浄衣を着けていた。千枝太郎泰清は青の浄衣を着けて、おなじ色の麻の幣をささげて、南に向かって坐っていた。ほかの三人は黒と赤と黄の浄衣を身にまとって、おのおのその服と同じ色の幣をとって、北と東と西とに向かって坐った。

安倍播磨守泰親は白の浄衣に白の幣をささげて、壇のまん中に坐っていた。彼は北に向かっていた。この頃の強い日に乾き切って、河原の石も土もみな真っ白に光っている中に、彼の姿はまた一段すぐれて白く見られた。

雨乞いの祈禱は巳の刻（午前十時）を過ぎても何の効験も見えなかった。壇のまわりには北面の侍どもが弓矢をとって物々しく控えていた。

左大臣頼長を始めとして、あらゆる殿上人はいずれも衣冠を正しくして列んでいた。岸の両側の大路小路も見物の群れで埋められていた。これらの幾千の人びとはいずれも額に汗をにじませながら、白く灼けている空を不安らしく眺めていたが、空は面憎いほど鎮まり返って、鳥一羽の飛ぶ影すらも見えなかった。

「やがてふた晌にもなろうに、雲一つ動きそうにも見えぬではないか」

「祈禱は午の刻までじゃという。それまで待たいでは奇特の有無はわかるまいぞ」

こんなささやきが見物の口々から洩れた。あまたの殿上人の汗ばんだ眉のあいだに、不安の皺がだんだんに深くなってきた。

しかし頼長は騒がなかった。泰親がきょうの祈禱の趣意は雨乞いではない。玉藻の前に対する悪魔調伏の祈禱である。頼長や信西の側からいえば、雨の降ると降らぬとは問題でない。泰親はもともと雨を祈っているのでないことを承知している彼らは、雨の降らないのをむしろ当然に思っているくらいであった。

泰親も四人の弟子もきょうの空と同じように鎮まり返って祈りつづけていた。彼らはまじろぎもしなかった。風のない壇の上に五色の幣はそよりとも動かなかった。河原一面の日に照らされながら、公家も侍も息をつめて控えていた。

やがて午の刻が来た。岸の上で一度に洩らす失望の溜息が夕立のように聞こえ出した。

「もう詮ない、時刻が来た」

「いかに神がみを頼んでも、降らぬ雨は降らぬに決まったか」

「いや、まだ力を落とすまい。午を過ぎたら玉藻の前の祈りじゃというぞ」

「播磨守殿すらにも及ばぬものを、女子の力でどうあろうかのう」

「かの御は知恵も容貌も世にすぐれたお人で、やがては采女に召さりょうも知れぬという噂がある。その祈禱じゃ。神も感応ましまそうも知れまい」

噂の主は午の刻を合図に、その優艶な姿を河原にあらわした。玉藻もきょうは晴れやかに扮装っていた。彼女は漆のような髪をうしろに長くたれて、日にかがやく黄金の釵子を平びたいにかざしていた。五つ衣の上衣は青海波に色鳥の美しい彩色を置いたのを着て、またその上には薄萌黄地に濃緑の玉藻をぬい出した唐衣をかさねていた。彼女はさらに紅打ちの袴をはいて、白地に薄い黄と青とで蘭菊の影をまぼろしのように染め出した大きい裳を長く曳いていた。あっぱれ采女のよそおいである。

頼長はそれをひと目見て、彼女の僭上を責めるよりも、こうした仰々しい姿にいでたたせた兄忠通の非常識に対して十二分の憤懣を感じた。

しかし今はそれを論議している場合でないので、頼長も信西も黙ってその成り行きをうかがっていると、玉藻は関白家の侍どもに護られて、しずかに壇のそばへ歩み寄ったかと思うと、彼女はたちまち顔色を変えた。彼女はなんにも言わずにそのまま引っ返そうとした。

「玉藻の御、お待ちゃれ」

泰親は壇の上から声をかけた。これを耳にもかけない様子で、玉藻はあくまでも引っ返して行こうとするらしいので、堪えかねて頼長も呼び止めた。

「玉藻、なぜ戻る。午の刻からはお身の祈禱でないか」

玉藻はしずかに見返った。その美しいまなじりには少しく瞋恚を含んでいるらしかった。

「きょうの祈禱は雨乞いでござりませぬ。調伏の祈禱とみました。呪詛諸毒薬、還着於本人と、み仏も説かれてある。そのような怖ろしい場所へ立ち寄るなどと思いも寄らぬことでござりまする」

檜扇に白いおもてをかくして立ち去ろうとする彼女を、泰親はかさねて呼び返した。

「さてはお身、この泰親の祈禱を調伏と見られたか。して、その祈らるる当の相手を誰と見られた」

「問うまでもないこと。雨乞いならば八大龍王を頼みまいらすべきに、壇の四方に幣をささげて、南に男山の正八幡大菩薩、北には加茂大明神、天満天神、西東には稲荷、祇園、松尾、大原野の神々を勧請し奉ること、まさしく国家鎮護悪魔調伏の祈禱と見ました。して、その祈らるる当の相手はこの玉藻でござりましょう」

彼女の声は凜として河原にひびいた。泰親はすぐに打ち返して言った。

「それを御存じならば、なぜこの壇にうしろを見せらるるぞ。泰親の祈禱がそれほどに怖ろしゅうござるか」

玉藻は檜扇で口を掩いながら軽く笑った。

「わたくしが怖ろしいと申したのは、そのように呪詛調伏を巧らむ、人のこころが怖ろしいと申したのでござりまする。この身になんの陰りもない玉藻が、なんでお身たちの祈禱を恐れましょうぞ」

その恐れげのない証拠を眼のあたりに見せようとするのであろう。彼女は長い裳をするすると曳いて壇の前まで進み寄って来た。泰親は白い幣をとり直してまた言った。

「まずお身に問うことがござる。さきの夜、関白殿が花の宴のみぎりに、身の内より怪しき光を放って嵐の闇を照らした者があるとか承る。神明仏陀ならば知らず、凡夫の身より光明を放つということ、泰親いまだその例（ためし）を存ぜぬが、玉藻の御はなんと思わるるぞ」

玉藻はその無智をあざけるように、唇に薄い笑みをうかべた。

「播磨守殿ともあるべきお人が、それほどのことを御存じないか。そのむかしの光明（こうみょう）皇后、衣通姫（そとおり）、これらの尊き人びとを、お身は人間にあらずと見らるるか。ただしは魔性の者と申さるるか」

これらの人びとは現実に不思議を見せたのではないと泰親は言った。前者はその徳の輝きを仰いで光明と申したのである。後者（こうしゃ）はその肌の清らかなのを形容して衣通と呼んだのである。いかなる尊い人間でも、身の内から光を放って夜を昼にするなどという例のあるべきはずがない。もしこの世にそのような人間があるとすれば、それは仏陀の権（ごん）化（げ）か、ただしは妖魔の化生（けしょう）であると、彼は鋭く言い切った。

「では、この玉藻を妖魔の化生と見られまするか。それに相違ござりませぬか」と、玉藻は眉も動かさずに言った。「さりとは興（きょう）がることを承るもの。この上はとこうの論は無益じゃ。お身たちはまずその壇を退（の）かれい」

「お身はここへ登ると言うか」

「おお、登りまする。お身たちが調伏の壇の上までも、恐れげもなしに踏み登るというが、玉藻の身に陰りのない第一の証拠じゃ。午の刻を過ぎたらもうお身に用はないはず。

わたくしが代わって祈りまする。退かれい、退かれい。退かれませ」

彼女は命令するようにおごそかに言い渡した。そうして、檜扇を把り直してしずしずと祈禱の壇上にのぼって行った。道理に責められて、泰親も席を譲らないわけにはいかなくなった。彼はよんどころなしに壇を降りると、その白い影につづいて、青も赤も黄も黒もだんだんに退いて、五つ衣に唐衣を着た美しい女が入れ代わって壇上のあるじとなった。

彼女は顋で差し招くと、供の侍は麻の幣をかけた榊の枝を白木の三宝に乗せて、うやうやしく捧げ出して来た。玉藻はしずかにその枝を把って、眼をとじて祈り始めた。

泰親は灼けた小石にひざまずいて、息をのんで彼女の祈禱を見つめていた。頼長も手に汗を握って窺っていた。玉藻がなんの悩める体もなしに、調伏の壇へ易やすと踏みのぼったということが、すでに泰親の敗北を意味しているのであった。この上に万一彼女が祈禱の奇特があらわれて、ひと粒の雨でも落ちたが最後、泰親は彼女の前にひざまずいてその罪を詫びなければなるまい。頼長も信西も気が気でなかった。

未の刻(午後二時)をすこし過ぎた頃、比叡の頂上に蹴鞠ほどの小さい黒雲が浮かび出した。と思う間もなしに、それが幔幕のようにだんだん大きく拡がって、白い大空が鼠色に濁ってきた。まぶしい日の光が吹き消されたように暗くなった。

「わあ、天狗じゃ」

岸の上では群衆が俄にどよめいた。天狗か何か知らないが、化鳥がつばさを張ったようなひとむらの黒雲が今度は男山の方から湧き出して、飛んでゆくように日の前を掠めて通ったのである。その雲が通り過ぎると、下界は再び薄明るくなったが、空の鼠色はもう剝げなかった。

「雨たびたまえ。八大龍王」

玉藻が榊の枝をひたいにかざして、左に右に三度振ると、白い麻は薄のように乱れて、黄金の釵子をはらはらと撲った。

「や、雨じゃ」

岸の上では一度に叫んだ。湿気を含んだ冷たい風が壇の四隅の笹竹を撓にゆすって、暗い空の上から大粒の雨がつぶてのように落ちてきた。

「八大龍王、感応あらせたまえ」

玉藻はすっくと起ちあがって再び叫んだ。ひたいの釵子は斜めに傾きかかって、黒い長い髪はおどろに振り乱されていた。その蒼白い顔を照らすように、大きい稲妻が壇の上を裂けて走った。

「雨じゃ、雨じゃ」

警固の侍までが空を仰いで声をあげた。瀧のような大雨は天の河を切って落としたようにどっと降ってきた。

二

甘露(かんろ)のような雨はその夜のふけるまで降り通したので、天の恵みをよろこぶ声ごえは洛中洛外に溢れた。彼らは天の恵みを感謝すると共に、玉藻の徳の宏大無量を讃美した。彼らばかりではない。忠通は小おどりして喜んだ。

「見い、あいつら。これほどの奇特を見せられても、まだまだ玉藻を敵とするか。この忠通を侮るか。はは、小気味のよいことじゃ」

実際、これに対して玉藻の敵も息をひそめないわけにはいかなかった。頼長も信西もなんとも声を立てることが出来なくなった。とりわけ面目を失ったのは泰親である。彼は公(おおやけ)の沙汰を待たないで、自分から門を閉じて蟄居(ちっきょ)した。

泰親はもともと雨を祈ったのではない。したがって玉藻との祈禱くらべに不覚を取ったというのではないが、悪魔調伏は秘密の法で、表向きは雨乞いの祈禱である以上、泰親が半日の祈禱にはなんの効験(しるし)もなかったのに、それに入れ代わった玉藻は一晌(いっとき)の後にあれほどの大雨を呼び起こしたのであるから、表向きはどうしても彼の負けである。安倍晴明六代の孫は祖先を恥ずかしめたのである。

彼は謹(つつし)んで罪を待つよりほかはなかった。弟子も無論に師匠と共に謹慎していた。

泰親は自分の居間に閉じ籠ったままで、誰とも口をきかなかった。

その明くる日は晴れていたが、きのうの雨に洗われた大空は、俄に一里も高くなって、その高い空から秋らしい風がそよそよと吹きおろしてきた。縁に近い梧(きり)の葉が一、二枚、音もなしに寂しく落ちるのを、泰親はじっと眺めていると、千枝太郎はぬき足をして燈台をそっと運んで来た。きょうももういつの間にか暮れかかっていた。

「千枝太郎、きょうは朝から誰も見えぬか」

「誰も見えませぬ」

「関白殿よりお使いもないか」

「はい」

千枝太郎は伏し目になって師匠の顔色をうかがうと、燈台の灯に照らされた泰親の顔は水のように蒼かった。

「大切の祈禱を仕損じた泰親じゃ。重ければ流罪(るざい)、軽くとも家(いえ)の職を奪わるる。その御沙汰がきょうにもあるべきはずじゃに、今になんのお使いもないは……」と、泰親は頭(かしら)をかたむけた。「人は何ともいえ、雨乞いの勝ち負けなど論にも及ばぬ。ただ無念なのは我が秘法の敢(あ)えなくも破れたことじゃ。七十日の祈りもしっかい空(くう)となって、悪魔が調伏の壇にのぼって勝鬨(かちどき)をあぐるとは、しょせん泰親の法もすたった。上(かみ)に申し訳がない、先祖に申し訳がない。左大臣殿や少納言殿にも申し訳がない。この上はただ慎(つつし)

んで罪を待つよりほかはないのじゃが、いかに思い返してもただこのままに手をつかねて、悪魔の暴ぶるをおめおめ見物するのは、国のため、世のため、人のため、なんぼう忍ばれぬことじゃ。泰親を卑怯と思うな。未練と思うな。泰親の命は疾くに投げ出してある。しかしもう七十日無事でいて、命のあらんかぎり二度の祈禱をしてみたい。ついては千枝太郎、折り入って頼みたいことがある。頼まれてくれぬか」

師匠の眼の底には強い決心の光がひらめいていた。千枝太郎はその光に打たれたように頭を下げた。

「いかようのお役目でも、わたくしきっと承りまする」

「まずは過分じゃ。幸いに日も暮れた。いま一晌ほどしたら屋敷をぬけ出して、少納言殿屋敷までそっと走ってくりゃれ」

千枝太郎は心得顔にうなずくと、泰親はさらに声を忍ばせて言った。

その用向きはほかでもない、信西入道の袖にすがってさらに七十日の猶予を頼もうとするのである。家の職を奪われ、あるいは遠流の身となっては、再び悪魔調伏の祈禱を試むる便宜もない。関白殿からなんの沙汰もないうちに、なんとかして自分の罪を申しなだめて、二度の祈禱を試むるだけの期間をあたえてもらいたい。その七十日を過ぎてもやはり効験がなかったらば、流罪はおろか、死罪獄門も厭わない。勿論、それは信西入道の一存で取り計らうわけにもいくまいが、入道からさらに左大臣頼長に訴えて、この願意を聞き済ましてくれるように何分尽力してもらいたい。自分は謹慎の身の上でみだりに門外へ出ることが出来ないから、おまえが今夜忍んでこの使いを果たしてくれというのであった。

千枝太郎は即座に承知した。

「委細心得ました。おおせの通りに仕(つかまつ)りまする」

彼は立派に受け合って師匠の前を退がった。一度の祈禱を仕損じても、さらに二度の祈禱を心がける師匠の強い決心に、千枝太郎は感激した。もう一つには、数(かず)ある弟子たちのうちでこの大切の使いを自分に頼まれたということが、彼に取っては一生の面目のようにも思われた。たとい信西入道がなんと言おうとも、かならず取りすがってこの役目を果たして来なければならないと、彼ははりつめた心持で夜の来るのを待っていた。

都の寺々の鐘が戌(いぬ)の刻（午後八時）を告げるのを待ち侘(わ)びて、千枝太郎は土御門(つちみかど)の屋敷を忍んで出ると、八月九日の月は霜を置いたように彼の袖を白く照らした。

「千枝太郎どの。千枝ま、」

柳の蔭から女の声がきこえた。それは彼が信西入道の屋敷の前まで行き着いた時であった。その声には確かに聞き覚えがあるので、彼は大地に釘づけになったように一旦は立ちすくんだが、聞かない顔をして一生懸命に歩き出そうとすると、その直衣(のうし)の袂はいつか白い手に摑まれていた。

「千枝太郎どの、なぜ逃げる。つれない人じゃ」

「いや、わしは急ぎの用がある」

振り切ろうとしても玉藻は放さなかった。

「なんの用かは知らぬが、お前たちは慎みの身の上じゃ。勝手に夜歩きなどしても苦しゅうないか」

千枝太郎は行き詰まった。勿論、まだ表向きには謹慎も蟄居も申し渡されてはいないのであるが、この場合に謹慎は当然のことである。その身の上で勝手に夜歩きをする。ひとに見咎められては申し訳がない。彼もしばらく黙って突っ立っていた。

「それ、お見やれ」と、玉藻はほほえんだ。「おまえは今夜このお屋敷へなにしに参られた。お師匠さまのお使いか」

千枝太郎はやはり黙っていた。

「ほほ、言わいでも大抵知れている。そう思うて、わたしはさっきからここにお前を待っていた。一度は首尾して逢うてくれと、このあいだもあれほど頼んだに、お前はきょうまで素知らぬ顔をしている。それほどにわたしが憎いか。ただしはお師匠さまと同じように、あくまでもわたしを魔性の者のように疑うているのか。お師匠さまはともあれ、山科の里で子供のときから一緒に育ったお前が、なんでわたしを疑うぞ。論より証拠はきのうの祈禱じゃ。お前たちもお師匠さまと一つになって、悪魔調伏の祈禱をせられたが、あっぱれその効験が見えましたか。もともと悪魔でもないわたしを百日千日祈ればとて呪えばとて、なんの効験があるものか、積もって見ても知らるることじゃ。関白殿はことのほかの御立腹で、泰親はいうに及ばず、祈禱の壇にのぼった者は、一人も残さずに遠い鬼界ヶ島へ流せと仰せられたを、わたしが縋ってなだめ申したは、お前という者がいとしいからじゃ。お師匠さまはわたしに取っては仇じゃが、そのお弟子のお前はいとしい。あけても暮れても硫黄の煙を噴くという怖ろしい鬼界ヶ島、そのような処へお前をやらりょうか。のう、千枝ま。わたしがこれほどの心づくしを、お前は哀れとも思わぬか、嬉しいとも思わぬか。ほんにほんに、むごい人、つれない人、憎い人、わたしは口惜しゅうて涙も出ぬ。察してくだされ」

彼女は千枝太郎の胸に顔をすり付けて、遣る瀬ないように身もだえして泣いた。男は女を抱えたままで、明るい月の下に黙って立っていた。

関白殿から今までなんの沙汰もなかったのは、玉藻が内からさえぎっていたのであることを、千枝太郎は今初めて覚った。名を聞くさえも恐ろしい鬼界ヶ島へ遠流――年の若い彼はさすがにぞっとした。それを救われたのは玉藻の情であることを考えると、千枝太郎もすげなく彼女を突き放すことも出来なくなった。

玉藻は果たして魔性の女であろうか――この疑いがまたも彼の胸に芽をふいた。彼はもとより師匠を信じていた。しかも玉藻のいう通り、彼女が果たして魔性の者であるならば、日本一というお師匠さまが七十日の間も肝胆を砕いた必死の祈禱に、その正体をあらわさぬということはあるまい。彼女は恐るる色もなしに調伏の壇に登ったのである。それを悪魔の勝利と見るのが正しいのであろうか。あるいは悪魔でもない者を悪魔として無益の祈禱をつづけていたこちらの眼違いであろうか。

こう思うと、彼の胸は急に暗闇になった。彼は自分の抱えている女を、どう処置していいか判らなくなってきた。

「お前はまだわたしを疑うているのか。いや、お前ばかりでなく、お師匠さまもきっとわたしを疑うているに相違あるまい。播磨守殿は情のこわい人と聞く。おそらくこれには懲りもせで、二度の祈禱など巧まるることであろう。二度が三度でもわたしは厭わぬが、そのような罪をかさねて、身の行く末は何となることやら、思いやるだに悼ましい。お師匠さまが大事じゃと思うなら、お前からよく意見して、もうさっぱりと思い切らせてはどうであろう。それともお前までがいつまでもお師匠さまの味方して、わたしを悪魔と呪う気か」

玉藻は男の腕に手をかけて、怨めしそうに彼をみあげた。その眼には白い露がきらきらと光っていた。

三

いかに玉藻に口説かれても、千枝太郎は師匠の使命を果たさなければならない破目になっていた。無益の祈禱を幾たびもつづけて、罪に罪をかさねるのは悼ましいことの限りであるが、今更そんな諫言を肯くようなお師匠さまでないことは、彼にもよく判っていた。諫言を肯かないばかりでなく、あるいは心の弱い者として自分に勘当を申し渡されるかもしれない。千枝太郎はそれも怖ろしかった。

第一の問題は、玉藻が果たして魔性の者であるか無いかということで、それを確かに見きわめた上でなければ、あとへもさきへも踏み出すことが出来ないのであるが、今の千枝太郎は不幸にして、それを見定めるだけの大きい強い眼をもっていなかった。彼は師匠を信じながらも師匠を疑おうとした。玉藻を疑っていながらも玉藻を信じようとした。こうした悲しい矛盾に責められて、彼はもう自分の立ち場が判らなくなってきた。

相手もその苦しみを察しているらしく、眼をふさぎながら徐かに言った。

「お前の切ない破目もわたしはよく察している。二度の祈禱をするもせぬも、しょせんはお師匠さまの心ひとつじゃ。またそれを仕損じて、どのような怖ろしい罪科に陥ちようとも、お師匠さまの自業自得じゃ。わたしはお前のお師匠さまに恨みこそあれ、恩もない、義理もない、由縁もない。あの人がどうなろうとも構わぬが、ただくれぐれも案じらるるはお前のことじゃ。おまえはそもそもお師匠さまが大切か、わたしがいとしいか、それを聞きたい。お前の性根を確かに知りたい。それを正直に言うてくだされ」

その正直な返事をすることが、千枝太郎に取っては一生に一度の難儀であった。彼は自分自身にもそれが確かに判っていないのである。玉藻はしばらくその返事をうかがっていたが、相手はただうつむいて土に映る二人の黒い影を眺めているばかりであるので、彼女はやがて低い溜息をつきながら言った。

「お前はどうでもお師匠さまの味方と見た。この上はもうなんにも言うまい。お師匠さまと一つになって、わたしを祈るとも呪うとも勝手にしなされ。じゃが、千枝ま。わたしはあくまでもお前をいとしいものに思うている。お師匠さまにどのような禍いが降りかかっても、お前ばかりはきっと助けたいと念じている。それだけのことはよく覚えていてくだされ」

こう言い切って、彼女は明るい月をみあげた。きのうの稲妻に照らされた凄愴い顔とは違って、今夜の月を浴びた彼女の清らかな神々しいおもてには、月の精が宿っているかとも思われた。千枝太郎に師匠を疑う心がまた起こった。しかも別れてゆく女をさすがに抑留める気にもなれなかったので、彼はなんだか残り惜しいような心持でそのうしろ影を見送っていたが、やがて思い切って信西の屋敷の門をくぐった時には、彼の両袖は夜露にしっとりとしめっていた。

　信西入道はすぐに逢ってくれた。千枝太郎が師匠の口上を取次ぐと、信西は案外にこころよく承知した。

「おお、さもあろうよ。一度は仕損じても、身命をなげうって二度の祈禱を心がくる——泰親としてはさもあるべきことじゃ。信西もそうありたいと願うていた。左大臣殿もおそらく同じ心であろう。あすにも直ぐに宇治へまいって、播磨守の願意は確かにそれがしが取次いでやる。さものうてもこのたびの仕損じについて、播磨守一人に罪を負わすは我々もはなはだ快うないことじゃで、なんとか穏便の沙汰をと工夫しておったる折りからじゃ。彼が二度の祈禱を願うとあれば、なおさらのこと、なんとかして彼を救わねばなるまい。して、関白殿よりは今になんの沙汰もないか」

「なんの御沙汰もござりませぬ」

「それは重畳。関白殿も本来は賢い御仁じゃで、無道の御沙汰もあるまいと存ずるが、なにをいうても今は悪魔に魅られているので、いかようの御沙汰もあろうかと、それがしも内々懸念しておったが、今になんの御沙汰もなくば、存外穏便に済もうも知れぬ。いずれにしても信西が引き受けた。播磨守にも安心せいと伝えてくりゃれ」

　関白殿からなんの御沙汰もないのは、かの玉藻の取りなしであることを知っていたが、千枝太郎は、この人の前でもそれを明白に言うのを憚った。彼はうやうやしく礼をいって、信西の屋敷を出ると、月はいよいよ明るくなって、路ばたになびく柳の葉もいちいちかぞえられるほどであった。

姉小路を出て、高倉の辻へさしかかると、ゆき先で犬のほえる声がきこえた。気にも留めずに歩いてゆくと、犬の声はそこにもここにも聞こえた。それはただならぬ唸り声であった。

「盗賊かな」と、千枝太郎はあるきながら考えた。

しかし彼は逞しい若者である。賊の一人くらいは取りひしいで呉れようという息込みで、わざと大股に辻のまん中へ進んでゆくと、犬の声はだんだんに近くなった。一匹でない、四方八方から群がって来て、何者をか取り巻いているらしかった。

見ると眼の前には一人の女が立ちすくんでいた。被衣を深くして、しかもこちらを背にして立っているので、その顔はもとより判らなかったが、それが玉藻であるらしいことは直ぐに千枝太郎の胸に泛かんだ。彼女はまだここらをさまよっていたらしく、あまたの犬は牙をむき出して彼女を遠巻きにしているのであった。

犬の中には熊のように大きいのもあった。虎のように哮っているのもあった。しかしかれらは、なんの武器をも持たない女一人を嚙み倒すほどの勇気もないらしく、ただ凄まじい唸り声をあげて、いたずらに地上に映る女の影に吠えているばかりであった。

孱弱い女子が群がる犬に取り巻かれている。それが見ず識らずの人であっても見過ごすことは出来ないのに、まして相手は玉藻であるらしいので、千枝太郎の胸は跳った。彼はまず路ばたの小石を拾って真っ先に進んでいる犬の二、三匹を目がけてばらばらと打ち付けながら、つかつかと駈け寄って女を囲った。

それでも犬はなかなか怯まないらしく、一、二間さがったままでまだ執念ぶかく吠えつづけているので、千枝太郎もじれた。しかし彼も扇のほかに何物をも持っていないので、そこらに転がっている小石や、土くれのたぐいを手あたり次第に拾って投げた。手近へ飛びかかって来る敵を扇で打ち払った。

犬の声があまりに激しいので、宵寝の都人も夢をおどろかされたらしい。路ばたの小さい商人店では細目に戸をあけた。それが盗賊でない、犬のいたずらであると知ったときに、そこらの家から二、三人の男が棒切れを持って出て来た。彼らは千枝太郎に加勢して、むらがる犬どもを叩きのけてくれた。敵がだんだんに多くなったので、犬もとうとう追い散らされてしまった。

「かたじけのうござる」

千枝太郎は加勢の人たちに礼をいって、自分の囲っている女を見かえると、女はいつか自分のうしろを離れて、ある家の軒下の暗い蔭に身を寄せていた。千枝太郎は彼女に声をかけた。

「さぞ怖ろしゅうござったろう。犬どもはみな追い払うた。心安うおぼされい」

女は黙って軒下からすうと出て来た。彼女はまだ被衣を深くしているのを、千枝太郎は月明かりで覗きながら訊いた。

「玉藻でないか」

言いかけて彼はぎょっとした。被衣を洩れた女の顔は譬(たと)えようもないほどに悽愴(ものすご)いものであった。彼女の眼は怪しくさか吊って火のように燃えていた。彼女の口は獣(けもの)のように尖っていた。千枝太郎は再び眼を据えてよく視ると、それは一時のまぼろしで、月に照らされた女の顔はやはり美しい玉藻に相違なかった。

「犬に取り巻かるるは怖ろしいものじゃ。男でも難儀することがある。別に怪我もなかったか」と、彼は摺り寄ってまたきいた。

玉藻はやはり黙っていた。異常の恐怖に囚われて、彼女はまだ息も出ないらしかった。千枝太郎は加勢の人に頼んで、家(うち)から水を持って来てもらった。その水をのんで、玉藻はようよう我に返ったらしく見えたが、それでもただ黙礼するばかりで、ひと言も口へは出なかった。人びとに挨拶して別れて、千枝太郎は玉藻を送って行った。

「お前にはいろいろ恩になりました」と、玉藻は途中で初めて言い出した。「先度(せんど)も物に狂うた法師にとらわれて、ほとほと難儀しているところを、お前に救うてもろうたに、今夜もまた……。とりわけて今夜の怖ろしさ、わたしは生きている心地もなかった」

「関白殿のお屋形には犬を飼うておられぬか」

「わたしは犬が大嫌いじゃで、殿に願うて一匹も残さず追い払うてしもうた」

「犬もおとなしければ可愛いものじゃが、群がって来て人を噛もうとする、そのような野良犬は憎いものじゃよ」と、千枝太郎も言った。

「わたしがこのように夜歩きして、犬に悩まされたなどということを、誰にも言うて下さるな」と、玉藻は頼むように言った。

「おお、誰にも言うまい。このようなことがひとに知れたら、わしも叱らるるわ」

「お師匠さまにか」

千枝太郎はだまって月を仰いでいた。

「思えば不思議なものじゃ」と、玉藻は溜息をついた。「こうしてお前と親しゅうなりながら、お前のお師匠さまはわたしを仇のように呪うているお人、そのお弟子なりゃお前とわたしも仇同士、二人の行く末はどうなろうかのう」

千枝太郎も引き入れられるような寂しい心持になった。玉藻はまた言った。

「くどくも言うようじゃが、お前のお師匠さまは遅かれ速かれ破滅の身の上じゃ。宇治の左大臣殿がいかほど贔屓せられても、理を非にまぐることは出来ない。そのまきぞえを受けぬように能く心しなされ」

関白の屋形の門前で二人は別れた。千枝太郎が師匠の家へ戻り着いた頃には、夜もよほど更けていた。泰親はまだ眠らずに待っていたので、千枝太郎はすぐに師匠の前へ出て、今夜の使いの結果を報告すると、泰親は笑ましげにうなずいた。

「少納言の御芳志は海山じゃ。泰親もよみがえったような心地がする。お身も大事の使いを果たしてくれて、いこう大儀であった」

こう言ううちに、泰親の眉がだんだん陰ってきたのを、若い弟子はちっとも気がつかなかった。彼は師匠に褒められたのを誇りとして、自分の部屋へしずかに引き退がった。玉藻について考えたいことがたくさんあったが、今夜の彼はあまりに疲れていたので、枕につくとすぐに安らかに眠ってしまった。

しかしその安らかな夢がさめると、彼は不意の落雷に驚かされたのである。夜があけると、彼は師匠の前に呼び出されて、突然に破門を申し渡された。

「行く末の見込みある若者じゃと思うて、わしもこれまでいろいろに丹精してみたが、お身は執念く怪異に憑かれている。お身のおもてに現われた死相はどうでも離れぬ。こう言うと、おのれの罪をひとにまぶし付くるようではなはだ心苦しいことではあるが、泰親が今度の祈禱を仕損じたも、五色にかたどった五人のうちにお身をまじえたためではないかと疑わるる節もある。かたがた、いつまでもここにおっては、泰親のためにもようない。お身のためには、ことにようない。いったんは叔父のもとへ立ち戻って昔の烏帽子折りになって見やれ。そうして、つつがなく一年二年を送って、その禍いが去ったとみえたらば、再びもとの弟子師匠じゃ。憎うて勘当するのではない。しょせんはお身が可愛いからじゃ。むごい師匠と恨むまいぞ」

嚙んでふくめるように言い聞かせて、泰親は幾らかの金をつつんで呉れた。千枝太郎はただ夢のようで、なんと言い返してよいかを知らなかった。彼はおのずと涙ぐまれた。

烏帽子折り

一

「おとといのこと、頼長も近頃心外に存じ申すよ。泰親が一生に一度の祈禱、よも仕損じはあるまいと頼もしゅう存じておったに、あの通りの体たらく……いや、さんざんじゃ」

堪えぬ憤りの声に失望の溜息をまぜて、頼長は自分と向かい合っている信西入道のおちつき顔を睨むように見つめた。信西はゆうべ泰親の使いの口上を受け取って、けさは早朝から宇治の左大臣頼長をたずねたのである。泰親がおとといの失敗に対して、頼長の怒りのおびただしいことは信西も大方推量していたが、その気色の想像以上にすさまじいのを見て、彼もさすがに少しく躊躇した。しかしそのままに口を結んでは帰られないので、彼は朽葉色の直衣の袖をかきあわせながら徐かに言い出した。

「その儀につきましては、泰親もいこう無念に存じて、いかようのお咎めを受きょうとも是非ないと申しております」

「勿論のことじゃ。彼めが家の職を剝ぎとって、遠国へ流罪申し付きょうと思うている。泰親にもそれほどの覚悟はあろう。たとい頼長が捨て置いても、兄の関白殿が免さりょうはずがない。まして兄のそばには、かの玉藻が付いている。しょせんは逃れぬ彼の運じゃ」と、頼長は罵るように言った。

「実は昨夜、泰親の使いとして、弟子の一人がそれがしの許へ忍んでまいりました」

「赦免の訴えか」

「いや、今一度、降魔の祈禱を……」

「むむ」と、頼長は烏帽子をかたむけた。「して、入道にはなんとお見やる」

「それがしの愚意を申そうならば、泰親の訴えを聞こしめされ、繰り返して今一度、七十日の秘密の祈禱を……」

泰親の不覚は重々であるが、さりとて今この都はおろか、日本国じゅうを見渡しても、この役目を勤めるものは彼のほかにない。彼も今度の不覚を恥じて、定めて懸命の秘法を凝らすに相違あるまいと考えられるから、枉げてもう一度、彼の願意を聴きとどけてやりたい。さてその上で、どうでも成らぬものは成らぬとあきらめて、さらに工夫の仕様もあろう。ともかくももう一度は――と、信西は根気よく繰り返して説いた。

　忙しそうにまばたきしながら、頼長はその長々しい説明をじっと聴き澄ましていたが、やがて覚ったようにうなずいた。

「よい。泰親が願意、聴きとどけて取らせ申そう。ただしこれを仕損じたら彼は重罪じゃ。それらのことも入道より彼にとくと申し含められい」

「早速の御聴許、それがしも共どもにお礼申し上げまする」と、信西も眉を開いて、うやうやしく会釈した。

　この問題はまずこれで一段落ちついたので、頼長と信西とは打ち解けていつもの学問の話に移った。そのうちに頼長は少し声を低めてこんなことを言った。

「入道、兄弟牆にせめげども、外その務りを禦ぐという。今や稀代の悪魔がこの日本に禍いして、世を暗闇の底におとそうとする危急の時節に、兄はとかくに弟を妬んで、ややもすれば敵対の色目を見する。浅ましいことじゃ」

「それも関白殿の魂に、悪魔めが食い入ったがためかとも存じ申す。われわれがとこう申すは恐れあれど、殿下この頃の御行状は……」

「それ、そのことじゃよ」と、頼長は待ちかねたようにひと膝乗り出した。「あらためていちいち申さずともお身もみな知っていよう。むかしとは違うて驕りには耽らるる、我が威には募（つの）らるる、あれが天下の宰相たるべき行状であろうか。兄上が今の心をあらためぬかぎりは、たとい玉藻一人を打ち亡ぼしても、やがて第二の玉藻が現わりょうも知れまい。国家まさに亡（ほろ）びんとする時は、かならず妖孽（ようげつ）ありと申すはまさしくこの事じゃ。天下を治むる宰相にその器量なくして、国家まさに亡びんとすればこそ、もろもろの妖異も出て来るのじゃ。しょせんは妖魔が現われて国を傾くるのでない、国がすでに傾かんとすればこそ妖魔が現わるるのじゃと、この頼長は批判する。入道の意見はどうであろうな」

信西は黙って頼長の顔をながめていた。この返答は容易にできないと彼は思った。なるほど頼長の意見にも一応の道理はある。むしろそれが正しい批判であるかもしれない。しかもその返事次第で、彼はどうでも頼長の味方に引き入れられなければならないことを考えると、迂闊にここで自分の意見を発表するのを躊躇したのであった。

頼長は玉藻をほろぼすと同時に、兄の忠通をも亡ぼそうとするのである。それは今の口吻（くちぶり）に因（よ）っても確かに判る。頼長の議論からいえば、妖魔その物はそもそもの末で、その妖魔を呼び起こした根本の罪人はほかにある。その罪人は兄の関白である。たといいったんは玉藻をほろぼしても、兄がそのままに世に立っていては、やがて第二の玉藻が出現するに相違ないというのである。どう考えても、信西はその返答に困った。

彼はもとより頼長に親しんでいた。その才学にも舌を巻いていた。しかし彼はそれがために、頼長の兄に対して敵意をもつわけにはいかなかった。彼は頼長に対すると同じように、その兄に対しても同様の親しみをもっていた。大きくいえばそれが天下のためである。二つにはそれが自分のためであるとも思っていた。現在のところ、彼がもっぱら頼長の方に傾いているらしく見えるのは、悪魔を退治するがためである。玉藻をほろぼすがためである。頼長と忠通との不和を醸しなすがためではない。

この点において、彼は頼長とその立ち場を異にしているのであるから、今の議論をうかつに賛成することは出来ない。いったん賛成した以上、頼長と合体して忠通に敵対しなければならない破目になるのは見え透いているので、彼はそれを恐れた。古入道の彼としては、むしろそれを愚かしいとも思った。

色紙短尺に歌を書くよりほかには能のない、または緌をつけて胡籙を負うのほかには芸のない、青公家ばらや生官人どもとは違って、少納言入道信西は博学宏才をもって世に認められている。殊更に党を組み、ひとにおもねって、自分の地位にかじり付いている必要はない。忠通が勝っても、頼長が勝っても、あるいはこの兄弟が相討ちになっても、自分の地位は容易に動かないものと彼はみずから信じていた。

こうした強い自信をもっている彼の眼から観れば、どちらの味方をして働くのも無用の努力であるように思われた。彼はなるべく事なかれ主義を取って頼長と忠通との間を弥縫するか、もしそれが出来そうもないと見きわめた暁にはそっと手を引いて、両方の争いを遠く見物しているのが、最も賢い、最も安全の処世法であるように思われた。しかしこの場合、結局黙っては済まされないとみて、老獪の彼は巧みに逃げを打った。

「さりながらその禍いがすでにあらわれましたる以上は、まずそれを鎮むる工夫が先でござりまする。その禍いを見て諸人が悔いあらたむれば天下はおのずから泰平、二度の禍いのあらわりょうはずはござりませぬ」

「それもそうじゃな」と、頼長は渋しぶうなずいた。彼も差しあたってはそれを言い破るほどの理屈をもっていないらしかった。

二人はしばらく詞が途切れた。秋草を画いた几帳が昼の風に軽くゆれて、縁さきに置いてある美しい蒔絵の虫籠できりぎりすがひと声鳴いた。

「殿。ただいま戻りました」

年頃は三十二、三の、これも主人とおなじような鋭い眼をもった小ざかしげな侍が、縁さきに行儀よくうずくまった。

「ほう、兵衛か。近う寄れ」

頼長にあごで招かれて、藤内兵衛遠光は烏帽子のひたいをあげた。彼は信西入道を仰ぎ見て、さらにうやうやしく式代した。

「どうじゃ。洛中洛外に眼に立つほどの事どももないか」と、頼長はしずかに訊いた。

遠光は頼長が腹心の侍で、宇治と京とのあいだを絶えず往来して、およそ眼に入るもの、聞こゆるもの、大小となく主人にいちいち報告する一種の物聞きの役目を勤めていた。頼長は彼の報告によって、居ながらに世のありさまを詳しく知っているのであった。

「玉藻の御があすは三井寺参詣とうけたまわりました」

「玉藻が三井寺に参詣するか」

頼長と信西とは眼をみあわせた。

「山門と三井寺とは年来の確執じゃ。その三井寺に参詣して法師ばらを唆かし、世の乱れを起こそうとてか」と、頼長は何事も見透かしたようにあざ笑った。「さりながらこれは大事じゃ。山門の荒法師も手をつかねて観てもいるまい。またしても山門と三井寺の闘諍、思えば思えば浅ましさの極みじゃ」

叡山と三井寺の不和は多年の宿題で、戒壇建立の争いのためには三井寺の頼豪阿闍梨が憤死して、その悪霊が鼠になったとさえ伝えられている。その三井寺へ魔女の玉藻が参詣して、いかなる禍いの種を播こうとするのか。

しょせんは三井寺の僧徒を煽動して叡山に敵対させ、かれらを執念く啖い合わせて、仏法の乱れ、あわせて王法の乱れを惹き起こす巧みであろう。こう思うと、信西の嶮しい眉も食い入るばかりに顰んできた。

「彼女の悪業、いやが上に募ってまいっては、いよいよ油断がなり申さぬ」

「そうじゃ。まだこの上に何事をたくもうも知れぬ」と、頼長も奴袴の膝を強く摑んだ。「のう、入道。この上は重ねて七十日の祈禱などおめおめと待ってはいられまい。泰親にもその旨を申し含めて、早急に彼女めを祈り伏する手だてが肝要であろうぞ」

　この点については、信西も勿論、同意であった。

「おおせごもっとも、それがしも肝胆を砕いて、一日も早く妖魔をほろぼす手だてを案じ申そうよ」

二

　八月十一日は晴れていた。それでも先日の大雨以来、明るい日の色も俄に秋らしくなって、藍を浮かべたような湖の上を吹き渡って来る昼の風も、たもと涼しくなった。青糸毛の牛車が三井寺の門前にしずかに停まると、それより先に紫糸毛の牛車が繋がれていた。あとから来た青糸毛のうしろに、黒塗りの鷺足の榻が据えられて、うしろ簾がさやさやと巻きあげられると、内から玉藻の白い顔があらわれた。

　折りからそよそよと吹いて来る秋風に袴の緋を軽くなびかせて、彼女は牛車からしなやかに降り立つと、門前にたたずんでいた一人の侍がつかつかと歩み寄って来た。侍は藤内兵衛遠光であった。

「お身は三井寺御参詣か」と、遠光は会釈しながら訊いた。

玉藻の供の侍には遠光を見識っている者どももあった。関白家御代参として玉藻が参詣を彼らが答えると、遠光は苦い顔をして言った。

「ただ今は宇治の左大臣殿御参詣でござる。誰人にもあれ、山門の内へ罷り通ること暫く御遠慮めされ」

ゆく手をさえぎられて、玉藻の供もむっとした。この青糸毛が眼に入らぬかというように、かれらは牛車を見かえって答えた。

「ただ今も申す通り、これは関白殿御代参でござるぞ。邪魔せられまい」

そっちの糸毛ばかりをひけらかして、こっちの紫糸毛が見えぬかというように、遠光も自分の牛車をあごで示しながら言った。

「関白殿の御牛車と申されても、それは代参、殊に女性じゃ。しばらくの御遠慮苦しゅうござるまい」

口でおだやかに言いながらも、すわといわば相手の轅を引っ掴んで押し戻しそうな勢いで、遠光は牛車の前に立ちはだかっていた。

紫糸毛の牛車のそばには、遠光のほかに逞しい侍が七、八人も控えていて、肉に食い入るほどに烏帽子の緒をかたく引き締めたあごをそらせて、こっちをきっと睨みつめていた。中にはその手をもう太刀の柄がしらにかけている者もあった。そのていが最初から喧嘩腰である。人数は対等でも、玉藻の供は相手ほどに精り抜いた侍どもではなかった。不意にこの喧嘩を売り掛けられて、彼らはすこしく怯(ひる)んだ。

それにつけても、当人の玉藻がなんと言い出すかと、敵も味方も眼をあつめてその顔色をうかがっていると、玉藻はやがてしずかに言った。

「ほほ、これは異(い)なことを承りまする。御代参とあれば関白家も同じこと、弟御(おとうとご)の左大臣どのから遠慮のお指図を受きょうはずはございませぬ」

彼女は供の侍を見かえって、一緒に来いと扇でまねいた。招かれて彼らはそのあとに続こうとするのを、遠光はあくまでもさえぎった。

「なり申さぬ。われわれここを固めている間は、ひと足も門内へは……」

「ならぬと言わるるか」

「くどいこと。なり申さぬ」

「どうでもならぬか」と、玉藻もすこし気色(けしき)ばんだ。

遠光はもう返事もしないで、相手の瞳(ひとみ)を一心に睨んでいると、玉藻はなんと感じたか俄に扇でそのおもてを隠しながら高く笑った。

彼女は眉をあげて山門の方をあざけるように見返りながら、再びしずしずと牛車の輫(はこ)にはいって、そうして、牛車を戻せと低い声で命令すると、牛はやがてのそのそと動き出して、轅(ながえ)は京の方角へむかって行った。

と思うと、白羽の矢が一つ飛んで来て、青糸毛の車蓋(やかた)をかすめてすぎた。その響きにおどろかされて供の侍どもはあっと見かえると、二の矢がつづいて飛んで来て、その黒い羽は後廂の青いふさを打ち落として通った。

「や、遠矢じゃ。さりとは狼藉……」

　立ちさわぐ侍どもを玉藻は簾のなかから制して、牛車の大きい輪は京をさして徐かに軋って行った。その青い影のだんだんに遠くなるのを見送りながら、山門のかげから頼長が出て来た。あとに続いて弓矢を持った二人の侍があらわれて、いずれも残念そうに唇を嚙んでいた。

　玉藻がきょうの参詣を知って、頼長は先廻りをして先刻からここに待ち受けていたのである。遠光は主人の内意をうけて、わざと玉藻のゆく手をさえぎって無理無体に喧嘩を仕かけ、関白家の供のものを追っ払った上で、玉藻をここで討ち果たしてしまおうという心組みであった。頼長のそばには藤内太郎、藤内次郎という屈竟の射手が付き添うていて、手にあまると見たらばすぐに射倒そうと、弓に矢をつがえて待ち構えていた。

　頼長は勿論、射手の二人も山門のかげに身を忍ばせていたのであるが、早くも玉藻に覚られたらしい。

　彼女はこちらの裏をかくようにあざけりの笑みをくれて、徐かにここを立ち去った。

　この機会を取り逃してはならぬと、頼長の指図で二人はすぐ牛車のうしろから射かけたが、二人ながら不思議に仕損じた。あわてて二の矢をつがえようとすると、弓弦は切れた。牛車はそれを笑うように、輪の音を高く軋らせながら行き過ぎてしまった。

眼のあたりにこのおそろしい神通力を見せられて、射手の二人も遠光も息をのんで立ちすくんでいた。頼長は一人でいらいらしていたが、驚きと恐れとに脅かされている家来どもをいかに叱り励ましても、しょせんはその効はあるまいと思われた。

「悪魔めをこの山門内に踏み入れさせなんだが、せめてもの事じゃ」

こうあきらめて頼長も宇治へ帰った。さきの雨乞いといい、きょうの待ち伏せといい、一度ならず二度までも仕損じた彼は、さすがに胸が落ち着かなかった。彼も悪魔の復讐を気づかって、その夜から宿直の侍の数を増してひそかに用心していたが、直接には別になんの禍いもなかった。しかし、玉藻は決してそれを無事に済まそうとはしなかった。

彼女は京へ帰って、三井寺の一条を忠通に逐一訴えた。

「予の代参というそちに対して山門内に通さぬと申し、あまつさえこちらがおとなしゅう戻ろうとするのをうしろから遠矢を射かくるなど、言語道断の狼藉じゃ。頼長め、いよいよ気が狂うたと見ゆる。もう一刻も捨て置かれぬ。おのれ、おのれ、兄の足もとに踏みにじって、宇治の屋形を草原にしてみしょうぞ」と、忠通は自分も狂ったように罵った。

「ではござりましょうが、今しばらくの御勘弁を……」

「またしても止むるか。仇を庇うか……」

「庇うのではござりませぬ。たといかの人びとが、いかようにわたくしどもを亡ぼそうと巧まれましても、邪は正に勝たずの例で、正しいものには必ず神仏の守りがござります。現にさきの日の雨乞いを御覧なされませ。われに誠の心があれば、神も仏も奇特を見せられまする」

「さればとてもう堪忍の緒が切れた。堪忍にも慈悲にもほどがある。頼長と忠通とは前の世からの仇同士であろう。弟を仆すか、兄が仆るるか、しょせん二人が列んでゆくことは出来ぬ定めじゃ」

「では、どうでも左大臣どの御誅伐でござりまするか」と、玉藻は不安らしく訊いた。

「勿論のことじゃ」

「して、お味方は……」

この問題に出遇って、忠通はいつも行き詰まるのであった。この夏の引き籠り以来、自分の味方のだんだんに遠ざかって行くのは、見舞いの人の数が日増しに減るのを見てもよく判っていた。背いた味方はみな頼長の傘の下にあつまるのであろう。それを思うだけでも、忠通の胸は沸き返った。

「きのうの味方もきょうの仇、頼もしゅうない世の中じゃ。忠通が頼長誅伐を触れ出しても、味方にまいる者は少ないかのう」と、彼はこの世を呪うように物凄い溜息を長くついた。

きのうの味方がきょうの仇と変わる世の中だけに、また都合の好いこともあると、玉藻は慰めるように言った。そういう人間が多いだけに、いったんこっちの羽振りがよくなれば、昨日の仇はまたすぐ今日の味方に早変わりをするのである。正直のところ、現在の殿上人に骨のある人間は極めて少ない。信西入道とても日和見（ひよりみ）の横着者である。つまりがなんらかの方法でかの頼長の鼻をくじいてさえしまえば、余の人びとは手の裏をかえしたようにこちらの味方になるのは見え透いている。なにも仰々しく誅伐の誅戮のと騒ぎ立てるには及ばないのであると、彼女は事もなげに説き明かした。

「つきましては、かの采女（うねめ）に召されますること、いかがでござりましょうか」

「その儀ならば懸念すな。今度こそはかならず成就（じょうじゅ）じゃ」と、忠通は得意らしい笑みを洩らした。

先度は頼長や信西の故障に出遇（であ）って、結局はうやむやのうちに葬られたのであるが、今度はそうはならない。玉藻が雨乞いの奇特をあらわしたことは雲の上までもきこえ渡っているはずである。その玉藻を推薦するのになんの故障があろう。たとい彼らがあくまでも強情を張ったところで、その理屈はもう通らない。彼らの理屈を蹴散らすだけの立派な理屈がこちらにもある。

頼もしくもない味方を無理に駆り集めて、頼長らをほろぼそうとあせり狂うよりも、一人の玉藻を采女にすすめて、その力で敵を押したおす方が安全で且（か）つ有効であるらしいと、忠通もまた思い返した。

「予が受け合うた。大納言など頼んでいては埒があかぬ。近日のうちに、忠通が病気を押して昇殿する。とこうの故障を申し立つる者があったら、予がじきじきに言い伏せて見する。はは、今度こそ……今度こそはじゃ」

忠通は気味の悪いような声を出して、のけぞりながら高く笑った。玉藻の瞳も怪しくかがやいた。

三

「ほう、千枝まよ。いつ戻ったぞ」

陶器師の翁は笑いながら見返った。彼は手づくりの壺をすこし片寄せながら、狭い仕事場の入口に千枝太郎を招き入れた。

「この頃は家に戻っているとかいう噂を聞いたが、なぜ早う訪ねて来てはくれぬ。婆めは死ぬ。隣りの藻の家は引っ越してしもうて馴染みの薄い人が移って来る。ここらでも四年五年というちには、住む人がだんだんに移り変わって、昔馴染みの減るのが寂しい。して、お前はなぜお師匠さまの屋敷から戻って来た。都の奉公はつらいかの」

千枝太郎は黙って、簾の隙間からさし込む秋の日が仕事場のぬれた土を白っぽく照らしていたのを眺めていたが、やがて沈んだ声で言った。

「わしはお師匠さまから勘当された」

「勘当……」と、翁も白い眉に浪を打たせた。「なんぞ過失でもおしやったか」

「お師匠さまのおそばにいてはわしのためにならぬ。家へ帰れと仰せられた」

「なぜかのう」と、翁は再び首をかしげた。「じゃが、お師匠さまがそう言わるれば、それも是非ない。して、これからはどうおしやる。叔父御も次第に年が寄って、この頃は思うように稼業もならぬと言うていた。お前の戻って来たは丁度幸いかもしれぬ。若い者はせいぜい働いて、叔父御や叔母御に孝行おしやれ。のう」

「おお、わしもそのつもりでこの頃は稼ぎに出る。あれを見やれ」

彼は表を指さすと、門口に烏帽子折りの荷がおろしてあった。翁はうなずいた。

「おお、よい、よい。昔の千枝まとは違うて、今では立派な若い男じゃ。まして子供の時から習いおぼえた職もある。怠らず稼いだら不自由はせぬはずじゃ」

物に屈託しない翁は心から打ち解けたような笑顔を見せて、昔の千枝まと懐かしそうに話していた。千枝太郎もなつかしそうな眼をして家の中を見まわすと、今向かい合っている小さい窯も、奥に切ってある大きい炉も、落ちかかっているように傾いた棚も、すべて昔のさまとちっとも変わっていなかった。秋の日を浴びている翁の寂びたひたいにも皺の数が殖えていないらしかった。物静かな山科郷の陶器師の家には、月日の移り変わりというものがないようにも思われた。

それにひきかえて、久安四年から仁平二年——この足かけ五年のあいだに、自分の身の上はどう変わったか。千枝太郎は振り返って考えた。

叔父の職を見習って、烏帽子折りになるはずの彼は、藻に振り放されたのが動機となって、日本に隠れのない陰陽博士の弟子となった。そうして、師匠にも可愛がられた。自分が未来の出世も眼に見えるようであった。その幸いも長くは続かないで、この三月に偶然かの玉藻にめぐり逢ってから、今まで消えかかっていた思いの火が再び胸に燃えあがった。

師匠にも諭され、自分も戒めて、魔性の疑いある彼女と努めて遠ざかろうと試みたが、その因縁は不思議にからみ付いて、幾たびか彼女にめぐり逢う機会が偶然に作られた。そのたびごとに怪しく掻き乱される自分の心を危うくも取り留めようとしながら、所詮はひと足ずつに彼女の方へ引き寄せられて行くらしいのを、神のような師匠の眼に観破られて、彼はついに慈悲の勘当を言い渡された。今さら詫びても肯き入れる師匠でないのを知っているので、彼はすごすごとそこを立ち退いて昔の山科の家に戻った。

戻ってみると、叔父や叔母の老いの衰えが今さらのように彼の眼についた。千枝太郎は悲しくなった。師匠の勘当をうけて来た甥を叔父や叔母はさのみ叱りもしないで、かえって懐かしそうに迎えてくれたので、彼はいよいよ涙ぐまれた。足かけ五年のあいだ、師匠の教えをうけた学問はありながら、勘当された今の身の上では、それを表向きの職として世に立つことは出来ない。さりとてもう一人前の若い者が、手を袖にして叔父や叔母の厄介にもなっていられないので、差しあたっては昔の烏帽子折りに立ちかえって、ちっとでも叔父の手助けをしたいと彼は思った。

叔父も喜んで承知した。千枝太郎はその以来、叔父と一緒に商売（あきない）に出ることもある。自分ひとりで出ることもある。こうしてもう小ひと月を送っているうちに、彼もだんだんに仕事に馴れて来て、朝に家（うち）を出て暮れ方に戻れば、きっと幾らかの銭を持って来るので、年をとった叔父や叔母はよい稼ぎ人の戻ったのを、むしろ喜んでいるくらいであった。

これがおれの運かもしれない。せめてこうしているあいだにせいぜい働いて、叔父や叔母に孝行を尽くそうと、彼もこの頃ではあきらめた。師匠のこと、玉藻のこと、それが胸いっぱいに支（つか）えているのを、彼は努めて忘れようとしていた。

きょうもそれをうっかりと考えていると、翁は日影がだんだん映（さ）しこんで来るのにまぶしくなったらしい。だるそうに立ちあがって入口の蒲簾をおろした。

「千枝まよ。なにを思案している。叔父御や叔母御もお前が戻ったので喜んでいよう。昔馴染みが帰って来てわしも嬉しい。これからは今までのように遊びに来ておくりやれ。よいか。あれ、お見やれ。隣りの門（かど）の柿の実は年ごとに粒が大きくなって、この秋も定めて美事に熟れることであろうよ」

「そうであろうのう」

ここの門に立った時に、千枝太郎もすぐに隣りの梢を仰いだのであった。実がまだ青いので、そこに大きい鴉の影はみえなかったが、彼は藻と一緒になってその梢の憎らしい鴉を逐った秋を思い出さずにはいられなかった。今も翁からそれを言い出されて、彼は蒲簾の外をのぞきながら低い溜息を洩らした。

「月日のたつのは早いものじゃのう」

「ほんとに早い。婆めが死んでからもう四年目になる」と、翁はすこし寂しそうな顔をして言った。

自分と仲悪の婆の死――それが藻と何かの因縁があるらしく考えられるので、千枝太郎は何げなく翁に訊いた。

「婆どのが死んで四年目になるか。婆どのはあのような怪しい死にざまをして、今にその子細は判らぬかの」

その後になんの不思議もなかったかという問いに対して、翁はこう答えた。

「さあ、不思議というほどのことは……。いや、たった一度あった。おお、たしか去年の秋……やはり丁度今頃のことじゃと覚えている。お前も識っているであろう。この村の弥五六という男……。あの男が暗い夜に、小町の水の近所を通ると、ここらには珍しい美しい上臈(じょうろう)が闇のなかを一人でたどってゆく。いや、不思議なことには、その女のからだから薄い光がさして、遠くからでもその姿がぼんやりと浮いて見えたそうな。弥五六もあまりの不思議にそっと後をつけてゆくと、女の姿はあの古塚の森の奥へ消えるように隠れてしもうた」

千枝太郎は息をつめて聴いていた。

「弥五六もぞっとして逃げて帰った。あくる日近所の者にその話をすると、皆もただ不思議じゃと言うばかりで、その子細は誰にも判らなんだ。すると、その晩のことじゃ。弥五六は急に死んでしもうた。丁度わしの婆と同じように、喉を喰い裂かれて……」

「その上臈はどんな顔かたちであったかな」と、千枝太郎は忙がわしく訊いた。

「それは知らぬ。わしが見たのでない、ただその話を人から聞いたまでじゃ」と、翁は落ち着き顔に答えた。「しかしわしの考えでは、それが古塚の主であろうも知れぬ。うかと出逢うたが弥五六の不運じゃ。それに懲りてこの頃では、日が暮れてからあの森の近所を通り過ぎるものは一人もないようになった」

「不思議じゃのう」

「不思議というよりも怖ろしい。お前も心してその祟(たた)りに逢わぬようにおしやれ。婆や弥五六がよい手本じゃ」

その上臈がもしや玉藻ではないかという疑いが、千枝太郎の胸にふと湧き出した。果たしてそうならば、藻は塚の主に祟られて、その魂はもう入れ替わっているのである。たといその形は昔の藻でも、今の玉藻の魂には悪魔が宿っているのである。

彼はその疑いを解くためにこれから毎晩その森のあたりに徘徊して、怪しい上臈の姿を見とどけたいと思った。そうして、それを一つの手柄にして、彼は師匠の勘当をゆるされようと考えたのであった。

翁との話はここらで打ち切って、千枝太郎は早々にここを出た。出る時に、彼は再び隣りの柿の梢をみあげると、その高い枝は青い大空を支えているように大きく拡がって、ところどころにはもう薄紅い光沢をもった木の実が大きい鈴のように生っていた。幼い藻の顔と臈たけた玉藻の顔とが一つになって、彼の眼さきを稲妻のようにひらめいて通った。

「あきないが遅うなる」

千枝太郎は京の方角へ足を向けた。

むかしの相弟子や知りびとに顔をあわせるのがさすがに辛いので、彼はこれまで京の町へは商売に出なかったが、商売はどうでも京の町にかぎると叔父からも教えられ、自分もそう覚ったので、きょうは思い切って繁華な町の方へ急いで行った。

その目算は案外に狂って、顔馴染みのない若い職人をどこでも呼び込んでくれないので、彼はひどく失望した。一日根気よく呼びあるいても、彼は京の町で一文も稼ぐことは出来なかった。

九月はじめの秋の日は吹き消すようにあわただしく暮れかかって、うすら寒い西山おろしが麻の帷子(かたびら)にそよそよと沁みて来たので、千枝太郎はいよいよ心寂しくなった。こうと知ったら京の町々へ恥がましい顔をさらして歩くのではなかったものをと悔やみながら、疲れた足を引き摺ってとぼとぼと戻ろうとすると、六条の橋の袂で呼び止められた。

「烏帽子折りか。頼みたい」

振り返ると、それはもう六十に近い、人品のよい武士で、引立(ひきたて)烏帽子をかぶって、萌黄と茶との片身替わりの直垂(ひたたれ)を着て、長い太刀を佩(は)いていた。彼は白い口髯(くちひげ)の下から坂東声(ばんどうごえ)で言った。

「それがしはこのごろ上(のぼ)った者じゃで、都の案内はよう存ぜぬが、見るところ烏帽子折りであろう。頼まれてくれぬか」

「心得ました」

そこですぐに荷をおろすと、武士は一人の家来を見かえって、その烏帽子が折れたら受け取って来いと言い付けて、自分はそのままに行き過ぎてしまった。

「手もとは暗うはないかな」と、あとに残された家来は千枝太郎の手もとを覗きながら言った。

「いえ、烏帽子一つ折るほどの間はござりましょう」と、千枝太郎は手を働かせながら答えた。「して、お前さま方は坂東の衆でござりまするか」

「おお、相模の者じゃよ」と、家来は立ちはだかったままで誇るように言った。「それがしの御主人は三浦介殿じゃ」

「三浦介殿……。では衣笠の三浦介殿でござりますな」

「よう存じておる。ただ今まいられたのがその三浦介殿じゃ」

烏帽子のあつらえ手は相州衣笠の城主で三浦介源義明であることを家来は説明した。三浦介は上総介平広常と共に京都の守護として、このごろ坂東から召しのぼられたのであった。

「そのような武将の冠り物を折りまするは、わたくしの職の誉れでござりまする」と、千枝太郎は追従でもないらしく言った。

「そう存じたら、念を入れて仕れ」と、家来は直垂の袖で鼻をこすった。

坂東武者も初の上洛に錦を飾って来たとみえて、その直垂には藍の匂いがまだ新しいようであった。

三浦の娘

一

そのときに三浦の家来は、こういうことをも自慢そうに話した。

主人三浦介の孫娘に衣笠(きぬがさ)というのがある。自分の代々住んでいる城の名を呼ばせるくらいであるから、その寵愛はいうまでもない。ことし十六で相模一国にならぶかたもない美女である。

祖父の義明がこのたびの上洛について、可愛い孫娘にも一度は都の手振りをみせて置きたいという慈愛から、遠い旅をさせて一緒に連れて来たが、なるほど花の都にもあれほどの美女は少ない。自分も主人の供をして、毎日洛中洛外を見物してあるいているが、衣笠殿ほどの美しい女子(おなご)にほとんど出逢ったことがない。当時都で噂の高い玉藻の御(ご)というのはどんな人か知らないが、おそらくそれにも劣るまいとのことであった。

田舎侍の主人自慢はめずらしくない。しかしその話を半分に聴いても、三浦の孫娘がすぐれた美女であるらしいことは千枝太郎にも想像された。年の若い烏帽子折りはその美しい相模おんなを一度見たいような浮かれ心にもなった。

「三浦殿の御家来衆は大勢でござりまするか」と、彼は訊いた。

「上下二十人で、ほかに衣笠殿と附き添いの侍女が二人じゃ」

「二十人の御家来衆とあれば、烏帽子の御用もござりましょう。して、お宿は……」

「七条じゃ。時々に来て見やれ」

「その折りにはよろしく願いまする」

千枝太郎は彼と約束して別れた。家へ帰ってきょうの話をすると、商売に馴れた叔父の大六は言った。

「そりゃ誰とても同じことで、顔馴染みの薄いあいだは商売も薄いものじゃ。これを飽きずに堪えねば、職人も商人も世は渡られぬ。まして三浦介殿が家来の衆と顔馴染みになったは仕合わせじゃ。坂東の衆は気前がよい。ぬけ目なくその宿所へ立ち廻って、ひとかどの得意先にせねばならぬぞ」

古塚のことも気にかかりながら、きょうは京じゅうを一日あるき廻って、千枝太郎もさすがに疲れたので、そのまま寝てしまった。あくる日は早く起きて京の町へ出た。

七条へ行って、三浦の宿所を探していると、きのうの家来に丁度出逢った。家来はきのうと違った直垂を着ていた。千枝太郎は馴れなれしく話しかけて、彼の名が小源二（こげんじ）ということまでも聞いてしまった。

「失礼ながら、お前は服装（みなり）に似合わぬ、烏帽子の折りざまが田舎びているような。わたくしが都風に折って進ぜましょう」

彼は新しい烏帽子を折ってやった。そうして、その価（あたい）を受け取らなかった。その代わりにお前の宿へ案内して、ほかの人たちの仕事を頼まれるように口添えをしてくれと相談すると、小源二はこころよく受け合った。

「では、一緒に来やれ。屋敷はすぐそこじゃ」

誰やらの空き屋敷を仮りの宿所にあてているらしく、構えの大きい割には屋敷の内もひどく荒れて、薄暗い庭には秋草がおどろに乱れてそよいでいた。遠侍（とおざむらい）らしいところに、七、八人の家来が武者あぐらを搔いていた。小源二は千枝太郎を彼らに引き合わせて、再び表へ出て行った。

主人は留守で、用のない家来どもは退屈しているらしく、千枝太郎を相手にして京の名所や風俗の噂などを聴いた。そのなかには烏帽子をあつらえる者もあった。千枝太郎は仕事をしながら一生懸命に彼らの機嫌を取っていると、正直な坂東の男どもは馴染みの薄い烏帽子折りをひどく信用してしまって、何もかも打ち明けて話した。そのうちに衣笠の噂も出た。

「その娘御は世に美しいお方じゃそうに承りました。きょうもお宿でござりまするか」

と、千枝太郎は訊いた。

「おお、奥にござるよ」と、一人が言った。「どうじゃ、そちも奥へまいってお目見得せぬか。女儀のことじゃで毎日出歩きもならぬ。さりとて初めてのお上りじゃで別に親しい友達もない。侍女どもばかりを相手にして、毎日退屈そうに送っていらるるは見るも気の毒じゃ。そちが参って都のめずらしいお話などお聞かせ申したらお慰みにもなろうに……」

それは千枝太郎が待ち設けているところであったので、彼は是非お目通りが願いたいと頼むと、家来の一人は奥へ立って行ったが、やがて一人の侍女らしい女を連れて来て、彼女の案内で庭口へまわれと言った。その案内に連れて、千枝太郎は草ぶかい庭伝いに奥の方へ進んでゆくと、昼でも薄暗い座敷のなかに、神々しいように美しい若い女が坐っていた。そのそばに一人の侍女が控えていた。

「烏帽子折りを連れてまいりました」と、千枝太郎を案内して来た侍女は言った。

彼女は千枝太郎を庭さきに残して、自分だけは縁にのぼって主人のそばに行儀よく坐った。

「初めてお目通りつかまつりまする」

千枝太郎は、草に手をつきながらそっと見あげると、正面に坐っている若い女——無論それが三浦の孫娘の衣笠であろう――年こそ少し若いが、その顔かたちはかの玉藻に生き写しであった。彼はあっと言おうとする息をのみ込みながら、少し伸び上がって無遠慮にその顔をじっと覗き込むと、女の顔は不思議なほど玉藻によく似ているので、彼はなんだか薄気味悪くなって来た。化生の物がこの空き屋敷の奥にかくれ住んでいて、自分をたぶらかすのではないかとも疑われた。

白昼の秋の日は荒れた草むらを薄白く照らして、赤い蜻蛉が二つ三つ飛んでいる。それを横眼にみながら彼は黙って俯向いていると、侍女どもは交るがわるに京の名所などを訊いた。

彼を呼び込んだのは主人の娘の料簡ではなく、侍女どもが自分の退屈しのぎに京の男と話して見たさに、娘をそそのかして呼ばせたものらしい。娘は始終つつましやかに黙って聴いていた。それが千枝太郎には物足らなかった。彼は玉藻によく似たその娘の口から何かの詞を聴き出したいと念じていたが、口の軽い侍女どもばかりに物をいわせて、娘の結んだ口はなかなかほぐれなかった。それでも彼が渡辺の綱に腕を斬られたという戻橋の鬼女の話をした時に、娘の美しい眉は少しひそめられた。

「そのような不思議がまことにあったかのう」

それは若い女にあり勝ちの恐怖の弱い声ではなかった。優しいなかにも一種の勇気を含んでいるような、冴え渡った声であった。千枝太郎は驚かされたように再びその顔をじっと見あげると、この衣笠という娘の顔かたちが玉藻によく似ているとはいうものの、その艶色におのずから相違が見いだされた。玉藻は妖麗であった。衣笠は端麗であった。千枝太郎はこの相違を比較して考えた。そうして、今までは玉藻のほかにほとんど女というものに眼をくれたことがなかった彼の若い魂が、眼に見えない糸にひかれて衣笠の方へだんだん吸い寄せられて行った。

「いろいろの話を聴いて面白かった。あすもまた来やれ」と、侍女どもは言った。

「あすもまた御機嫌伺いにあがりまする」

一晌（いっとき）ほどの後に千枝太郎は暇乞（いとまご）いをして帰った。それから京の町をひとめぐりしたが、きょうも都の人はちっとも彼に商売（あきない）をさせてくれなかった。それでも三浦の屋敷で幾らかの仕事をしたのに満足して、彼は軽い心持で山科へ戻った。

あくる日も早く起きて、千枝太郎は京へ行った。そうして、真っ直ぐに三浦の屋敷をたずねると、彼は小源二から意外の話を聞かされた。衣笠はゆうべ物怪（もののけ）に襲われたというのであった。

「おれはその場に居合わせたのではないが、侍女どもの話はこうじゃ」と、小源二は烏帽子の緒を締め直しながらささやいた。「きのうの夕暮れじゃ。衣笠どのが端近（はしぢか）う出て虫の音に聞き惚れていらるると、庭の秋草の茂みから煙のように物の影があらわれた。見るみるうちに、それが美しい上臈の姿になって、檜扇（ひおうぎ）におもてをかくしながら涼しげな声でこう言った。お身は京に長くとどまっていたら必ず禍いがある。早う故郷へ戻られいと……。しかし衣笠どのは気丈の生まれじゃで、眼も動かさずにじっとその怪しい物を見ていらるると、上臈はまた言った。わらわの申すことを用いねば命はないぞ、その期に及んで後悔おしやるなと、言うかと思うと、その檜扇の蔭から怖ろしい……人か幽霊か鬼か獣か判らぬような、世に悽愴い変化のおもてが……。侍女どもはさすがにあっとおびえて思わず顔を掩って俯伏してしまったが、衣笠どのはあくまでも気丈じゃ、懐ろ刀に手をかけて寄らば討とうと睨みつめていらるると、怪しい上臈はあざけるように、ほほと軽く笑いながら、再び草むらへ消えるように隠れてしまった。大殿にはそれを聞こしめされて、この古屋敷は変化の住み家とみゆるぞ、とく狩り出せよとの下知にまかせて、われわれ一同が松明振り照らして、床下から庭の隅々まで隈なくあさり尽くしたが、鼬一匹の影すらも見付からなんだ。思えば不思議なことよのう。気の弱い侍女どもばかりでなく、衣笠どのの眼にまでも、ありありと見えたとあるからは、臆病者のうろたえた空目とばかりも言われまいよ」

　夢のような心持で、千枝太郎はこの話を聴いていると、小源二はまた言った。

「ついては大殿のお使いで、おれはけさ早う土御門へ行って、安倍泰親殿の屋敷をたずねた」

「おお、土御門へ行かれたか。して、播磨守殿はなんと占われた」と、千枝太郎は訊いた。

「播磨守殿は慎みの折柄じゃとて、直々の対面はかなわなんだが、弟子の取次ぎでこれだけのことを教えてくれた。御息女には怪異がついている。三七日のあいだは外出は勿論、何者にも御対面無用とのことじゃ。右様の次第じゃで、見識らぬ者どもは当分御門内へ入るるなと大殿からも申し渡された。気の毒じゃが、そちも当分は出入りするな」

千枝太郎は失望した。さりとて何を争うことも出来ないので、すごすごと別れてここを立ち去ると、青糸毛の牛車がこの屋敷の門前をしずかに軋らせて通った。彼がそれとすれ違ったときに、物見の簾が少し掲げられて、女の白い顔がちらりと見えた。

その顔が玉藻であるらしく思われたので、千枝太郎はひと足戻って覗こうとする途端に、簾は音もなしにおろされてしまった。

強い妬みに燃えているような女の物凄い眼の光だけが、千枝太郎の記憶に残った。

二

小源二から聴かされた不思議な話を、千枝太郎は途々考えながら歩いた。衣笠に逢えなかったという失望もあった。その怪しい上臈が何者であろうかという疑いもあった。疑いはまずかの玉藻の上に置かれた。

三浦の門前で出逢った牛車の主は、どうも玉藻であるらしく思われた。たとい玉藻であるとしても、往来で人に逢うのは不思議でない。しかしそれが偶然のめぐりあいではないように千枝太郎には疑われた。その疑いをだんだん押し拡げていくと、ゆうべ衣笠をおびやかした怪しい上臈も、もしや玉藻ではないかという結論に到着した。

それにしても、玉藻はなぜ三浦の娘をおびやかそうとしたのか。しかも小源二の物語から想像すると、彼女の振舞いはどうしても尋常の人間ではないらしい。彼はさきの夜、犬の群れに取り囲まれた時の玉藻のおそろしい顔を思い出した。きのうの朝、陶器師の翁から聴かされた古塚参詣の怪しい女の姿を思い泛かべた。これらの事実を綜合して考えると、かの古塚のあたりにさまよっている女も、三浦の屋敷に入り込んだ女も、すべて玉藻ではあるまいかとも思われた。

彼はその実否を確かめるために、今夜こそは小町の水の近所へ忍んで、怪しい光を放っていく女の正体を見定めようと決心した。

きょうも思わしいあきないもなしに、彼はいつもより早く帰った。そうして、夜の更けるのを待って、かの古い塚をつつんだ大きい杉の森の近所へ忍んで行った。雨気を含んだ暗い夜で、低い空の闇を破って啼いていく五位鷺の声がどこやらで聞こえた。彼はふた晌ほどもそこに立ち迷って、自分の眼をさえぎる何物かのあらわれるのを待っていたが、その夜はなんの獲物もなしに帰った。

　あくる日、彼はかさねて京へ出て、三浦の屋敷の門前に立った。衣笠がその後の様子を知りたいので、彼は根よく門前にさまよっていると、顔を知っている家来の一人が出て来た。よび止めてそっと訊くと、その後には何の怪異もない。衣笠も無事である。三浦介はそのあやかしを鎮めるために蟇目の法を行なっているとのことであった。それを聞いて千枝太郎はすこし安心したが、衣笠に逢えないで帰るのがやはり心さびしかった。彼は何物にか引き止められるような心持で、門前に暫くたたずんでいた。

　思い切ってそこを立ち去った彼は、さらに土御門の方角へ足を向けた。きのうの小源二の話で、師の泰親の無事であることが判ると共に、彼は俄に師匠がなつかしくなって、直々の対面は許されずとも、せめてよそながら屋敷の姿を窺って来たいと思い立ったのである。

　彼は屋敷の前に近づいて、忍ぶように内を覗くと、軒に張り渡された注連縄が秋風に寂しくゆらいで、見おぼえのある大きい桐の葉が蝕ばんだように枯れて乾いて、折りおりにかさこそと鳴っていた。それを仰いでいるうちに、言い知れない悲しさと懐かしさとが胸いっぱいになって、彼の眼はおのずとうるんできた。彼は思わず土にひざまずいて、よそながら師匠に無沙汰の罪を詫びていると、その頭の上で不意に彼の名を呼ぶ者があった。おどろいて振り仰ぐと、それは兄弟子の泰忠であった。

「お身がもとの烏帽子折りになったということは、よそながら聴いていた。どうじゃ、変わることはないか」

久し振りで兄弟子の優しい声を聴いて、千枝太郎はいよいよ悲しくなった。彼はにじみ出す涙を両袖で拭きながら答えた。

「お身も変わることが無うて何よりじゃ。御勘当の身では何をすべきようもないので、よんどころなしに旧のなりわい、むかしの朋輩に顔を見らるるも恥ずかしい。して、お師匠さまはどうしてござる」

「その後も悪魔の調伏に心を砕いて、夜もろくろくにお眠りなさらぬ」と、泰忠も声をくもらせて言った。「それに付けても口惜しいのは、悪魔のいよいよはびこることじゃ。お身はまだ知らぬか、玉藻はいよいよ采女に召さるるというぞ」

さきごろ関白忠通から正式に玉藻を采女に推薦した。それに対して、頼長は相変わらず強硬に反対したが、忠通は頑として肯かなかった。何分にもこの前とは違って玉藻は雨乞いの奇特を世に示して、その名はもう雲の上までも聞こえている。相手にはそういう強味がある上に、頼長が唯一の味方と頼む信西入道がなぜか今度は不得要領で、木にも付かず草にも付かぬというあいまいの態度を取っているので、味方はいよいよ影が薄い。蔭では兄の文弱を日ごろ罵り卑しめている頼長も、さすがに殿上で顔を向き合わせては、有る甲斐なしに兄を言い破るわけにもいかない。

もうひとつには、玉藻の三井寺詣でを待ち受けて、遠矢に掛けようとした事も忠通に知られている。そういう事情がいろいろからんでいるので、彼は肚の中ではいらいらしながらも、正面の論戦ではどうも思うように闘うことが出来ない。かたがた殿上の形勢は相手方の勝利にかたむいて、玉藻はいよいよ采女に召さるることに決まるらしいと、泰忠は残念そうに話した。

「もうこの上はお師匠さまの力一つじゃと、左大臣どのも仰せらるる。お師匠さまも昼夜の祈禱に、やがて精も根も尽き果てらりょうかと案じらるるほどじゃ。我らとても同様の苦労、察しておくりゃれ」と、泰忠は蒼ざめた唇をゆがめながら言った。

「そりゃ容易ならぬことじゃ」と、千枝太郎もはらわたから絞り出すような溜息をついた。「それについてわしも思い当たることがある。子細はこうじゃ」

彼は兄弟子の耳に口をよせて、かの古塚のことや三浦の屋敷のことをささやくと、泰忠は眼をみはりながら聴いていた。

「むむ、よいことを教えてくれた。三浦のことはお師匠さまも我々も承知じゃが、古塚の怪異はまだ聞かぬ。よい、よい、きっとお師匠さまに申し上ぐる。お身もこれを功に御勘当が赦さりょうも知れぬ。この上にも心をつけて働いておくりゃれ。頼んだぞ」

兄弟子から鋭く励まされて、千枝太郎のしおれた魂も俄に勇んだ。彼はきっとその怪異を探り出すことを泰忠に誓って別れた。彼はもう悠々と京の町などをうろついてはいられないので、山科の家へ急いで帰った。

「きょうもくたびれ儲けか」と、なんにも知らない叔母は笑っていた。「したが、そのうちにはおのずとなりわいの道も覚えて来る。必ず倦きてはならぬぞよ」

気のよい叔母は彼の不働きを責めようともしないので、千枝太郎は幾らか気安く思った。そうして今夜こそは自分の務めを果たさなければならないと、張りつめた心を抱えて夜の更けるのを待っていたが、どうも落ち着いてはいられないので、彼はゆうべよりも早く家を出て、陶器師の翁をたずねた。

「翁よ。少し頼みがある。わしを小町の水の森へ案内してくれぬか。身内から光を放った女が通り過ぎたというのはどのあたりか、案内して教えてくれ」

途方もないと言うように、翁はしばらく黙って相手の顔を見つめていたが、やがて思い出したようにその手をゆるく振った。

「ならぬことじゃ。くどくもいう通り、塚の祟りがおそろしいとは思わぬか」

「いや、それを見とどけたらわしも出世する。翁にも莫大の御褒美をもろうてやる。どうじゃ、それでも頼まれてくれぬか」

「はて、出世も御褒美も命があっての上のことじゃ。ましてわしも人づてに聞いたばかりで、詳しいことはなんにも知らねば、いくら頼まれてもその案内が出来ようぞ。どんな出世になるか知らぬが、お身もやめい。あのような所へは行くものではないぞ」

いくら強請んでも動きそうもないので、千枝太郎もあきらめてそこを出た。今夜は薄い月が行く手を照らして、もう木枯らしとでもいいそうな寒い風が時々に木の葉を吹きまいて通った。千枝太郎はその風にさからって森の方へ急いで行った。大きい杉のかげに身を寄せて、彼はゆうべと同じようにふた晌ほども待ち暮らしたが、折々に落葉のころげてゆく音ばかりで、土の上には犬一匹も通らなかった。

「今夜も無駄か」

彼は失望してもう引っ返そうかと思っている時に、京の方角から牛車の軋る音がぎいぎいと遠くきこえた。木蔭からそっと首をのばして窺うと、牛飼いもない一輛（りょう）の大きい車が牛のひくままにこちらへ徐（しず）かにきしって来た。薄い月は高い車蓋（やかた）を斜めにぼんやりと照らしているばかりで、低く這って来る牛の影も、月に背いた車の片側も、遠くからはっきりとは見えないので、さながら牛のない車が自然に揺らめいて来るかとも怪しまれた。千枝太郎は身を固くして、この怪しい車の音に耳を澄ましていた。

車はだんだんに近づいて、棟の金物（かなもの）の薄くきらめくのも見えるほどになった時に、もう待ち切れなくなった千枝太郎は木のうしろから衝（つ）とあらわれて、覚束（おぼつか）ない月の光でその車の正体を見届けようとすると、不思議に車の轅（ながえ）は向きをかえた。かれを追う牛飼いもないのに、牛はおとなしく向き直って、元来た京の方へのろのろと歩んで行くのであった。千枝太郎はおどろいた。驚くと共に彼の疑いはいよいよ募って、なんの分別もなしに車のあとを追った。歩みの遅い牛の尻へ彼はすぐに追い付いて、右の轅に取り付きながら前簾を無遠慮にさっと引きめくると、薄い月は車のなかへ夢のように流れ込んで、床（とこ）にすわっている女の顔を微かに照らした。

その顔をひと目見て千枝太郎は立ちすくんだ。車の主は三浦の孫娘の衣笠であった。衣笠が今頃ただ一人でどうしてこんな所へ来たのか。千枝太郎は自分の眼を疑うように、呆れてしばらく眺めていると、簾はおのずからさらりと落ちて、車は再びゆるぎ出した。

「わらわに恋するなど及ばぬことじゃ。思い切れ。思い切らぬと命がないぞ」

簾のなかでは朗（ほがら）かな声で言った。

三

なんの祈願（ねがい）か、なんの呪詛（のろい）か。殊に外出を封じられている衣笠が、この夜ふけに一人の供をも連れないで何処（いずこ）へ行くつもりであったろう。千枝太郎にはとてもその想像が付かなかった。さらに不思議なのは、その車が彼の姿をみると俄に向きを変えてしまったことである。もう一つ彼をおびやかしたのは、簾のうちから響いた女の声であった。

わらわに恋するなど及ばぬこと——それが強い意味を含んで千枝太郎の胸にこたえた。恋か何か知らないが、彼は初めて衣笠の名を聞いたときから——初めて衣笠の顔を見た時から——彼の心はその方へ怪しく引き寄せられてゆくように思われた。彼の心は知らずしらずに妖麗の玉藻を離れて、端麗の衣笠の方へ移っていった。その秘密、彼自身すらもまだはっきりとは意識していない内心の秘密を車の主はとうに見破っているらしい。一種の羞恥心と恐怖心とがひとつになって、千枝太郎はもうその車を追いかける勇気を失った。彼は石のように突っ立って、だんだんに遠ざかっていく車の黒い影をいたずらに見送っていた。

車の主は確かに衣笠であろうか。あるいは自分の見損じで、彼女はやはり玉藻ではあるまいか。衣笠の顔と玉藻の顔と、衣笠の声と玉藻の声と、それが一つにこぐらかって、混乱した千枝太郎の頭にはもうその区別が付かなくなってきた。どう考えても衣笠が今頃ここへ来るはずがない。それがやはり玉藻であるらしく思われてきたので、彼はもう一度その正体を見極めたくなって、大胆に再びそのあとを追おうとすると、彼の踏み出した足はたちまち引き戻された。何者にか、その袖をしっかりと掴まれているのであった。

「千枝太郎、待ちゃれ」

それが師匠の声であることは、この場合にもすぐに覚えられたので、彼はあわてて捻じ向くと、自分の袖を掴んでいるのは兄弟子の泰忠であった。そのそばには播磨守泰親も立っていた。

「千枝太郎。あっぱれの働きをしてくれた」と、泰親は自分の足もとにひざまずいている弟子をみおろしながら言った。「もう追うには及ばぬ。正体はたしかに見とどけた。

お身の訴えを泰忠から聴いて、泰親自身で様子を探りにまいった。よう教えてくれた。かたじけないぞ。これで正体もみな判った」

師匠はひどく満足したらしい口吻（くちぶり）であるが、弟子にはそれがよく判らなかった。千枝太郎は怖るおそる訊いた。

「して、あの車の主は何者でござりましょう」

「お身の眼にはなんと見えた。あれは紛（まぎ）れもない玉藻じゃ」

「玉藻でござりましょうか」

「彼女でのうて誰と見た。三浦の娘などと思うたら大きな僻目（ひがめ）じゃ」と、泰親は意味ありげにほほえんだ。

千枝太郎は再びおびやかされた。師匠も自分の胸の奥を見透かしているらしいので、彼は重い石に圧（お）し付けられたように、頭をたれたまま小さくうずくまっていた。

「もう夜が更（ふ）けた」と、泰親は陰った月の陰を仰いだ。「わしはすぐに屋敷へ帰る。千枝太郎も一緒に来やれ」

改めてなんの言い渡しはなくとも、これで彼の勘当はゆるされたのである。千枝太郎はよみがえったように喜んで、泰忠と一緒に師匠の供をして京へ帰った。帰るとすぐに、泰親はこの二人のほかに優れた弟子の二人を奥へ呼び入れた。いずれも河原の祈禱に幣（へい）をささげた者どもである。師匠は四人の弟子たちに言い聞かせた。

「千枝太郎の訴えで何もかもよく判った。かの古塚へ夜な夜な詣でる怪異の女はまさしく玉藻に極わまった。察するところ、かの古塚の主が藻(みくず)という乙女(おとめ)の体内に宿って、世に禍いをなすのであろう。ついては泰親の存ずる旨あれば、夜があけたら宇治の左大臣殿にその旨を申し立て、かの古塚のまわりに調伏の壇を築いて、かさねて降魔の祈禱を試むるであろう。鳥を逐(お)わんとすればまずその巣を灼(や)くというのはこの事じゃ。今度こそは大事の祈禱であるぞ。ゆめゆめ油断すまいぞ」

有明けのともしびに照らされた師匠の顔は、物凄いほどに神々(こうごう)しいものであった。昼夜を分かだぬ連日の祈禱に痩せ衰えた彼の顔も、今度は輝くばかりに光っていた。四人の弟子も感激して師匠の前を引き退がったが、泰親の居間には明るい灯があかつきまで消えなかった。

弟子たちは自分の部屋へ戻ってうとうとしたかと思うと、たちまちに師匠の声がきこえた。

「もう夜が明けたぞ。泰忠は早く支度して宇治へまいれ。早う行け」

「心得ました」

泰忠はすぐに跳ね起きて屋敷を出て行った。いつもならばこの使いは自分に言い付けられるものをと、千枝太郎は羨ましいような心持で門(かど)まで見送って出た。東がすこし白んだばかりで、深い霧の影が大地を埋めているなかを、泰忠が力強く踏みしめて歩んでいくのが、いかにも勇ましく頼もしく思われて、千枝太郎も一種の緊張した気分になった。

この時代の人が京から宇治まで徒歩（かち）で往き戻りするのであるから、帰りの遅いのは判り切っているので、千枝太郎は彼の戻って来るまで山科へ一度帰りたいと思った。

「ゆうべ出たぎりで、叔父や叔母も定めて案じておりましょう。昼のうちに立ち帰って、この次第を語り聞かせとう存じまするが……」と、彼は師匠の前に出て願った。

「もっとものことじゃ。叔父叔母にもよう断わってまいれ」

師匠の許しをうけて、千枝太郎は土御門の屋敷を出た。その途中で彼はまた、あらぬ迷いが湧いて来た。自分もいったんはそう疑い、師匠は確かにそう言い切ったのであるが、車の主は果たしてかの玉藻であろうか。自分の見た女の顔はどうも衣笠に似ているらしく、殊にその身内からはなんの光も放っていなかった。勿論、この場合には、自分の目よりも師匠の明らかな眼を信じなければならないと思いながらも、彼はまだ消えやらない疑いを解くために、その足を七条の方角へ向けた。

三浦の屋敷へ行って、家来に逢ってきくと、やはりきのうと同じ返事で、その後なんにも変わったことはないと言った。

「娘御はゆうべ何処（いずこ）へかお忍びではござりませぬか」と、千枝太郎はそれとなく探りを入れてみた。

「なんの、お慎みの折柄じゃ。まして夜陰にどこへお越しなさりょうぞ」と、家来は初めから問題にもしないように答えた。

これを聞いて千枝太郎も安心した。もう疑うまでもない。車の主を衣笠と見たのは自分の僻目で、彼女はやはり玉藻であったに相違ない。それにしては、わらわに恋するなど及ばぬこと――この一句の意味がよく判らなかった。玉藻は自分の方から一度首尾して逢うてくれとたびたび迫り寄って来るのでないか。それがまことの恋であるかないかは別問題として、思い切らねば命を取るとまで言い放すのは余りにおそろしい。千枝太郎はいろいろにその問題を考えた。

三浦の屋敷にあらわれた怪しい上﨟は、衣笠に向かって早く故郷へ帰れと言った。ゆうべの怪しい女は、自分に向かって恋を思い切れと言った。それとこれを綴りあわせて考えると、玉藻は自分の心が衣笠の方へひかれていくのを妬んで、いろいろの手だてをもって彼女を嚇し、あわせて自分を嚇そうとするのであろう。ゆうべも衣笠の姿を自分に見せて、衣笠の口真似をして自分を嚇したのであろう。

こうだんだんに煎じつめて来ると、玉藻はどう考えても魔性の者である。もう寸分も疑う余地はないのである。千枝太郎はあらん限りの勇気を奮い起こして、師匠と共におそろしい悪魔をほろぼさなければならないと決心した。彼は男らしい眉をあげて、高く晴れた大空を仰ぎながら、けさの泰忠と同じように大地を力強く踏みしめながら歩いた。

叔父は商売に出て留守であった。叔母に逢って、勘当の赦(ゆ)りたわけを手短かに話して、千枝太郎はすぐに京へ引っ返して来た。土御門の屋敷へ帰ると、泰忠はもう先に戻っていた。彼は宇治へゆく途中の頼長に逢って、ひとつ牛車に乗せられて来たのであった。

「いよいよ明日はかの古塚にむかって最後の祈禱を行なうことに決めた。左大臣殿は塚を発(あば)けと申さるる。それもよかろう。いずれにしても明日は大事じゃ。怠るな」と、泰親はかさねておごそかに言い渡した。「千枝太郎、お身は今度の功によって、祈禱の数に加えてやるぞ」

　千枝太郎は涙にむせんで師匠の恩を感謝した。その夜なかに彼は怪しい夢を見た。場所はどこだか判らないが、彼は三浦の孫娘と連れ立って広い草原をあるいていた。そこには野菊や桔梗(ききょう)が咲き乱れて、秋の蝶がひらひらと舞っていた。二人は手を把(と)って睦まじくあるいて来ると、草の中には陥穽(おとしあな)でもあったらしい。衣笠の姿はたちまち消えるように沈んでしまった。と思うと、入れ替わって玉藻の形がありありと現われた。

「三浦の娘に心を移そうとしてもそれは成らぬ。おまえと藻とは前(さき)の世からの約束がある。いかにわたしを仇にしようと思うても、所詮(しょせん)むすび付いた羈絆(きずな)は離れぬ。今別れても再びめぐりあう時節があろう。これを覚えていてくだされ」

　彼女は草の奥にある大きい怪しい形の石を指さして消えた。千枝太郎の夢もさめた。夜があけると、彼は急に胸苦しくなって、湯も米も喉へは通らないように思われた。しかしきょうは大事の日であるので、彼は努めて早く起きて、ほかの弟子たちと一緒にきょうの祈禱の仕度に取りかかった。謹慎(つつしみ)の身である泰親が、白昼(まひる)の京の町を押し歩くということは憚りがあるので、彼は頼長から差し廻された牛車に乗って、四方の簾を垂れて忍びやかに屋敷を出た。ほかの弟子たちは笠を深くしてそのあとについて行った。

頼長の指図をうけて、源氏の侍どもはかの森のまわりを厳重に取り囲んでいた。そのなかには三浦介義明も木蘭地(もくらんじ)の直垂(ひたたれ)に紺糸の下腹巻をして、中黒藤(なかぐろとう)の弓を持って控えていた。三浦の党は上洛以来きょうが初めての勤めであるので、彼も家来どもも勇気が満ちていた。千枝太郎に折らせた新しい烏帽子の緒を固く引きしめて、小源二も大きい長巻(ながまき)を引きそばめていた。

この物々しい警固のなかを分けて、泰親の群れは昼でも薄暗い森の奥へはいった。邪魔になる立ち木は武士どもに伐り倒されて、そこには祈禱の壇が築かれた。陰った秋の空は低くたれて、森には鳥一羽の鳴く声もきこえなかった。

壇に登ったのは河原の祈禱とおなじように四人であった。彼らはやはり五色(ごしき)に象(かたど)った浄衣(じょうえ)をつけていた。泰親の姿は白かった。落葉に埋められた円い古塚を前にして、祈禱は午(うま)の刻（正午十二時）から始められたが、それが息もつかずに夜まで続いたので、そこらには篝火(かがりび)が焚かれた。木の間へ忍び込む夜風にその火がゆれなびいて、五色の影を時々に暗く隠すかと思うと、また明るく浮き出させるのも物凄かった。警固の人びとも草も木も息をひそめて、このすさまじい祈禱の結果をうかがっているらしかったが、夜の亥の刻（午後十時）を過ぎた頃に、梢をゆする夜風がひとしきり烈しく吹いて通ったかと思うと、今まで黙っていた古塚が地震ようにゆらゆらと揺るぎ出した。この時である。壇のまん中に坐っていた泰親はたちまち起ち上がって、ひたいにかざしていた白い幣を高くささげながら、塚を目がけて礑と投げつけると、大きい塚はひと揺れ烈しくゆれて、柘榴を截ち割ったように真っ二つに裂けた。

殺生石

一

その夜であった。関白の屋形には大勢の女房たちがあつまって、玉藻の前を中心に歌の莚が開かれていた。あしたは十三夜という今夜の月は白い真玉のように輝いて、さすがに広いこの屋形も小さく沈んで見えるばかりに、秋の夜の大空は千里の果てまでも高く澄んで拡がっていた。

今夜の題は「月不宿（つきやどらず）」というのであった。この難題には当代の歌詠みと知られた堀川や安芸や小大進（こだいしん）の才女たちも、うつむいた白い頸（うなじ）を見せて、当座の思案に打ち傾いていた。一座はしわぶきの声もなくて、鳴き弱ったこおろぎが真垣（まがき）の裾に悲しくむせんでいるのが微かに聞こえるばかりであった。その沈黙は玉藻が溜息の声に破られた。

「おもえば思うほど、これは難題じゃ」

「ほんにそうでござりまする」と、堀川もその声に応じて、案じ悩んだ顔をあげた。

「関白殿もむごいお人じゃ。これほどの難題にわたくしどもを苦しめようとは……」

「さりとてこうなれば女子（おなご）の意地じゃ。どうなりともして詠み出さいではのう」と、安芸もひたいを皺めながら言った。

縁さきでたちまちに笑う声が聞こえた。

「はは、予をむごいと言うか。久安百首にも選まれたほどの人びとが、これほどのことを詠み煩（わず）ろうては後（のち）の世の聞こえもあろうぞ」

女たちは今ここへはいって来た人にむかって、その星のような眼を一度にあつめた。人はあるじの忠通であった。忠通は半晌（はんとき）ほども前にこの難題を女たちの前に提出して置いて、しばらく自分の居間へ立ち戻っていたが、もうよい頃と思ってまた出直して来ると、どの人の色紙にも短尺にも筆のあとは見えなかったので、彼はたまらないほどに興あるもののようにそり返って笑った。

「玉藻はどうじゃ」

「わたくしにも成りませぬ」と、玉藻は面はゆげに答えた。

「玉藻の御にも成らぬほどのもの、わたくしどもにどうして成りましょうぞ」と、堀川はあぐね果てたように言った。

「玉藻にならぬとて、お身たちにならぬとも限るまいに、そりゃ卑怯じゃぞ」と、忠通はまた笑った。

しかし忠通の心の奥にはつつみ切れない満足と誇りとが忍んでいた。この女たちはみな玉藻よりも先輩で、早くから才名を知られている者どもである。したがって、玉藻に対する一種の妬みから、今日まで余り打ち解けて彼女と交わる者はなかった。それが玉藻の雨乞い以来、殊に今度いよいよ采女に召さるることに決定してから、誰も彼も争って彼女の影を慕い寄って来る。

勢いに付くが世の習いとは承知していながら、忠通は決して彼女らを卑しむ心にはなれなかった。彼は努めてそれを善意に解釈して、あらゆる才女もいよいよ我を折って、玉藻の裳をささげに来たものと認めようとしていた。

その意味から、今夜の歌の莚も玉藻を主人として催させたものであったが、どの女房たちも遅滞なしに集まって来て、いずれも年の若い玉藻に敬意を表しているのを見ると、忠通はこの頃におぼえない愉快と満足とを感じた。この夏以来の気鬱も一度に晴れて、彼の胸は今夜の大空のように明るく澄み渡ってきた。

「玉藻、どうじゃ。みなもあれほどに言うているぞ、お身がまずその短尺に初筆をつけいでは……。予が披講する。早う書け」

玉藻はやはり打ち傾いていたが、やがて低い声で上の句を口ずさんだ。

　宿すべき池は落葉に埋もれて――

　これだけ言って彼女は急に呼吸をのみ込んだ。彼女は逆吊るばかりに眼じりをあげて、衝と起ち上がって縁さきへするすると出ると、今までは気がつかなかったが、明るい月は俄に陰って、重い大空はこの世を圧しつぶそうとするかのように暗く低く掩いかかって来た。難題を出して得意でいた人も、この難題に屈託していた人たちも、今更のように眼を働かせて陰った大空と暗い広庭とを眺めた。虫も声をひそめたようにその鳴く音を立てなかった。

　玉藻はまじろぎもしないで、だんだんに圧し懸かって来るような暗い空をきっと睨みつめていると、忠通も端近く出て、ただならぬ夜の気配をおなじく窺っていた。

「ほう、やがて夜嵐でも吹き出しそうな。この春の花の宴のゆうべにも、このような怪しい空の色を見たよ」

彼の予言は外(はず)れなかった。弱い稲妻が彼の直衣(のうし)の袂を青白く染めて走ったかと思うと、庭じゅうの草や木を一度にゆすって、おびただしい嵐がどっと吹き巻いて来た。大きい屋形は地震(ないふる)ようにぐらぐらと揺れるので、忠通は危うく倒れかかって玉藻の手をとった。

「物怪(もののけ)の仕業であろうも知れぬ。端近う出ていて過失(あやまち)すな」

引き立てられて、玉藻はよろめきながら元の座に戻った。しかも彼女は何物をか恐れるように、蒼ざめた顔を両袖に埋めてそこに俯伏してしまった。夜嵐はひとしきりでやんだらしい。それでも暗い空はいよいよ落ちかかって来て、なにかの怪異(あやかし)がこの屋形の棟の上に襲って来るかとも怪しまれた。

「侍やある。早うまいれ」と、忠通は高い声で呼び立てた。

宿直(とのい)の侍どもは庭伝いにばらばらと駈けあつまって来た。そのなかでも近ごろ筑紫(ちくし)から召しのぼされた熊武(くまたけ)という強力(ごうりき)の侍が、大きい鉞(まさかり)を掻い込んで庭さきにうずくまったのが眼に立った。

「すさまじい夜のさまじゃ、警固怠るな」と、忠通は言った。

女たちは身を固くしてひとつ所に寄りこぞって、誰も声を出す者はなかった。それをおびやかす稲妻がまた走って、座敷の燈火(ともしび)を奪うようにあたりを明るくさせた。と思うと、言い知れない一種の怪しい匂い、たとえば女の黒髪を燃やしたような怪しい匂いが、どこからともなしに湧き出して、無言の人びとの鼻に沁みた。

「あ、玉藻の御は……」と、熊武は床の下から伸び上がって叫んだ。

玉藻は毒薬を飲んだように身を顫わせているのであった。彼女の長い髪は幾千匹の蛇が怒ったように逆立って乱れ狂っていた。忠通もおどろいて声をかけた。

「玉藻。さのみ恐るるな。予もこれにおる。強力の者どももそこらに控えているぞ」

彼女はなんとも答えなかった。いや、答えることが出来ないのかもしれなかった。彼女は骨も肉も焼けただれていくかとばかりに、さも苦しげに身をもがいて、再び顔をもたげようともしなかった。

「玉藻、玉藻」と、忠通はまた叫んだ。

夜嵐がまたどっと吹きおろして来て、座敷の燈火も侍どもの松明も一度に打ち消されたかと思うと、玉藻の苦しみ悶えている身のうちから怪しい光がほとばしって輝いた。それは花の宴のゆうべにみせられた不思議とちっとも変わらなかった。その光のなかに玉藻はすくっと起ち上がった。おどろに乱れた髪のあいだから現われた彼女の顔の悽愴さ——忠通は思わずぞっとして眼を伏せると、彼女はしなやかな肩に大きい波を打たせて、燃えるようなほの白い息を吐きながら、あたりを凄まじく睨めまわして縁さきへよろよろとよろめき出た。筑紫育ちの熊武はまさしく彼女を魔性の者と見て、猶予なく鉞を取り直して縁のあがり段に片足踏みかけると、その一刹那である。彼を盲目にするような強い稲妻が颯とひらめいて来て、彼のすがたは鷲に摑まれた温め鳥のように宙に高く引き挙げられた。

世はむかしの常闇にかえったかと思われるばかりに真っ暗になって、大地は霹靂に撃たれたようにめりめりと震動した。忠通も眼がくらんで俯伏した。女たちは息が詰まって気を失った。侍どもも顔を掩って地に伏していると、黒い雲の上から庭さきへ真っ逆さまに投げ落とされたのはかの熊武の亡骸であった。その身体は両股のあいだから二つに引き裂かれていた。

この怪異におびやかされた人たちが初めて生き返ったように息をついたのは、それから小半晌の後であった。松明は再び照らされて、熊武のおそろしい死骸を諸人の前に晒したときに、気の弱い女たちは再び気を失ったのもあった。忠通も暫くは声も出なかった。玉藻の姿はどこへか消え失せてしまった。

「宇治の左大臣殿お使いでござる」

早馬で屋形の門前へ乗り付けたのは、頼長の家来の藤内兵衛遠光であった。彼は玉藻の様子を見とどけるために、山科からすぐに都へ馳せ付けたのである。彼は忠通の前に召し出されて、きょうの祈禱の結果を報告すると、重ねがさねの怪異におどろかされて、忠通も大息をついた。

「ほう、その古塚は二つに裂けたか。して、塚の底には何物が埋められてあったぞ」

「人の骨、鏡、剣、曲玉のたぐい、それらはひとつも見付かりませぬ。ただひとつ素焼の壺があらわれました」と、遠光は説明した。

「素焼の壺……」

「打ち砕いて検めましたら、そのなかにはひとたばの長い黒髪が秘めてございました」

「女子のか」

「勿論のことでございまする。泰親はその黒髪を火に焼いて、さらに秘密の祈禱を試みました」

「ほう、それか」と、忠通は思い当たったようにうなずいた。「その黒髪の焼け失すると共に、玉藻の形も消え失せたのであろうよ」

　そのときには雲もだんだんに剝げて来て、陰った大空には秋の星が二つ三つきらめき出していた。

二

　玉藻のゆくえは無論に判らなかった。おそらく彼女は熊武を引っ掴んで虚空遥かに飛び去ったのであろう。いずれにしても魔女は姿を隠したのであるから、頼長の一党は勝鬨をあげて祝った。安倍泰親は妖魔を退散せしめた稀代の功によって従三位に叙せられた。

「泰親もこれで務めを果たしたわ」

彼は初めて鏡にむかって、俄に鬢鬚(びんひげ)の白くなったのに驚いた。しかも彼に取っては一代の面目、末代の名誉である。今まで閉じられた屋敷の門は、そのあしたから大きく開かれて、祝儀の人びとが門前に群がって来た。

その賑々(にぎにぎ)しい屋敷の内にただひとり打ち沈んでいる若い男があった。それは千枝太郎泰清である。彼は当日の朝から俄に胸苦しいのを努めて、祈禱の供に加わった。祈禱が終わると、彼はもう魂がぬけたように疲れ果ててしまった。あくる日もやはり胸がいっぱいに塞がっているようで、湯も喉へは通らなかった。

「張りつめた気がゆるんだせいじゃ。おちついて少し休息せい」と、兄弟子の泰忠が親切にいたわってくれた。

張り詰めた気がゆるむ――どうもそればかりではないらしく、彼自身には思われてならなかった。

悪魔が形を消した――それは勿論、喜ばしいことに相違なかったが、それと同時に藻(みくず)という美しい女の形がこの世界から全く消え失せてしまったということが、千枝太郎には悲しく思われた。こうなると、たとい悪魔の精を宿しているにもせよ、藻という女の姿をもう少しこの世にとどめて置きたかった。彼は俄に藻が恋しくなった。世の禍いを鎮めるためとはいいながら、彼は古塚の秘密をみだりに兄弟子に口走ったのを今さら悔むような気にもなつた。それは愚かであると知りながらも、彼はやはり藻が恋しかった。その形を仮りていた玉藻が恋しかった。

この埒もない心の悩みを癒すために、彼は三浦の娘をたずねようと思い立った。祈禱から三日目の午すぎに、千枝太郎は七条へ忍んで行って三浦の宿所の門前に立つと、彼は小源二から思いも寄らない報告をうけ取った。

「お身はまだ知らぬか。衣笠どのはおとといの夜にむなしくなられた」

「衣笠どのが亡せられた……」

千枝太郎は声も出ないほどに驚いた。小源二の話によると、祈禱の夜の亥の刻ごろ、泰親がかの黒髪を火に燃やしたと恰もおなじ頃に、彼女はにわかにこの世を去ったというのであった。屋敷じゅうの男どもはみな主人の供をして山科郷へと向かっていた留守であるから、詳しいことは確かにわからないが、そのときかの怪しい上臈が再び庭さきに姿をあらわしたと侍女どもはささやいていた。

「じゃによって、われらが案ずるには、かの玉藻めが殿様のお留守を窺って、衣笠殿に祟ったのではあるまいか。彼女めが正体をあらわして飛び去るときに、憎いと思うものをとり殺していく。それはさもありげなことじゃが、なぜそれほどに衣笠どのに執念く禍いするか、それが判らぬ。殿様もってのほかの御愁傷で、よその見る目もおいたわしい。こうと知らば大切の孫娘をわざわざ都までは連れまいものをとのお悔やみも、さらさら御無理とも思われぬよ」と、小源二もさすがに鼻をつまらせて語った。

千枝太郎は新しい悲しみに囚われた。玉藻がなぜ衣笠の命を奪って行ったか、それは誰にも判ろうはずはないが、彼には思い当たることがないでもなかった。玉藻のおそろしい妬み——それが禍いのもとであるらしく思われてならなかった。三浦介が孫娘を連れて来たのを悔やむとはまた違った意味で、彼は三浦の宿所へ出入りしたのをしきりに悔やんだ。彼は祈禱の前夜の怪しい夢を今更のように思い出した。

「思えばほんにおいたわしいことじゃ」と、千枝太郎もうるんだ眼瞼をしばたたいた。

「方々の御心中もお察し申す。われらがお悔やみ申し上ぐると、三浦の殿にもよろしゅうお取次ぎ下され」

小源二にわかれて、彼は暗い心持で土御門の屋敷に帰った。それでも日を経るにしたがって、彼の元気もだんだんに回復して来た。師匠やほかの弟子たちの晴れやかな顔を見ていると、彼の結ぼれたような胸もおのずと開けて来た。

十日ほどの後に、彼は師匠の許しを得て山科へゆくと、叔父も叔母も彼の手柄を喜んでくれた。それと同時に、彼はここでも思いも寄らない話を聞かされた。

「お前の久しい馴染みであった陶器師の翁が俄に死んだよ」と、叔父は気の毒そうにささやいた。

「おお、あの翁が死んだかよ」と、千枝太郎はまた驚かされた。

「丁度あの祈禱の明くる朝であった。いつも早起きのあの翁が日の高うなるまで戸をあけぬのを不審がって、近所のものが隙間からそっと覗いてみたら、翁は紙衾から半身這い出して、両手に空をつかんだままで……。ああ、善い人であったがのう」

「ほんに善い人であったがのう」と、千枝太郎はおうむ返しに言って、深い溜息をついた。

古塚へ夜まいりの女をみたという弥五六は、何物にか喉を食い裂かれて死んだ。それを千枝太郎に教えた陶器師の翁も三浦の孫娘とおなじ夜に死んだ。それらをいちいち思いあわせると、彼は一種の強い恐怖におそわれた。玉藻という女を中心にして、いろいろの悲哀と恐怖とが再び千枝太郎の胸に重い石を置いた。彼は翁の墓にひと束の草花をそなえて帰った。

あくる月のはじめである。

野州の那須の住人那須八郎宗重から早馬で都へ注進して来た。それは九月のなかばから白面金毛九尾の狐が那須の篠原にあらわれて、往来の旅びとを取り啖うは勿論、あたりの在家をおびやかして見あたり次第に人畜を殺め尽くすので、宗重は早速に自分の人数を駆りあつめて幾たびか狐狩りを催したが、神通自在の妖獣はここに隠れかしこに現われて、どうしても彼らの手には負えないので、結局それを上聞に達するというのであった。頼長はすぐに泰親を召して占わせると、その金毛九尾の妖獣はまさしく玉藻の姿であることが判った。玉藻は東国へ飛び去って、那須野ヶ原をその隠れ家としているのであった。

「おそらく宗重一人の力では及び申すまい。それがしは都にあって再び調伏をこころみ申す間、源平両家の武士のうちより然るべき者どもを東国へ下され、宗重に力をあわせて悪獣退治のおん計らい然るびょう存じまする」と、泰親は申し上げた。

玉藻の正体があらわれてから、関白忠通は世間に面目を失った。大納言師道も病気と申し立てて官職を辞した。殊に忠通は魔性の者にたぶらかされて、彼女を采女に申し勧めたのであるから、その責任はいよいよ重大であった。彼も関白の職を去って桂の里の山荘に引き籠ることになった。

したがって当時の殿上は頼長の支配である。頼長は泰親の意見を容れて、源平両家の武士のうちから然るべきものをすぐり出そうとしていると、それを洩れ聞いて、第一に願い出たのは三浦介義明であった。

三浦は東国の生まれである。老年ではあるが、弓矢のわざにも長けている。殊に彼は最愛の孫娘を悪魔の手に奪われている。それらの事情を考えて、殿上の議論も彼を選むことに一致した。頼長は彼一人に命ずるつもりであったが、源平両家がならび立っている以上、源氏の三浦に対して平家からも相当の武士一人を選み出さなければ権衡をうしなうという議論が勝ちを占めて、平家からは上総介広常を選むことになった。広常はまだ二十九歳で、これも東国の生まれであった。

三浦、上総の両介はすぐに支度を整えて東国に走(は)せ下った。泰親はかさねて屋敷のうちに調伏の壇をしつらえた。泰忠その他の弟子たちも壇にのぼる人になった。千枝太郎も無論その一人に加えられたが、彼は不思議に魂がゆるんで、どうしても今までのような張り詰めた気分になれなかった。彼は日々のおごそかな祈禱に倦(う)んで来た。

十月もやがて終わりに近い日である。

都には今年の冬が俄に押し寄せたように、陰った底寒い日が幾日もつづいて、けさはめずらしく青々とした空をみせたかと思うと、どこからかたちまちにしぐれ雲を運び出して、大粒の霰(あられ)がはらはらと落ちて来た。那須の篠原に狩り暮らしている三浦、上総の籠手(こて)の上にも、こうした霰がたばしっているかと千枝太郎は遠く思いやった。そうして、やがては彼らの矢じりに貫かれなければならない玉藻の運命をも思いやった。こうした考えに心を迷わせている間に、彼の祈禱はおのずとおろそかになった。その怠りがすぐに師匠の眼についた。

「千枝太郎。きょうは大事の日じゃ。おのれはならぬ。さがれ」

泰親は激しく彼を叱りつけて、祈禱の壇から追い落とした。そうして泰藤という他の弟子に代わらせた。

その日の未(ひつじ)の刻（午後二時）である。泰親は四人の弟子たちから青、黄、赤、黒の幣を取りあつめ、自分の持っていた白い幣と一つにたばねて、壇を降って縁さきに出た。折りから音を立てて降って来た霰のなかに、彼は東国の空を仰いで五色の幣を一度に投げあげると、四つの幣は宙を舞って元の庭に落ちたが、ただひとつの白い幣はさながら白い鳥の飛ぶように、高い空をどこまでも走って行った。

泰親は跳りあがってそのゆくえを見送った。

「あの幣の落つるところに妖魔は確かに封じられた」

あたかもこの日のこの時刻である。三浦と上総とは霰のなかで那須の篠原を狩り立てて、金毛の狐を射倒したのであった。三浦の黒い矢は狐の頸筋を射た。上総の白い矢は狐の脇腹を射た。その注進はわずかに五日の後、早馬をもって都に伝えられた。

播磨守泰親は再び面目を施した。しかし重ねがさねの心労で、彼はその後十日ばかりは病の床についた。その間のあるゆうべに、千枝太郎は看病の枕もとをぬけ出して行くえが知れなかった。病が癒えてから泰親はそれを知って、溜息をつきながら弟子たちに言い聞かせた。

「彼はおそらく那須野へさまよって行ったのであろう。所詮かれの面にあやかしの相は消えぬ。救おうとしても救われまい。これも逃れぬ宿世の業じゃ」

弟子たちももう彼のゆくえを探そうとはしなかった。

「その狐は顔だけが雪のように白うて、胴体や四足の毛は黄金のように輝いて、しかもその尾は九つに裂けていたそうな」

四十前後の旅びとは額を皺めて怖ろしそうに語った。それを黙って聴いている若い旅びとは千枝太郎であった。それを語っている旅びとは陸奥から戻って来た金売りの商人であった。大きい利根川の水もこの頃は冬に痩せて、限りもない河原の石が青い空の下に白く光っていた。ふたりの旅人はその石に腰をかけて、白昼の暖かい日影を背に負いながら並び合っていた。

三

「それほどの狐であったら、容易に狩り出されそうもないものじゃに……」と、千枝太郎は独り言のように言った。

「なんでも七日あまりはその隠れ場所も知れなんだが、朝から折々に陰って大きい霰が降って来た日の午過ぎじゃ」と、金売りの商人は語りつづけた。「どこからとも知れずに一本の白い幣束が宙を飛んで来て、薄むらの深いところに落ちたかと思うと、人も馬も吹き倒すような怖ろしい風がどっと吹き出して、その薄むらの奥からかの狐があらわれた。それを三浦と上総の両介どのが追いすがって、犬追う物のようにして射倒されたということじゃが、その執念は怖ろしい。その弓に射られて倒れたかと思うと、その狐の形はたちまちに大きい石になったそうな」

「石になった」と、千枝太郎は眼をみはった。

「おお、不思議な形の石になった」と、旅商人はうなずいた。「いや、そればかりでない。その石のほとりに近寄るものはたちまちに眼が眩うて倒れる。獣もすぐに斃れる。空飛ぶ鳥ですらも、その上を通れば死んで落つる」

「それは定か。まことの事か」

「なんでいつわりを言おうぞ。わしはあの地を通り過ぎて、土地の人から詳しゅう聞いて来たのじゃ。石は殺生石と恐れられて、誰も近寄ろうとはせぬほどに、そのあたりには人の死屍や、獣の骨や鳥の翅や、それがうずたかく積み重なって、まるで怖ろしい墓場の有様じゃという。お身も陸奥へ旅するならば、心して那須野ヶ原を通られい。忘れてもその殺生石のほとりへ近寄ってはならぬぞ」

「そのような怖ろしい話はわしも初めて聞いた」と、千枝太郎は深い考えに沈みながら言った。「では、その石に魂が残っているのかのう」

「おそろしい執念が宿っているのじゃ。どの人も皆そう言うている。旅に馴れたわしですらもその話を聞くと身の毛がよだって、わき眼も振らずに駈けぬけて通って来た。お身たちは年が若いで、物珍しさにその殺生石のそばへなど迂闊に近寄ろうも知れぬが、それは命が二つある人のすることじゃ。わしの意見を忘れまいぞ」

その親切な意見も耳に沁みないように、千枝太郎は大きい眼をかがやかして川向こうの空を眺めていた。師匠の泰親が見透した通り、彼は都の屋敷をぬけ出して、この東国まではるばるとさまよい下ったのであった。

なんのためにここまでたずねて来たか。彼は玉藻が魔女であることをよく知っていた。彼はもうそれを疑う余地はなかった。異国から飛び渡った金毛九尾の悪獣が藻という乙女のからだを仮りて、世に禍いをなそうとしたのを、師匠の泰親に祈り伏せられて、三浦と上総とに射留められたのである。それをいっさい承知していながらも、彼はやはり昔の藻が恋しかった。今の玉藻が慕わしかった。

魔女でもよい。悪獣でもよい。せめて死に場所を一度たずねてみたい。――こうした思いに堪え切れないで、彼は師匠の家をとうとう迷い出た。寂しいひとり旅の日数も積もって、茅萱(ちかや)の繁った武蔵の里をゆき尽くして、利根の河原にたどり着いたときに、彼は陸奥から帰る金売りの商人(あきうど)に遇って那須野の怪しい物語を聞かされたのであった。

しかし彼の心はその奇怪に驚かされるよりも、むしろ一種の心強い感じに支配されていた。玉藻はむなしくほろび失せても、その魂は石に宿って生けるように残っている。それが事実である以上、彼は果てしも知れない那須野ケ原にさまよって、そことも分からない玉藻の死に場所をあさり歩くには及ばない。彼女の魂のありかは確かにそこと見きわめられたのである。千枝太郎はわざわざたずねて来た甲斐があったように嬉しく感じた。

「いろいろのお心添え、かたじけのうござった」

彼はここで都へ帰る商人にわかれた。そうして再び北へ向かって急いで行った。それから幾日の後に野州の土を踏んで、土地の人にきいてみると、殺生石のうわさは嘘でなかった。彼はわざと真夜中を選んで、那須野の奥へ忍んで行った。

十一月なかばの夜も更けて、見果てもない那須の篠原には雪のように深い霜がおりていた。物凄いほど高く冴え渡った冬の月が、その霜に埋められた枯れ薄を無数の折れた剣（つるぎ）のようにきらめかせているばかりで、そこには鳥の啼く声も聞こえなかった。獣の迷う影も見えなかった。野州から陸奥（みちのく）につづく大きい平原は、大きい夜の底に墓場のように静かに眠っていた。

事実において、そこは怖ろしい墓場であった。金売りの商人が話した通りに、原の奥には大きい奇怪な石が横たわって、そのあたりには無数の骨や羽が累々（るいるい）と積みかさなっていた。

千枝太郎は笠の檐（のき）も隠されるほど高い枯れ薄を泳ぐように掻きわけて、そこらにうずたかい骸骨の山を踏み越えながら、ようようのことで石と向かい合って立った。風のない夜で、彼を取り巻いている薄も茅萱（ちがや）もそよりとも動かなかった。石も動かなかった。

千枝太郎は玉藻の魂を宿したその石を月明かりでしばらく眺めていた。彼は玉藻のために後世(ごせ)を祈ろうとも思っていなかった。畜生に向かって菩提心(ぼだいしん)をおこせと勧めようとも思っていなかった。彼はただ、藻と玉藻とを一つにあつめたその魔女が恋しいのである。石をじっと見つめている彼の眼からは、とどめ難い涙がはらはらとこぼれ、彼は堪らなくなって、石に向かって呼んだ。

「藻よ、玉藻よ、千枝太郎じゃ」

石は彼の思いなしか、それに応えるように、ゆらゆらと揺るぎ始めた。彼はつづけて呼んでみた。

「藻よ。玉藻よ……。千枝太郎がたずねて来たぞ」

石はまたゆらめいた。そうして、ひとりの艶(あで)やかな上臈の立ち姿がまぼろしのように浮き出て来た。柳の五つ衣(ぎぬ)にくれないの袴をはいて、唐衣(からごろも)をかさねた彼女の姿は、見おぼえのある玉藻であった。

「千枝太郎どの、ようぞ訪ねて来てくだされた。そのこころざしの嬉しさに、再び昔の形を見せまする」

寒月に照らされた彼女は、昔のように光り輝いていた。千枝太郎は夢心地で走り寄ろうとするのを、彼女は檜扇で払い退(の)けるようにさえぎった。

「それほどのこころざしがあるならば、なぜ今までにわたしの親切を仇(あだ)にして、お師匠さまの味方をせられた。またいっときなりとも三浦の娘に心を移された。それが憎い、怨めしい。今更なんぼう恋しゅう思われても、お前とわたしとの間には大きい関が据えられた。寄ろうとしても寄られませぬぞ」

「それはわしの過失じゃ。免してたもれ」と、千枝太郎は枯草の霜に身をなげ伏して泣いた。「今までお身を疑うたはわしの過失じゃ。お身を恐れたは、なおさらの過失じゃ。魔女でも鬼女でも畜生でも、なつかしいと思うたら疑わぬはず、恋しいと思うたら恐れぬはず。それを疑い、それを恐れて、仇に月日を過ごしたばかりか、お師匠さまに味方してお身を仇と呪うたは、千枝太郎が一生の過失じゃ。この通りに詫びる。堪えてたもれ」

彼は早く悪魔の味方にならなかったことを今更に悔やんだ。悪魔と恋して、悪魔の味方になって、悪魔と倶に亡びるのがむしろ自分の本望であったものをと、彼は膝に折り敷いた枯草を掻きむしって遣る瀬もない悔恨の涙にむせんだ。その熱い涙の玉の光るのを、玉藻はじっと眺めていたが、やがて優しい声で言った。

「お前はそれほどにわたしが恋しいか。人間を捨ててもわたしと一緒に棲みたいか」

「おお、一緒に棲むところあれば、魔道へでも地獄へでもきっとゆく」と、彼は堪えられない情熱に燃える眼を輝かして言った。

玉藻は美しく笑った。彼女はしずかに扇をあげて、自分の前にひざまずいている男を招いた。

ひとりの若い旅びとが殺生石を枕にして倒れているのを、幾日かの後に発見した者があった。その旅びとは微笑を含みながら平和の永い眠りについているらしかった。しかし怖ろしい墓場へ踏み込んで、その亡骸を取り片付ける者もなかったので、彼はそのままにいつまでも捨てて置かれた。そのうちに寒い冬が奥州の北から押し寄せて来て、那須野ヶ原も一面の雪の底に埋められた。

あくる年の春が来て、殺生石は雪の底から再びその奇怪な形をだんだんに現わしたが、旅びとの姿はもう見えなかった。彼は融ける雪と共に消えてしまったのかもしれない。

それから十年も経たないうちに、都には二度の大きい禍いが起こって、都は焚かれた。大勢の人は草を薙ぐように斬り殺された。保元と平治の乱である。しかも古来の歴史家は、この両度の大乱の暗いかげに魔女の呪詛の付きまつわっていることを見逃しているらしい。玉藻をほろぼした頼長は保元の乱の張本人となって、主の知れない流れ矢に射られた。

信西入道はあくまでも狡獪なる態度を取って、前度の乱にはつつがなく逃れたが、後の平治の乱には彼が正面の敵と目指された。彼は逃れない運命を観じて、みずから土の中に生き埋めとなったのを、再び敵に掘り出されて、その老いたる法師首を獄門にかけられた。

玉藻の仇は、こうしてみなむごたらしく亡ぼされてしまった。忠通は法性寺にかくれて剃髪した。泰親だけは無事に子孫繁昌した。

那須野の殺生石が玄翁（げんのう）和尚の一喝（かつ）によって砕かれたのは、それから百年の後であったと伝えられている。

修禅寺物語

一

明治四十一年の秋に、わたしは伊豆の修善寺温泉へ行って、新井旅館に滞在していた。その当時の日記によると、わたしは九月二十七日の午前八時頃、焼松茸の秋らしい香に酔いながら朝飯を済ませて、それからすぐに宿を出て、源氏の将軍頼家の墓に詣ったのであった。

日記にはこう書いてある。

――桂橋を渡り、旅館のあいだを過ぎ、射的場の間などをぬけて、塔の峯の麓に出づ。ところどころに石段あれど、路はきわめて平坦なり。雑木しげりて高き竹叢あり。槿の花の白くさける垣に沿うて、左に曲れば、正面に釈迦堂あり。頼家の仏果円満を願うがために、母政子の尼が建立せるものと伝えらる。鎌倉の覇業を永遠に維持する大目的の前には、あるに甲斐なき我が子を犠牲にしたれども、さすがに子は可愛きものにてありけるよと推量れば、ひごろは虫の好かぬ驕慢の尼将軍その人に対しても、一種の同情をとどめ得ざりき。

さらに左へ折れて小高き丘にのぼれば、高さ五尺にあまる楕円形の大石に征夷大将軍左源頼家尊霊と刻み、煤びたる堂の軒には笹龍胆の紋を染めたる紫の古き幕を張り渡せり。堂の広さは二坪を越ゆまじく、修禅寺の方をみおろして立てり。あたりには杉楓のたぐい枝をかわして生いたり。秋の日影冷たく、いずこにか蟬の声かれがれに聞こゆ。余りにすさまじき有様よとは思えども、これに比ぶれば範頼の墓はさらにはなはだしく荒れまさりぬ。叔父御よりも甥の殿こそ未だしもの果報ありけれと思いつつ、香を手向けて去る。入れ違いに来たりて磬を打つ参詣者あり。

頼家の墓所、予は単に塔の峯の麓とのみ記憶していたりしが、ここにて聞けば、このところを指月ヶ岡というとぞ。頼家討たれし後、母の尼ここへ来たり弔いて、空ゆく月を打ち仰ぎつつ、「月は変らぬものを、かわりはてたるは我が子の上よ」と、月を指さして泣きければ、人びともおなじ涙に暮れ、爾来ここを呼んで指月ヶ岡というとぞ。蕭条たる寒村の秋の夕、幸なき我が子の墓前に立ちて、一代の女将軍が月下に泣けるさまを想い見よ。まことに画くべく歌うべき悲劇にあらずや。彼女がかくまでに涙を呑んで経営したる覇業も、源氏より北条氏に移りて、北条もまた亡びたり。これを思えば、秀頼と相抱いて城と共にほろびたる淀君こそ、人の母としては却って幸いなりけれ。感多くして立つこと多時。――

わたしはその晩、旅館の電燈の下で桂川の水の音を聴きながら、頼家の最期を戯曲に編もうと企てた。その明くる日、修禅寺の宝物に頼家の仮面があるということを宿の主人から聞いて、すぐに修禅寺へ行った。仮面の作人は誰だか判らなかった。戯曲の腹案はここにいる間に大抵まとまって、東京へ帰ってから筆を執った。あくる年の春に脱稿したのが「修禅寺物語」で、それが初めて明治座に上場されたのは明治四十四年の五月であった。書きおろし以来、しばしば市川左団次君によって上演されて、松莚（杏花）戯曲十種の一つに数えられている。

それから十年目で、今年の正月、わたしは重ねて修善寺へ行った。十九日の午後、寒い風の吹く日、桂川を渡って、頼家の墓に詣でると、あたりの光景はよほど変わっていた。その晩、わたしはこんなことを書いて読売新聞社へ送った。

――修善寺の宿に着くと、あくる日はすぐに指月ヶ岡にのぼって、頼家の墓に参詣した。わたしの戯曲「修禅寺物語」は十年前の秋、この古い墓の前に額ずいた時に、わたしの頭に湧き出した産物である。この墓と会津の白虎隊の墓とは、わたしに取って思い出が多い。その後にわたしはどう変わったか、自分にはよく判らないが、頼家公の墓はよほど変わっていた。

その当時の記憶によると、岡の裾には鰻屋が一軒あったばかりで、岡の周囲にはほとんど人家が見えなかった。墓は小さい堂のなかに祀られて、堂の軒には笹龍胆の紋を染めた紫の幕が張り渡されていて、その紫の褪めかかった色がいかにも品の好い、しかも寂しい、さながら源氏の若い将軍の運命を象徴するかのように見えたのが、今もありありとわたしの眼に残っている。ところが、今度かさねて来て見ると、堂はいつの間にか取り払われてしまって、懐かしい紫の色はもう尋ねるよすがもなかった。なんの掩いをもたない古い墓は、新しい大きい石の柱に囲まれていた。いろいろの新しい建物が岡の中腹までひしひしと押し詰めてきて、その中には遊芸稽古所などという看板も見えた。

頼家公の墳墓の領域がだんだんに狭まってゆくのは、町がだんだんに発展してゆく標である。紫の古い色を懐かしがるわたしは、町の運命になんの交渉をもたない、一個の旅びとに過ぎない。十年前にくらべると、町は著しく栄えてきた。多くの旅館は新築したのもある。建て増したのもある。温泉倶楽部も出来た。劇場も出来た。こうして年ごとに繁昌してゆくこの町のまん中にさまよって、昔のむらさきを偲んでいる一個の貧しい旅びとのあることを、町の人たちは決して眼にも留めないであろう。わたしは冷たい墓とむかい合ってしばらく黙って立っていた。

　それでも墓の前には三束の線香が供えられて、その消えかかった灰が霜柱のあつい土の上に薄白くこぼれていた。日あたりが悪いので、黒い落葉がそこらに凍り着いていた。墓を拝して帰ろうとしてふと見かえると、入口の古い柱のそばに一個の箱が立っていた。箱の正面には「将軍源頼家公おみくじ」と書いてあって、そのそばの小さい穴の口には「一銭銅貨を入れると出ます」と書き添えてあった。

　源氏の将軍が予言者であったか、売卜者であったか、わたしは知らない。しかしこの町の人たちは果たして頼家公を霊なるものとして、こういうものを設けたのであろうか。あるいは湯治客の一種の慰みとして設けたのであろうか。わたしは試みに一銭銅貨を入れてみると、からからという音がして、下の口から小さく封じた活版刷りのお神籤が出た。あけて見ると、第五番凶とあった。わたしはそれが当然だと思った。将軍にもし霊あらば、どのお神籤にもみな凶が出るに相違ないと思った。——

　こんな苦い心持を懐きながらも、半月ばかり滞在している間、毎日散歩に出るたびに、落葉と霜柱を踏みながら、わたしはきっと頼家の墓に参詣した。そうして、自分の古い作の「修禅寺物語」について考えた。香の煙につつまれながら静かにその墓に向かっているると、史実と空想とが一つにもつれ合って、七百年前の鎌倉の世界がまぼろしのようにわたしの眼の前に開かれた。

第一の幻影は、うち綾(あや)の小袿(こうちぎ)を着た二十歳(はたち)前後の若い局(つぼね)ふうで、すぐれて美しい顔のどこやらに暗い影を宿している女であった。

二

若い局は鎌倉御所の欄干(おばしま)に身をもたせて、あさ黄色に暮れてゆく大空の下に、烏賊(いか)が墨をふくように真っ黒にふきあがる煙の末を眺めた。建仁(けんにん)三年の秋も終わりに近い九月二日で、もう肌寒い夕暮の風はうす紫の小袿の広い袂を吹きかえして、若い局の豊かな鬢(びん)の毛を微(かす)かになびかせた。

「あ、あの煙は……」

「堀藤次(ほりのとうじ)どの、火急にお目通りを願いまする」

侍女(こしもと)に取次がせて、ひとりの武士(さむらい)がゆがんだ烏帽子(えぼし)の緒を締め直しながら、廻廊づたいに急いで来た。彼は年のころ五十一、二で、うすい髭(ひげ)に掩われた上唇(うわくちびる)が古い刀疵(かたなきず)で醜く裂けている、頑丈な骨太の男であった。局の顔をみて、ろくに会釈する間(ひま)もなしに、あわてた声が彼の裂けた唇からほとばしった。

「お局。御覧(ごろう)ぜられたか。あの火の手を……」

「北の御所の方角かとも見ましたが、なんぞの手過ちでも……」

「いや」と、老いたる武士は頭を忙しそうに振った。「過ちではござらぬ。不意に討手が押し寄せて、北の御所は焼亡。あれ、あのような物の響きがお耳には入りませぬか」

物音はとうに耳にひびいている。それを怪しんで、局は今ここへ物見に出たのであった。北の御所へ討手――その注進を聴いて、局は取りみだすほどに驚いた。

「討手は誰……北条殿か」

「尼御台の御下知をうけたまわって、北条殿が惣大将。小山、結城、畠山、加藤、仁田の人びとが一方には比企殿の屋形を取りまき、一方には北の御所に押し寄せ、いくさは今が最中でござりまする」

局は身を戦慄かせて聴いていたが、たちまち身をひるがえして表の方へ駈け出そうとした。その袂をとらえる間がないので、武士は無礼をかえりみずに、相手が長く引いてゆく紅の袴の裾を片足で緊とふみ止めた。

「まずしばらく。あの通りの猛火のなかへ女儀の身が、何として、なんとして……」

「北の御所には若君が御座あるを忘れたか。放しゃ、放さぬか」と、局は狂うように身をもがいた。

それは武士もよく知っているが、今この場合、局をおめおめと出してやって、もし何かのあやまちがあっては自分の役目が立たない。彼はどうでも局を取り鎮めなければならなかった。

老いたる武士はくれないの袴をふんだままで、狂い立つ局を口早にすかしなだめた。たとい御所内にいかようの闘諍が起ころうとも、若君に対して非礼を働く者があろうとも思われない。何者か必ず守護して安泰の場所へ移しまいらせたに相違ない。比企殿の御運はともあれ、若君のお身の上に誓って御別条はない。くれぐれもお騒ぎなさるなと、彼はさえぎって諫めた。

こう言っているうちに、外の響きはいよいよ鬧がしくなって、太刀打ちの音さえも手に取るように聞こえた。うず巻く煙のあいだからは火焔の波が高く狂いあがって、いったん暮れかかった秋の日が何者かの扇に招き返されたように、薄暗い空一面が真紅に染められた。

あのおそろしい火の中に生みの若君がいるかと思うと、局はもう半狂乱であった。ひとの諫言などは、のぼせた耳には入らなかった。焦れて、躁って、相手を突きのけて、彼女は遮二無二駈け出そうとすると、うしろから不意に癇の高い声が聞こえた。

「若狭、待て」

それは将軍頼家の声であった。狂っている女も、支えているその家来も、さすがに形をあらためて喘ぐ息をしばらく鎮めると、頼家も欄干近くあゆみ出て、眉の上を照らすばかりに輝く火焔の光をじっと眺めていた。水のように蒼い将軍の顔も、雪のように白い将軍の小袖も、その火にあぶられて薄紅く見えた。

「憎い奴め」と、頼家はまなじりを裂いてただ一言いった。

そうして、無言で局の手を取って、奥の間へ、つかつかと入ってしまった。将軍につかまれた手を振り払うすべもないので、局も無言でおめおめと引かれて行った。

そのあとについて行こうか、それともひとまず武者溜りへ退ろうかと、武士はすこし思案に迷ったらしく、燃えさかる火をいたずらに仰ぎながら一つ所にたたずんでいると、二十歳ばかりの若い武士が彼のうしろを駈け抜けながら声をかけた。

「堀殿。一大事を御存じか」

「おお、知っている」

なにもかも知っていながら、彼は局に向かってあからさまに言い得なかったのである。

若狭局は比企判官能員の娘で、十五の春から源氏の将軍頼家の側に召し出されて、一幡丸という若君を儲けた。順序からいえば、これが鎌倉三代将軍の芽生である。その祖父たる能員の一門が外戚の威勢をふるうのは自然の勢いで、それが北条の一門と衝突を来たすのも避け難い自然の勢いであった。

言うまでもなく、北条時政の娘の政子は頼朝の御台所で、頼朝の没後は尼御台と仰がれて、鎌倉幕府の女主人公となっている。それに連なる北条の一門が外戚の威勢をたのんで、二代の将軍頼家を有る甲斐なしにあつかっていることが、年の若い頼家にとってはおさえ切れない不満の種であった。血を引いた祖父と孫とでありながら、時政と頼家とのあいだには何の親しみもなかった。それらの事情は歴史家の筆にもしばしばのぼって、何人にも余り詳しく知られ過ぎている。

わたしも今ここでそれらの史実を深く考えている余裕がない。わたしの空想は幻影の動くにつれて忙がわしく走ってゆく。

将軍の御座所とも見るべき広い座敷には、将軍頼家と若狭の局と、若い武士と老いたる武士とが、息もしないほどに鎮まり返って向かい合っていた。老いたる武士は堀藤次親家で、若い武士は下田五郎景安であることは下の対話でだんだんに判った。

二人の家来が代るがわるの報告で、きょうの驚くべき出来事がことごとく頼家の耳に伝えられた。局の父の比企能員は薬師の尊像の供養といつわって北条の屋形へおびき寄せられて、何の苦もなく討たれてしまった。たった一人あやうい所を逃れた家来が比企ヶ谷の屋形へ帰って注進すると、比企の子供や家来どもは驚き憤って、すぐに若君の一幡丸を守護して北の御所に楯籠った。つづいて北条方の討手が押し寄せた。

いくさは申の刻（午後四時）から始まったが、酉の刻（午後六時）に近いころには、人数の少ない御所方はだんだんに討ちすくめられて、討死も出来た。手負いも出来た。防ぎ矢を射るもの幾人かを残して、その余の者はみな内へ引っ返して若君の前で一度に自害した。屍の恥を隠すために、最後の際に火をかけるのがこの当時の習いであるので、彼らの自害と同時に御所は一面の火となった。若君一幡丸もその火焔のなかに飛び込んで、今年六歳の小さい骨を灰にしてしまった。

半日のうちに父を討たれ、わが子を亡った局の嘆きは言うまでもなかったが、頼家の憤怒はそれ以上であった。舅の能員を討たせたのも口惜しかった。わが子を殺されたのも無論に悲しかった。しかしそれ以上に彼を憤激させたのは、将軍としての我が権威を滅茶苦茶に踏みにじられたということであった。

たとい病弱であろうとも、自分は鎌倉二代の将軍である。その将軍には一言の伺いも立てずして、みだりに家来を誅戮する。それすら自分をないがしろにした違乱の仕方であるのに、まして能員は自分の舅である。一幡は自分の子で、ゆくゆくは三代の将軍とも仰がるべき者である。その能員をほろぼし、一幡を殺して、勝鬨をあげている北条の一類は、あまりに人もなげなる振舞である。自分に対して謀叛を企てたも同然である。自分の眼の前で舅をほろぼされ、わが子を殺されては、なみなみの者でもただおめおめとは見ていられまい。自分は将軍である。その将軍の権威を彼らは認めないのであろうか、彼らは将軍を恐れないのであろうか。

こう考えると、頼家は総身が焼けただれるほどに腹立たしかった。彼は火焔の息をついて暫くは空を睨みつけていたが、やがてその立烏帽子が揺り落ちるばかりに頭をふるわせて、嚙みつくように呶鳴った。

「北条めを誅伐せい。時政も義時も一人も残さずに討ちほろぼせ。藤次も五郎もすぐに人数をあつめい。予の直書を渡すほどに、それを持参して和田と仁田の一族を召せ」

血気の景安はすぐに承ると答えたが、古つわものの親家は返答に躊躇した。

上を凌ぐ北条の所為が非義重々は勿論であるが、北条のうしろには尼御台というものが控えている。彼らは尼御台の下知というのを頭にいただいて、能員誅戮を遂行したのであるから、表向きからいえば彼らは当面の責任者でない。この際、あくまでも彼らの責任を問い、彼らの非義を責めるということになると、つまりは尼御台に楯を突く結果になる。尼御台は将軍の母である。子が母にむかって楯を突くと云うことが既にその名儀において七分の不利益であるのに、鎌倉じゅうの大小名はことごとく尼御台の味方である。心からの味方でないまでも、北条の威勢に怖れて頭をもたげ得ないものが多い。和田とても頼みにはならない、仁田はきょうの寄手に加わった者である。たとい将軍の直書を賜っても、かれらが進んで将軍に忠節をつくすかどうかは、はなはだ覚束ないのである。こんなやからを頼みにして、迂闊に大事を思い立たれるのは、かえって将軍の御運を縮める結果になりはしまいか。

親家の渋っているのを見て、頼家の癇癖はいよいよ募った。彼は扇の骨の砕くるばかりに上畳を叩いてまた叫んだ。

「藤次、なにを猶予する。おのれも北条の方人か、ただしは北条がおそろしいか。早く行け」

「は」とは言ったが、親家はまだ起ちかねていた。

「えい、おのれは頼まぬ。五郎、おのれ一人でゆけ。一刻を過ごさぬうちに人数をあつめて、北条の屋形に押し寄せい。かれらの屋形の焼け落つる火を、頼家はこれにて快く見物しょうぞ。若狭、料紙と硯を持て」

頼家はふるえる手に筆をとって、和田と仁田にあてた直書を書いた。頼家という書判まで据えられた。もうこうなっては意見も諫言も無用である。主君と運命を倶にするよりほかはないと健気に覚悟した親家は、一通の直書を押し頂いてすぐに和田の屋敷へ向かった。景安は仁田の屋敷へ行った。

あとには幽霊のような顔をした若い男と女とが残った。男は女の手をとって、再びもとの欄干のほとりに出た。鎌倉山の大空には秋の星が限りなくきらめいて、もう焼け落ちてしまった北の御所の上には、うす白い煙がまだ一面に這い拡がっていた。

「あれを見い。鬼火じゃ」

焼け残った瓦や土墻のあいだから青い火がへらへらと燃えていた。

「あれ、若君が呼んでおりまする」

「一幡が呼んでいる」

「あれ、煙のあいだから小さい手をあげて、わたくしどもを招いておりまする」

欄干から飛び降りようとする局の臂は、頼家にしかとつかまれた。

「物に狂うな。狂うほどならば頼家がまず狂うわ。一幡の仇も、能員の仇も、いっ時の後にはみな亡ぶる。待て、待て」

頼家は調子のはずれた声で高く笑った。

三

いったん消えた二つの幻影が再びわたしの眼の前にあらわれた時には、その世界はまるで変化していた。そこは伊豆の三島神社の前で、頼家は怪しい輿に乗せられていた。あとの輿には若狭の局が乗っていた。二つの輿のそばには、下田五郎景安とほかに四、五人の近習と侍女どもが付いていた。

それから少し離れて百人ばかりの武士が左右に分かれて控えていた。鎧を着ている者は一人もなかったが、彼らは直垂の下に腹巻をしめて、籠手脛当を着けて、弓や長巻を持っていた。彼らの中にはいかつげな眼を光らせて、将軍の身のまわりをじろじろと睨め廻しているのもあった。痛々しげな眼をそむけて、うららかに晴れた秋の空を見あげているのもあった。社頭の大きい杉の梢には、旗のように白い雲がゆるく流れていた。

このまぼろしの世界が眼に映った時に、それが普通の社参でないことをわたしの予備知識がすぐに教えてくれた。将軍頼家は北条誅伐の密謀がもろくも露見して、鎌倉から伊豆に移されて狩野の庄の修禅寺に押し籠められるのである。その途中、伊豆の府にさしかかって、三島の社の前を過ぎたので、頼家はここにしばらく輿をおろさせて、参拝に半晌あまりを費したのである。供のうちに堀藤次親家の老いたる姿が見えないのは、和田の屋敷へ使に行った帰り途で北条の家来どもに討たれたのである。

こう思ってよく見ると、今年まだ二十二という若い将軍の顔は悼ましいほどに蒼ざめてやつれていた。若い局の顔にも血の気が失せて、まるで白い蠟で作られた人形のようにも見えた。

治承四年、父の頼朝がまだ蛭ケ小島に蟄していた時に、この御社に参拝して源氏再興の祈願を籠めたことがある。そうして伊豆を討って出て、鎌倉に覇府を開いたが、その子の頼家は流人同様の身となって、鎌倉から逆に伊豆へ送られるのである。

若い将軍は神の御前に額ずいて何事を念じていたか知らないが、やがて、参拝も終わって再び輿に乗ろうとする時に、彼はうしろの輿を見かえってあわただしく声をかけた。

「若狭。なんとした」

家来共もおどろいて眼をやると、若狭の局は今や輿に乗り移ろうとして、俄に小膝をついて悩ましげに悶え始めたのであった。景安は侍女に指図して局を介抱させた。局は胸が塞がるように痛むと言って、鳩尾のあたりを抱えて土に俯伏してしまった。見送りに出た社人（しゃじん）も慌て騒いで、奥へ薬を取りに行った。

　九月もなかばに近い日の白昼（まひる）であった。社頭の小川のふちには薄（すすき）の白い穂が吹くともない秋風に軽くなびいている。その薄の葉を折り敷いて、局の痩せた姿は横たえられた。いずれもただうろたえているばかりで、はかばかしくは介抱も出来ないのであった。

「ここらに医師（くすし）は住まぬか」と、頼家は焦れるように左右を見かえった。

　ここらに医師は住まぬという頼りない返事（じ）を聞いて、彼はいよいよ焦れた。

「こうと知らば、鎌倉から典薬（てんやく）の者を召し具（ぐ）してまいろうものを……。さりとは無念じゃ。社司のもとには薬の貯えもあろう。早う持て」

「ただいま社人が取りにまいりました」と、景安は答えた。

「遅い、遅い。早うせい」

　主人があまりに焦れるので、景安はすぐに社内へ催促に行った。警固の武士のむれから四十前後の分別らしい男が進んで来て、将軍の前にひざまずいた。それは狩野小次郎（かのうこじろう）行光（ゆきみつ）であった。

「申し上げまする。若狭のお局、不時のおん悩み、御介抱は勿論の儀でござりまするが、これから修禅寺まではまだよほどの路のりでござれば、途中で日が暮れましては御難儀。局の御介抱は近習侍女（こしもと）衆に任せられて、上様（うえさま）にはおん立ちを……」

「介抱は近習侍女どもに任せて、予に直ちに立てと言うか」

「はあ」

「若狭を見捨ててゆけと言うか」

「はあ」と、行光は上眼(うわめ)で将軍の顔色をうかがった。

「いやじゃ」

頼家の声が激しいので、行光もしばらくためらった。それを見向きもしないで、頼家は輿を降りて局のそばへ立ち寄った。

「若狭、どうじゃ。まだ落ち着かぬか」

局はかすかにうなずくばかりであった。

一日のうちに父をほろぼされ、子をうしなって、嘆きの積り積った上に、自分のかしずく将軍家は鎌倉を逐(お)われて押し籠めの身となったのである。人間としてほとんどあらん限りの打撃を一度に受けた局の弱い魂は、鎌倉を出る朝からもう半分は死んでいた。その半死半生の魂と身体(からだ)とを怪しい輿の上に揺られながらも、きのうは険しい箱根の峠を越えて来たので、その疲れにいよいよ苛(さいな)まれた彼女の身体は、もう生きられなくなってきた。さらでも細った魂緒(たまのお)がもう切れかかってきた。彼女は自分が折り敷いている枯れ薄と同じように、ここで果敢(はか)なく折れて倒れるよりほかはなかった。

秋の日は死にかかっている女の白い顔をあかあかと照らしている。それを見つめて、頼家も黙っていた。修禅寺に女を召し連れてゆくというについては、殊に比企能員の娘を連れるというについては、北条にも少しく故障があったのを、局からも押し返して願い、頼家からも尼御台に訴えて、特に彼女を伴うことを許されたのであった。それが途中でこの始末である。こうと知ったらば、いっそ鎌倉に残してくれば好かったものをと、頼家も今更悔まれた。彼はどうかしてこのいじらしい女の命をつなぎ留めたかった。

「若狭。心をたしかに持て。どうじゃ」と、頼家は再び呼んだ。

「上様……」と、虫のような声が局の青ざめた脣から出た。「わたくしは所詮……お供はなりませぬ。打ち捨てておいでくださりませ」

「ええ、そちまでが行光と同じように……」と、頼家はむしろ腹立たしそうに言った。

「今この際にそちを捨てて……頼家はどこへ行かりょうぞ。よく思うても見い。母には疎まるる、家来どもには叛かるる。将軍職は奪わるる。鎌倉の屋形は追い払わるる。天にも地にも頼家の味方というは、そちと……ここにいる僅かな家来どもばかりじゃ。取りわけて若狭、そちに離れて……頼家が何となろうぞ」

彼の声はだんだんに湿んできた。身にあまる勿体なさというように、局は切れぎれの息の下からむせぶように言った。

「かたじけないお詞……。七年このかたの御恩……。せめては修禅寺までおん供して朝夕の御介抱をと存じましたに……。かえって逆さまの御介抱を受くる。お礼も……お詫びも……」

あとはかすれてよく聴き取れないので、頼家は草にひざまずいて耳を寄せた。侍女どもは遠慮して、少し引き退って見ていると、頼家は食い入るように眉をひそめながら、幾たびかうなずいていた。

「おお、未来は……未来は……。それは言うまでもないことじゃ。ただ無念なは……征夷大将軍源頼家が側女、若狭の局ともあろう者が、匹夫下郎にも劣って……犬猫のように路草の上に野垂死……。あまりに無残で口惜しい。鶴岡八幡に見放されて、鎌倉を追い放たれた頼家は、ここまでさすろうて来て、またもや三島明神にも見放されたか。源氏の家にはいかなる祟りがあるぞ。頼家は過世にいかなる罪を作ったぞ」

うるんだ睫毛を水干の袖に払って、頼家は社のかたをきっと睨みつめると、局は力のない手でその手に取りすがった。

「さりとは怖ろしい。勿体ない。仮にも神を恨ませたもうな。たとい草の上、土の上に命を終わろうとも……神の宮居のおん前で死ぬるというは、せめてもの仕合わせ、神のお恵み……。ありがたいとこそ思え、恨めしいとは露塵ほども思いませぬ。ただ心残りは……」

ここまで一息に言ってきて、もうその息は続かなくなった。頼家の袂が引かれるように重くなったと思うと、彼女はその袂を掴んだままで俯伏してしまった。

景安が先に立って、社人が薬湯を捧げて駈けつけたがもう遅かった。せめてもの心ゆかしに、その薬湯を局の口に含ませたが、それは末期の水にもならなかった。局の魂は将軍よりも先に、修禅寺の旅に上っていた。

「局は御臨終じゃ」と、景安は声をくもらせて一同に言い聞かせた。

侍女どもは声をあげて泣き出した。近習の直垂の袖も一度にさやさやと動いた。行光も烏帽子の緒を締め直して、再びひざまずいた。弓や長巻は地にふした。

「若狭の亡骸は修禅寺まで一緒に舁いてゆけ」と、頼家は輿に乗りながら言った。

「社頭をお浄めくだされ」と、行光は社人に会釈して先に立った。

それにつれて、一度に立ち上がる長巻の白い刃に、秋の日がきらきらと光った。大きい一羽の鳶が杉の上を悠々と舞っていた。

景安が指図して、局の亡骸は輿の上に移された。侍女どもは薄の花を折って来てその枕もとにはさむと、白い穂は力なくそよいで黒い髪の上に垂れた。女どもはみな顔を掩いながら輿のあとについて行った。

こうした悲しい酷たらしい、まぼろしの世界がいつまでも続くのをわたしは恐れていると、その寂しい秋がたちまち華やかな春に変わった。それが明くる年の三月なかばであることをわたしは直覚した。暖かく晴れた日の光が野にも山にも満ちていた。大きい川の水が石に堰かれて白く流れていた。その川端や畑のあいだに、花盛りの八重桜が遠く近く咲き乱れていた。

この桜の立木を背景にして、頼家と下田五郎景安の二人が立っていた。ここは修禅寺の門前にながれ落ちる桂川の上流で、二人はこれから川伝いに奥の院へ参詣する途中であろうとわたしは想像した。頼家も景安も若かった。しかもこのうららかな春のひかりを浴びている人物としては、彼らの影があまりに寂しいので、わたしは何だか物足らなく感じていると、遠い上流の方からさらに一つの幻影があらわれた。縹色に小桜を染め出した麻衣を着て、服装はもとより若狭の局と比べ物にもならないが、その匂やかな眉付きは彼女にちっとも劣らないほどの美しい女であった。

女はもう頼家の前に近づいて来た。

四

水干に立烏帽子を着けて、家来に太刀を持たせているほどの人が、ここらの山家に幾人も住んでいようはずがなかった。常は奥深く垂れこめていて滅多にその姿を見せることがなくても、それが修禅寺におわす鎌倉の貴人であることは、女にも大抵想像されたのであろう。彼女は川端の若草の上にひざまずいて、二人の通り過ぎるのを待っていた。

頼家と彼女と瞳を見合うほどに近づいた。そうして、その瞳は動かない物のように据わってしまった。彼はしばらくその女を見つめていたが、やがて景安を見かえって言った。

「彼女をこれへ召せ」

景安にいざなわれて、若い女はうやうやしく将軍の前に出た。頼家のうしろには大きい桜の木が枝をかざしていた。その明るい花の色に照らされたように、女は顔をうす紅くしてうずくまっていると、頼家はしずかに声をかけた。

「そちはこのあたりの者か」

「塔の峯の麓に住んでおりまする」

山家の育ちというにも似合わず、彼女は行儀よく答えた。

「これから窟までよほど遠いか」

「坂東道ではまだ三里ほどもござりましょうか」

「ここらの者とあれば、そちも窟詣でをいたしたことがあるか」

「ただいまも参詣いたしてまいりました」

頼家の問いに応じて、若い女は桂の窟の説明をした。そこは弘法大師が悪魔を封じ籠めた処で、窟の入口にはふた本の年古る桂が立っていて、その根から清水をふいて、末は修禅寺の方へ大きく流れて落ちるので、川の名を昔から桂川と呼び慣わしていると言った。女の卑しくない、そうしてさわやかな口吻が頼家の興味をひいて、彼は笑ましげにその物語を聴いていた。

「ほう、この川上にふた本の桂があるか」

「遠い昔からふた本立ち列んでおりますれば、女夫(めおと)の桂と申しまする」と、女はほほえんだ。

「女夫の桂……」

急にさびしい心持になって、頼家は桜の梢を見あげた。

今は世を捨てたような彼も、女夫の名を偶然に言い聞かされて、若狭の悼(いた)ましい記憶が俄に胸の奥によみがえったのであろう。彼は低い溜息と共に独りごとのように言った。

「非情の草木にも女夫はある。人にも女夫はありそうな」

女は黙って眼をあげると、それが丁度みおろした頼家の眼と出逢った。今度は女の瞳が動かなくなった。頼家はまたしずかにきいた。

「そちの名は何というぞ」

「桂と申しまする」

「桂……。川の名と同じじゃな」

頼家もほほえんだ。若い女の瞳は燃えるように輝いた。景安は太刀をささげたままで、黙ってひざまずいていた。三人の足もとや膝の下には一面の若草が青いしとねを敷いて、日にあぶられた柔らかい匂いが彼らの袖や袂を暖かく包んだ。

「いや、面白い話を聴いた。急ぎの路を呼び止めて心ないことであったぞ。予は頼家じゃ。修禅寺へも折々は遊びにまいれ」

景安を頤で招いて、頼家は静かにあるき出した。女はいつまでも草の上に小膝を折ったままで、黄色い蝶に追われてゆく主従のうしろ姿を見送っていた。

そよりとも風の吹かない日で、川づたいの長い街道に薄樺色の水干と褐の直垂とのほかには人の影も見えなかった。上流へ遡るにしたがって、うす白い土の色がだんだんに狭まって、黄色い畑が広く突き出していた。二人の衣の色はその菜の花のかげに隠れてしまった。

女は膝の塵を軽く払って起ちあがった。川向いの山々はその肩に薄紫の隈を取って、眼の前に青々と浮き出してみえた。鶺鴒に似た鳥が河原の白い石から石へと飛び渡って、その長い尾のひらめきがまぶしいほどに光っていた。

彼女の名が桂ということは、その名乗るのによってわたしは知った。彼女はもう二十歳ぐらいで、伊豆の山家にはめずらしい、いわゆる﨟闌けた顔かたちで、背もすらりと高い、鼻も高い、顔色も艶やかに白い、口もとも引き締った、どこやらに驕慢の相を忍ばせているような女であった。

彼女は晴れやかな顔をして、晴れた大空の下を静かに歩いて行った。修禅寺の高い甍を横にみながら、虎渓橋を渡って塔の峯の青い裾にゆき着くと、小さい竹藪をうしろにして一軒の草葺屋根が低く見えた。門には型ばかりの竹の戸が閉ててあって、内には紙砧の音がきこえた。彼女は黙って戸をあけてはいった。

　それを聞きつけて、内からまた一人の若い女が出て来た。その年頃と顔とを見て、それが彼女の妹であることはすぐに覚られたが、妹にはもう眉が無かった。その夫らしい二十二、三の男は明るい竹縁に出て、少し猫背にかがみながら砥石で何か光るものを研いでいた。

「お帰りなされませ」と、妹はしとやかに会釈した。

「通い馴れた路でも窟まではなかなか遠い」と、姉の桂はほほえんだ。「殊に春の日ももう暖こうなり過ぎて、これ見やれ、襟には薄い汗がにじむ」

懐紙で細い頸のまわりをぬぐいながら、桂は縁にいる男を見かえった。

「春彦どの。精が出ますの」

「おのが職じゃ。怠ってはなるまい」と、春彦は見向きもしないで素っ気なく答えた。

「それを今さら聞くことか」

　と、桂はあざわらうように言った。そうして、炉の前へ行って温い湯を飲んでいた。

　妹は黙って庭に降りて、日あたりのいい莚の上に坐って再び紙砧を打ちはじめた。修禅寺紙はまたの名を色好紙とも呼ばれて、昔からここの名物であった。その砧の音を遠い世界の響きのようにかすかに聞きながら、桂は夢見る人のように煤けた天井をみあげていた。

「姉さま。お前もひと休みしたら、ここへ来て打ちなさらぬか」と、妹は庭から伸び上がって呼んだ。

桂は返事をしなかった。垣の隅に咲いている遅い椿の紅い花が静かに落ちた。どこやらで鶏の声がのどかにきこえた。妹はまた呼びかけた。

「姉さま、姉さま……」

「何じゃの」と、桂は鬱陶しそうに振り向いた。「砧はもう打つまい。わたしはいやになった」

「窟詣ででお疲れなされたか」と、妹は砧の手をやすめて優しくきいた。

「いや、それほどに疲れもせぬが……。ええ、面倒な。わたしも今そこへゆく」

思い直して桂も庭に降りた。姉は妹とむかい合って拍子よく砧を打ち始めた。女の軽い袖が互いちがいに動くにつれて、椿の花はまたほろほろとこぼれ落ちた。春彦は砥石を片付けて奥の細工場へはいった。

ここの家は面作師であった。家の奥の破れた壁には、羅刹や野干や飛出やべし口や、いろいろの幽怪な舞楽の仮面が懸けてあって、さながら悪魔の棲家のように、うす暗い中から思い思いの眼を晃らせていた。壁につづいて蒲簾が低くたれていて、簾の中が細工場になっているらしかった。

細工場でも鑿（のみ）と槌（つち）との音が静かにひびいた。庭でも砧の音がつづけて聞こえた。春の長い日もだんだんに方向を転じたらしく、軒先にたれている小さい簾のかげが斜めに落ちて、西向きに坐っている妹は眼をそむけるようになった。姉は背にうけている日影を仰ぎながら砧の手を休めた。

「もう一晌（いっとき）も打ちつづけたので、肩も腕も痺（しび）れるような。もうよいほどに止（や）みょうでないか」

「日の暮るるにはまだ半晌（はんとき）あまりもござろうに、もう少し精出そうではござんせぬか」

と、妹は相変わらず打ちつづけていた。

「精出したくばお前ひとりで精出して働くがよい。父（とと）さまにも春彦どのにも褒められょうぞ。わたしはいやじゃ。もういやになった」

姉は投げ出すように砧を捨てると、妹の細い眉はすこしひそんだ。

「貧の手業（てわざ）に姉妹（きょうだい）が年ごろ打ち馴れた紙砧を、とかくに飽きた、いやになったと、昔に変わるお前がこの頃の素振りは、どうしたことでござるかのう」

「いや、昔とは変わらぬ。ちっとも変わらぬ」と、姉は誇るようにあざわらった。「わたしは昔からこのようなことを好きではなかった。父さまが京鎌倉においでなされたら、わたし達もこうはあるまいものを……。名聞（みょうもん）を好まれぬ職人気質（かたぎ）で、この伊豆の山家に隠れてしもうてからもう幾年になる。親につれて子供までも鄙（ひな）に育って、しょう事なしに今の身の上じゃが、父さまは格別、わたしはこのままに朽ち果てようとは夢にも思わぬ。近い例は今わたし達が打っている修禅寺紙じゃ。はじめは賤しい人の手に作られても、色好紙と呼ばれて世に出づれば、高貴のお方の手にも触るる。女子とてもその通りで、たとい賤しゅう育っても、色よし紙の色好くば、関白大臣将軍家のお側へも召し出されぬとは限るまいに、賤の女が生業にする紙砧をいつまで打ち覚えたとて何となろうぞ。いやになったと言うたが無理か」

　これは妹も今初めて言い聞かされたことではない。姉がふだんから口癖のようにそれを繰り返しているので、一つ軒の下に起き臥している妹の耳には、さのみ新しいことではないらしかった。しかしそれが耳新しく感じられないだけに、おとなしい妹の身としては、これほどに誇りの強い姉の行く末がなおさらに案じられるらしかった。

「さりとて、人には人それぞれの分があるもの」と、彼女はやわらかに打ち返した。

「関白殿や将軍家のお側近う召さるるなどと夢のような出世を頼みにして、心ばかり高う打ちあがっては……」

「末が覚束ないとお言やるか。ほほほほ」と、姉は白いうなじをそらせて高く笑った。

「お前とわたしとは第一に心の持ち方が違う。妹のお前は今年十八で、もう春彦という郎をもっている。それに引き換えて、姉のわたしは二十歳というきょうの今まで、夫も選ばずに過ごしたは、あたら女の一生をこの草の家に住み果つまいと思えばこそじゃ。

職人風情の妻となって、それで満足しているお前たちには、わたしの心は判るまい」

日の影はだんだんに薄れてきて、姉の肩にたれた黒い髪もひからなくなった。うしろの竹藪では長い日の暮れるのを惜しむように鶯が鳴いた。奥の細工場からさっきの春彦が再び出て来た。

「桂どの」と、彼は縁の上からみおろして言った。「職人風情と、さも卑しい者のように言われたが、子の口から親御の職をおとしめらるるか。職人もあまたある中に、面作師といえば世に恥ずかしからぬ職であろうぞ。あらためて言うにも及ばぬが、わが日本開闢以来、初めて舞楽の面を刻まれたは勿体なくも聖徳太子じゃ。つづいては藤原淡海公、弘法大師、倉部春日、この人びとから今に伝えられて来た、由緒正しい職人とは知られぬか」

見ごと高慢の義姉を言い伏せた積りらしかったが、相手は問題にならないという風にいよいよ空うそぶいた。

「それは職が尊いのでない。聖徳太子や淡海公というその人びとが尊いのじゃ。かの人びとも生計活計に面作りはなされまいが……」

「みすぎにしては卑しいか。さりとは異なことを聞くものじゃの」と、若い職人はひじを張って詰めかかった。「あすにもあれ、この春彦が稀代の面を作り出して、あっぱれ日本一、天下一の名を取っても、お身はまだ職人風情と侮るか」

「言んでもないこと、日本一でも天下一でも職人は職人じゃ。殿上人や弓取りとはひとつになるまい」

どちらが売りことばか買いことばか、いずれもだんだんに言い募ってきた。

「殿上人や弓取りがそれほどに尊いか。職人がそれほどに卑しいか」

「はて、くどい。知れたことじゃに……」と、桂は顔をそむけてしまった。

ことば争いはもどかしくなったらしい。若い職人は腕をまくって縁から降りようとするのを、妹はあわてて押しへだてた。

「これ、春彦どの。一旦こうと言い出したら、あくまでも言い募るのが姉さまの気質じゃ。さかろうては悪い。もういさかいはよしてくだされ」

おろおろしながら支える妻の優しい顔をみても、春彦の煎え立った胸はまだ鎮まらないらしかった。彼はあえぐように罵った。

「その気質を知っていればこそ、日ごろ堪忍していれど、あまりといえば詞が過ぐる。女房の縁につながって姉と立つればつけ上がり、ややもすれば我を軽しむる面の憎さよ。時宜によっては姉とは言わすまいぞ」

「おお、姉と言われずとも大事ござらぬ」と、桂も肩をそびやかした。「職人風情を妹婿にもったとて、姉の見栄にも手柄にもなるまい」

「まだ言うか」

その口を引き裂こうとでもするように、春彦は妻をひき退けて莚の上に飛び降りた。
まぼろしの世界はすこし混雑してきた。夫をさえぎろうとする妻と、妻を掻きのけて行こうとする夫と、二つの影がもつれて動いた。

「ええ、騒がしい。鎮まらぬか」

少し沈んだ、底力のある声が俄にひびいた。それは細工場の方から聞こえたらしかったので、わたしは蒲簾を透かして奥の細工場の方に眼を向けると、家の奥までもう滲(にじ)みこんで来た夕暮れの色は、そこらにうずたかく散り敷いている木の屑をうす黒く染めて、そのなかに大きく浮き出しているまぼろしの人影をだんだんに押し包もうとしていた。その薄暗い中でも大きい人の輪郭(りんかく)はわたしにありありと窺われた。

彼はもう六十に近そうな、骨の太い、見るから頑丈(がんじょう)らしい老人であった。年ごろ自分の職に魂を打ち込んでいたせいかもしれない、彼の老いたる顔にも木彫(きぼり)の面の何者にか肖(に)ているような、荒削りの、線の太い、一種のこわばった感じをあたえる人相をそなえていた。彼は古びた揉烏帽子(もみえぼし)をかぶって、袖の狭い麻の袷(あわせ)を着て、白い小袴(こばかま)をはいていた。鼻の下と頤のあたりには白い髭が薄くみえた。彼はもう夕暮れの色が袴の膝の上まで這い上がってきたのを知らないように、鑿(のみ)と槌(つち)とを持って一心に木彫りの仮面(めん)を打っていた。

この老人が姉と妹の父で、あわせて春彦の舅(しゅうと)であることは、三人に対する詞(ことば)つきですぐに判断された。鎮まらぬかと声をかけられて、妹と春彦の夫婦は奥へはいった。由ないことを言い募って、細工のお妨げをいたした不調法は、どうぞ御料簡を願いたいと春彦はあやまった。妹も詫びた。姉娘の名を桂ということは、わたしも前から知っていたが、この対話を聴いているうちに、妹娘の名は楓ということを初めて教えられた。

「これもわたしが姉さまに意見がましいことなど言うたが基、姉さまも春彦どのも必ず叱って下さりまするな」と、おとなしい楓はしおらしく、姉と夫とを庇うように言った。

老人は晃った眼に優し味をみせてほほえんだ。

「はは、なんで叱ろう。叱りはせぬ。姉妹のいさかいはままあることじゃ。珍しゅうもあるまい。時にきょうももう暮るるぞ。お前たちは早う夕飯の支度やら燈火の用意でもせい」

桂もさすがに父にはさからわなかった。言い付けられたままにすなおに起って、裏口の小川へ水を汲みに行った。楓は庭に降りて、砧や莚を片付けていた。

「のう、春彦よ」

喧嘩相手の出て行ったのを見送って、老人は諭すように婿に言い聞かせた。

「妹とは違うて気がさの姉じゃ。おなじ家内で一緒に暮らせば、一年三百六十日、面白くもない日も多いであろうが、何事もわしに免じて料簡せい。お前もかねて知っているはずじゃ。あれを生んだ母親はその昔みやこの公家衆に奉公したもので、不思議な縁でこの夜叉王と女夫になって、遠いあずまへ流れ下ったが、育ちが育ちじゃで、とかくに気位が高く、わしのような職人風情に連れ添うて、一生むなしく朽ち果つるのを、悔みながらに世を終わった。その形見の娘がこの桂と楓の二人じゃ。おなじ胤とは言いながら、姉は母の血をうけて公家気質、妹は父の血をひいて職人気質、子供の性が違えば自然に親の愛も違うて、母は姉びいき、父は妹びいき、思い思いに子供のひいき争いから、埒もない女夫いさかいなどしたこともあったよ。しかしその母はもう死んでいる。わしの眼から見れば姉も妹もおなじ娘じゃ。母のないのを幸いに、父が妹にばかり片びいきするかと思わせて、姉のこころを僻ますも好ましゅうないと、わしも大抵のことは大目に見ゆるして置く。聞きにくいことも聞き流している。じゃによって、あれがなにを言おうとも、めったに腹を立てまいぞ。人を人とも思わぬように気位が高う生まれたは、母の子なれば是非もないのじゃ」

この長い話の中に、老人は自分で夜叉王と名を言った。彼は伊豆の夜叉王という高名の面作師であった。夜叉王の名を聞かされると同時に、わたしは覚った。修禅寺にある頼家の仮面というのは、恐らく彼の手に作られたのであろう。こう思っていると、果たしてそこへ修禅寺の僧の影が見えた。

「夜叉王どの、上様のお召しじゃ。明朝巳の刻に寺までまいられい」

使に来た僧の姿はすぐに隠れてしまった。楓がささげて出して来た燈台の火もふっと消えてしまった。今までそこにかしこまっていたはずの春彦の瘦せた姿も見えなくなった。

五

わたしは夢のような心持で眼をしばたたくと、まぼろしの世界は舞台の暗転のようにいつの間にか形を変えているのであった。しかもよく見ると、その舞台はやはりもとの夜叉王の家であった。

時刻もやはり夕暮れであった。薄暗い細工場もそのままであった。そこに鑿と槌とを持っている夜叉王の頑丈な骨組もそのままであった。木の屑もそのままに散っていた。ただ変わっているのは家のまわりの景色である。

庭の紅い椿はとうに散り尽くしてしまったらしく、それに列んだ大きい百日紅のいつまでもその梢に夕日を残しているように紅あかと咲き乱れているのが眼についた。まばらに結い廻した垣の裾や、傾きかかった竹縁の下には、露をこぼしたような白い草花がしょんぼりと咲いて、そこらには秋の虫の冷たい声が流れていた。

秋――春の世界からいつかもう秋の世界に移り変わっているのである。その三月四月のあいだに、何事が水のように流れて過ぎたか。それについておもむろに想像や判断をくだす余裕をあたえないで、いろいろの幻影が夕闇のあいだからつながって浮き出して来た。わたしのあわただしい眼はすぐにその方に向けられた。

真っ先に立っているのは修禅寺の僧であった。僧は夕暮れの路を照らすために燈籠をさげていた。それに続いて来たのは将軍頼家であった。下田五郎景安も主人の太刀をささげて附き添っていた。三人は竹の枝折戸の前に立った。

僧がしわぶきすると、奥から楓が出て来た。

「将軍家のお微行じゃ。粗相があってはなりませぬぞ」と、僧は穏やかに、しかも嚇すように言った。

楓は頭をおしつけられたようにはっとそこにひれ伏してしまうと、奥の細工場から夜叉王も出て来た。

「思いも寄らぬお成りとて、何の設けもござりませぬが、まずあれへお通り下さりませ」

頼家はうなずいて竹縁に腰をかけると、縁先に咲いている白い花は、将軍の真っ白な大口袴に色を消されて、ゆう闇の底にその小さい姿を隠してしまった。口上は自分から言おうか言うまいかと、景安はすこしためらいながら主人の顔色をうかがうと、気の短い頼家は取次ぎを待たずに口を切った。

「やあ、夜叉王。頼家が今宵たずねて参った筋は、問わずとも大方は察しておろう。予が面体をのちの形見に残そうと存じて、さきにその方を修禅寺へ召し寄せ、頼家に似せたる面を作れと絵姿までも遣わして置いたに、日を経るも出来せず。幾たびか延引を申し立てて、今まで等閑に打ち過ぎたは何たることじゃ。その方も伊豆の夜叉王といわるるほどの者、たかが面ひとつの細工にいかほどの丹精を凝らせばとて、ふた月三月には仕上げらるるはず。当三月の末より足かけ五月とも相成るに、いまだ出来いたさぬと申すは余りの懈怠、もはや猶予は相成らぬぞ。予は生まれついての性急じゃ。いつまで待てど暮らせど埒あかず、余りに歯痒う存ずるままに、この上は使など遣わすこと無用と、予が直々に催促にまいった。おのれ何ゆえに細工を怠りおるか。仔細を言え、仔細を申せ」

将軍の声は癇癖にふるえていた。夜叉王はうやうやしく手をついて答えた。

「御立腹じゅうじゅう恐れ入りましてござりまする。勿体なくも征夷大将軍源氏の棟梁の生けるお姿を彫めとあるは、職のほまれ、身の面目、いかでかなおざりに存じましょうや。未熟の夜叉王をお見出しにあずかりまして、修禅寺の御座所へ召されましたは、確かに当三月の末でござりました」

「それ、それを存じておるならば、それより幾日か、指折っても知るることじゃ。成らぬものならば成らぬと、そのとき真っ直ぐになぜ言わぬ。頼家はたしかに頼んだ。おのれも確かに受け合うたを忘れたか」

　源氏の将軍が不意にこの破ら家をおどろかした仔細はわかった。彼は自分の顔に似せた木彫りのおもてを夜叉王に誂えたのである。わたしが今まで見せられて来た順序によると、夜叉王の姉娘が桂川の上流で頼家に偶然行き逢った春の日のゆうぐれに、娘の父は修禅寺へ召されたのである。美しい娘の父と知って、頼家は俄に彼を召したのか。あるいは前からその心があったところへ、あたかもその娘に出逢ったのが動機となって、性急の彼はすぐにその父を召す気になったのか。まぼろしの世界ではそれについて詳しい説明を与えてくれないが、おそらく後の方ではあるまいかと、わたしは自分勝手に解釈してしまった。

　いずれにしても、その誂えの面はまだ出来していないのである。それに対する夜叉王の申し訳はこうであった。

「御用をうけたまわってもはや小半年、未熟ながらも腕限り根かぎりに夜昼となく打ちまして、意にかなうほどのものひとつも作りあげることが出来ませぬ。さらに打ち替え作り替えて、心ならずも延引に延引を重ねましたる次第、なにとぞお察しくださりませ」

　それを察しるような相手ではないらしかった。殊に堪忍袋のもう切れているらしい彼は、そんなひと通りの申し訳を耳に入れそうもなかった。頼家は嵩にかかって叱りつけた。

「ええ、催促の都度に同じことを……。その申し訳は聞き飽いたぞ」

「この上はただ延引とのみでは相済むまい。いつの頃までには必ず出来いたすか。あらかじめ期日を定めてお詫び申したらどうじゃな」と、景安はそばから取りなし顔に言った。

その期日は申し上げられませぬと、夜叉王は憚る色もなしに答えた。面を作るとひと口に言っても、左の手に鑿をもち、右の手に槌を持ちさえすれば、それで無造作に出来るという訳のものではない。番匠が家を作り、塔を組むにも、それ相当の苦心がある。ましてこれは生きたものを作るのである。ただの粗木を削って、男や女や天人夜叉羅刹のたぐい、六道のちまたに有りとあらゆる善悪邪正のおもてに、生きた魂を打ち込むのである。それがいつでも容易く出来るものではない。作人の五体にみなぎる精力が左右の腕におのずからあつまる時、わが魂は流れるように彼にかよって、初めてここにその面が作られるのである。ただしその時の来るのは半月の後か、ひと月の後か、あるいは一年二年三年の後か、自分にも確かには判らないと言うのであった。

職人としての彼の申し条は至当であった。少しも間違ってはいなかった。もともと期限を切って約束したのでない以上、彼の申し訳は立派に立ちそうなものであるが、場合が場合、相手が相手、とてもこのままで無事には済むまいと、景安もはらはらしているらしかった。とり分けて、案内に立って来た僧は気が気でないらしく、持っている燈籠を草の上に置いてひと膝ゆり出して来た。

「これ、これ、夜叉王どの、上様は御自身も仰せらるる通り、至って御性急におわしますぞ。いつまでも取り留めもないことを申し上げたら、御癇癖はいよいよ募ろうほどに、こなたも職人冥利に、いつの頃までと日を限って、しかと御返事を申し上げるがよかろうぞ」

「じゃと言うて、出来ぬものはのう」と、夜叉王は顔をそむけて取り合わなかった。

「なんの、こなたの腕で出来ぬことがあろう」と、僧は強情な職人をすかすように言った。「面作師も多くある中で、伊豆の夜叉王といえば、京鎌倉にも聞こえたものじゃに……」

「それゆえに出来ぬというのじゃ」と、夜叉王は強い声で言った。「わしも伊豆の夜叉王といえば少しは人にも知られた者。たといお咎めを受きょうとも、おのれが心にかなわぬ細工を世に残すのは何ぼう無念じゃ」

無念という言葉がどう聞こえたのか、さっきから癇癖に身をふるわせて聴いていた頼家は、もう堪らぬと言うように相手を睨んだ。

「なに、無念じゃと……。さらば如何なる祟りを受きょうとも、早急には出来ぬと申すか」

「恐れながら早急には……」

夜叉王の返事は変わらなかった。彼は白い鬢の毛ひと筋も動かさないでじっとしていた。

頼家はもう何にも言わないで、その手を景安のささげている太刀にかけたと思うと、彼は奪うようにそれを引き取って、すぐに抜こうとした。その一刹那である。わたしの見識っている女の白い顔が奥から現われた。

「しばらくお待ち下さりませ」と、桂はするすると走って来て、身を楯にして父をかばった。

「ええ、退け、退け」と、頼家は起ったままで叱り付けた。

「まずお鎮まり下さりませ」と、桂は手をあわせた。「面はただいま献上いたしまする」

哮り立っていた頼家もすこし張り合い抜けがしたらしかった。景安も僧と顔をみあわせた。しかし頼家の顔色はなかなか解けなかった。

「おのれ前後不揃いのことを申し立てて、予を欺こうでな」

「いえ、いえ、いつわりは申し上げませぬ」

問題の面は確かに出来していると桂は言い切った。

彼女は父にむかって、もうこの上は仕方がないから、昨夜ようよう出来したあの面をいっそ献上したらよかろうと勧めた。夜叉王は黙っていた。僧はそれを聞いて、自分の命が救われたように喜んだ。

「それがよい、それがよい。こなたも凡夫（ぼんぷ）じゃ。名も惜しかろうが、命も惜しかろう。出来した面があるならば早う上様（うえさま）にさしあげて、お慈悲を願うが上分別（じょうふんべつ）じゃぞ」

その親切らしい勧告を、夜叉王は憤然として投げ返した。

「命が惜しいか、名が惜しいか。こなた衆の知ったことでない。黙っておいやれ」

「さりとて、これが見ていらりょうか。人を救うは出家の役じゃ。さあ、娘御。その面というのを持って来て、ともかくも御覧に入れたがよいぞ。早う、早う」

僧はもう父を相手にしないで、娘に催促した。

桂はすぐに起って細工場へ入って、一つの白木の箱をかかえ出して来た。彼女は恐れ気もなく頼家の前に進んで、うやうやしくその箱をささげる時に、二人の眼は出会った。頼家は無言で箱の蓋をあけると、その中からは木彫りの仮面（めん）があらわれた。頼家は磨（と）ぎあげた鏡にむかった時と同じような心持で、しばらくうっとりと自分の面に対（むか）い合っているらしかったが、やがて感嘆の長い吐息を洩らした。

「おお、見事じゃ。よう打ったぞ」

「ほう、上様おん顔に生（い）き写（うつ）しじゃ」と、景安も伸び上がって覗きながら思わず声をあげた。

僧もしたり顔にうなずいた。

「さればこそ言わぬことか。それほどの物が出来していながら、とかく渋っていられたは、夜叉王どのも気の知れぬ男じゃ。はははは」

安心と得意とを一つに集めたように、僧は貴人（あてびと）の前で高らかに笑った。頼家も満足の眼をかがやかして、いつまでも飽かずにその面を見つめていると、その面の作人は形をあらためて言った。

「何分にも心にかなわぬ細工、人には見せまいと存じましたが、かく相成っては致し方もござりませぬ。方々にはその面を何と御覧なされまする」

「さすがは夜叉王。あっぱれのものじゃ。頼家も満足に思うぞ」

今までの怒りの色はどこへか消えて、源氏の将軍は小児（こども）のように笑った。それが夜叉王には嬉しくないらしかった。

「あっぱれとの御賞美は憚りながら御めがね違いで、それは夜叉王が一生の不出来。よう御覧（ごろう）じませ。面は死んでおりまする」と、彼は悲しむように言った。「年来あまた打ったる面は、生きているようじゃと人も言い、おのれもいささか許して居りましたが、不思議なことにはこのたびの面に限って、幾たび打ち返しても生きたる色なく、いずれも魂の宿らぬ死人の相。それは世にある人の面ではござりませぬ。死人の面でござりまする」

老いたる職人の悲しみは誰にも理解されないらしかった。頼家も景安もただ黙って聴いているばかりであった。将軍の御機嫌が折角直りかかった所へ、またぞろつまらないことを言い出されては面倒だと思ったらしく、僧は一方をおさえつけて早くこの場を切り揚げようとした。

「これ、これ、そのような不吉なことは申さぬものじゃ。何であろうと御意にかなえばそれで重畳。ありがたくお礼を申されい」

「むむ。とにもかくにもこの面は頼家の意にかなうた。持ち帰るぞ」

「たって御所望とござりますれば……」と、夜叉王は力なげに言った。

「おお、所望じゃ。それ」

頼家は頤で指図すると、桂はその仮面をもとの箱に納めて、謹んで将軍の前にささげる時に、一種の媚を含んだ彼女の眼は再び将軍の眼と出会った。欲の深い将軍は仮面のほかに、もう一つ生きた土産を持って帰る気になったらしかった。

「なお重ねてあるじに所望がある。この娘を予が手もとに召し仕いとう存ずるが、奉公さする心はないか」

この註文に対しては、老いたる職人は案外にすなおであった。

「ありがたい御意にござりまするが、これは親の口から何とも御返事は申し上げられませぬ。本人の心任せに……」

その尾に付いて、桂は待ち設けていたように進み出た。

「父さま。どうぞわたしを御奉公にあげて下さりませ」

「愛い奴じゃ。奉公を望むと申すか」と、頼家は笑ましげに言った。「さらばこれよりその面をささげて、頼家の供してまいれ」

「かしこまりました」

この約束は将軍と娘との対談で無造作に決まってしまった。頼家が起つと、景安も起った。桂も仮面の箱をかかえて起った。さっきから息をのみこんでこの場の成り行きを見つめていた妹の楓は、出てゆく姉の袂をそっと曳き止めた。

「姉さま。おまえは御奉公に行かしゃりますか」

不安らしい妹にひきかえて、姉のいきいきした顔には若い女の誇りが満ちていた。

「おまえは夢のような望みじゃと、いつもわたしを笑うていたが、その夢のような望みが今かのうた」

差しあたっては何とも言い返すことの出来ない妹に、姉は冷ややかな笑みをくれて、しずかにわが家の門を出ると、外はもう暮れ切っていた。足元の暗い頼家は草の根につまずいて少しよろめいたのを、桂は駈け寄ってうしろから抱えるように押さえた。そうして、先に立ってゆく僧に声をかけた。

「燈火をこれへ」

僧は燈籠を桂に渡して、彼女の手から仮面の箱をうけ取った。桂はその燈籠をかざして、頼家とならんでゆくと、軽く揺れる灯のひかりは門端の草の葉を薄白く照らして、将軍と女と、僧と家来と、四つの影は一つの灯を包んで行った。と思うと、家のなかでは物に驚かされたような女の声がきこえた。

「あれ、父さま。なんとなさる。お前は物に狂われたか」

声を立てたのは楓であった。彼女のおどろくのも無理はなかった。父の夜叉王は細工場から槌を持ち出して来て、壁にかけてあるかの羅刹や野干の仮面を手あたり次第に引き摺りおろして、片端から打ち砕こうとしているのであった。娘の一生懸命の力でしがみ付かれて、振りあげた父の手もすぐには打ちおろすことが出来なくなったが、彼は堪えやらぬ憤怒と悔恨とに身を悶えながら、ほのおのような大息をついた。

「切端つまって是非におよばず、つたなき細工を献上したは、悔んでも返らぬ我が不運じゃ。あのような面が将軍家のおん手に渡って、これぞ伊豆の住人夜叉王が作と宝物帳にも記されて、百千年の後までも笑いを残さば、一生の名折れ、末代の恥辱、しょせん夜叉王の名はすたった。職人もきょうかぎりで、再び槌は持つまいぞ」

またふり上げようとする父の腕に、娘は必死となって取りすがった。

「さりとは短気でござりましょう。いかなる名人上手でも細工の出来不出来は時の運で、一生のうちに一度でもあっぱれ名作が出来たらば、それが即ち名人上手ではござりませぬか。拙い細工を世に出したをさほどに無念に思われたら、これからいよいよ精を出して、世をも人をも驚かすほどの立派な面を作ってくだされ。恥を恥として職人をやむるか、恥を忍んで恥を雪ぐか、よくよく御分別なされませ」

父の血を引いているという娘だけに、彼女はこの場合にも職人のゆくべき途を忘れなかった。彼女は泣いて父を諫めた。わが子が意見の涙で燃え立つ胸の火もさすがに衰えたらしく、父は壁によりかかって深い思案の眼を閉じた。

山家の秋の宵は露の中にしっとりと湿って、どこやらで里のわらべの笛を吹く声が遠くきこえた。

六

まぼろしの世界はいつかまた変わった。

石の多い山川のほとりである。かなりに瀬の早い流れは石と石とに堰かれて、小さい渦を巻いているのもある、石の上をおどり越えてむせび落ちて行くのもある。その水の光を宵月が薄明るく照らしている。低い岸のくずれかかったところには長い薄も伸びている。蘆の葉も茂っている。岸と岸との間には狭い板橋が渡されて、橋の向こうには大きい寺の山門の甍が夜露に光って高く聳えている。この川が桂川で、大きい寺が修禅寺であることをわたしはすぐに覚った。

薄の葉がくれに秋の蛍のような燈籠の灯が一つ、迷うようにぼんやりと小さく浮かび出して、二つの人影が次第にこちらへ近づいて来た。一人は頼家であった。ほかの一人は桂であった。桂は片手に燈籠をさげていた。二人は水の音に送られながら川下の方へ辿って来た。

「月はまだ出ぬか」と、頼家は東の山の端を振り仰いだ。「川原づたいに夜行けば、薄にまじる蘆の根に、水の声、虫の声、山家の秋はまたひとしおの風情じゃのう」

「馴れてさほどにも覚えませぬが、鎌倉山の星月夜とは違いまして、伊豆の山家の秋の夜はさぞお寂しゅうござりましょう」と、桂は慰めるように言った。

頼家はさびしく笑った。

「鎌倉山の星月夜……それがなんで懐かしかろうぞ。鎌倉は天下の覇府、大小名の屋敷が甍をならべて綺羅をきそえど、それはうわべの栄えに過ぎぬ。裏はおそろしき罪のちまた、悪魔の巣じゃ。まことの人間の住むべき所でない。鎌倉などへは夢も通わぬ」

外戚には虐げられ、家来には侮られ、将軍職は逐われ、一人の子は焼き殺され、最愛の側女は途に斃れる。禍いという禍いに祟られ尽くした頼家の眼から観たらば、歌によむ鎌倉山の星月夜も決して懐かしいものではあるまい。むしろその名を聞くさえも呪わしい心持がするに相違あるまい。まったく人間の住むべきところではないと思っているのであろう、彼の述懐に偽りはないらしかった。

　桂は彼の不運に同情すると共に、それから湧き出して来た自分の幸運を喜ぶように囁いた。

「鎌倉山に時めいておわしませば、上様は申すまでもない日本一の将軍家、山家育ちのわたくしどもは下司やお婢女にもお使いなされまいに、恐れながら上様の御果報つたないがわたくしの果報でござりました。世のつねならばお目見得も許されまいわたくしが、忘れもせぬこの三月、窟詣での下向路で直々にありがたいお詞を賜りました」

「おお、そうじゃ。そうであった」と、頼家はほほえんだ。「その時にそちの名をたずねたらば、川の名と同じ桂と言うたのう」

　まだそればかりではないと桂は言った。かの窟の川上にはふた本の桂の立木があって、その根から清水を噴き出して末は修禅寺へ流れ落ちるので、川の名を桂といい、その樹を女夫の桂と呼び伝えていることを自分が説明した時に、お前さまはなんと仰せられたと、彼女は思いありげに頼家にきいた。頼家も思い出したようにまたほほえんだ。

「おお、予も、たしかに覚えている。非情の草木にも女夫はある。人にも女夫はありそうなと……」

　笑いながらも頼家の声は寂しかった。痛々しい若狭の局の最期の顔が、再び彼の眼さきをかすめて過ぎたらしかった。

「おたわむれかは存じませぬが……」と、桂は少し怨むように言った。

そのお詞が冥加に余って、この願が必ず成就するように、自分はそれから怠らずに窟へ日参していると、女夫の桂には果たしてしるしがあって、ゆくえも知れない水の流れも今夜という今夜、思い通りの嬉しい逢う瀬に流れ寄ったのである。自分は仏の恵みを感謝しなければならない。あわせてお前さまの御恩をも感謝しなければならない。仏は自分の誠心を享けてくれるに相違ないが、お前さまはどうであろうか。それが心もとなく思われてならないと、彼女はどうしても源氏の将軍を蠱惑しなければやまないと言うように、あらん限りの媚を男の前にささげた。

頼家の心はもう彼女の手につかまれてしまったらしかった。

「運のつたない頼家の身近う参るが、それほどに嬉しいか」

彼は燈籠の灯に照らされた女の白い顔を今更のように眺めていた。草にひざまずいている女の膝には薄の青い葉が折れてもつれて、露の多い草の奥には名も知れないいろいろの虫が思い思いに恋を歌っていた。静かな初秋の宵である。その虫の声々が水のように頼家の胸に沁み透って、彼は静かな、しかも涙ぐまれるような寂しい心持になったらしい、おもむろに狩衣の袖をかき合わせながらしんみりと語り出した。

「のう、桂。そちも世の噂で大方は存じておろう。予には比企判官能員の娘で若狭の局という側女があったが、この修禅寺へ伴われて来る途中で、不憫や病に斃れてしもうた。

それも鎌倉の仇どものなす業じゃと、一時は狂うばかりに胸を燃したが、日を経るに連れてその恨みもしだいに薄れた。いや、薄れたのでない。それも逃れぬ宿世の業じゃと心弱くも諦めて、きょうまで寂しい月日を送っていたのじゃ。察してくれ。この修禅寺は温かい湯の湧くところじゃで、温かい人の情けも湧こう。今から後は不運な頼家の友となって、この堪えがたい寂しさを慰めてくれ。ついてはそちが二代の側女、名はそのままに若狭と言え」

「あの、わたくしが二代の若狭……若狭の局……。局と名乗っても苦しゅうございませぬか」

「頼家の側に仕うるからは、若狭の局と人も言おう。われが名乗っても仔細はあるまい」

「ありがとうござりまする」

伊豆の職人の娘が一足飛びに若狭の局――それが桂という女の虚栄心を満足させたに相違ない。彼女はその額髪を露草の上にすり付けて、うやうやしくお礼を申し上げた。

虫の声が吹き消したように俄にやんだ。頼家の眉は動いた。

「人が参ったような。心つけい」

燈籠の弱い灯を目あてに、草を踏んで忍ぶように近寄った一人の武士があった。彼は三十余歳であろう、侍烏帽子の緒を堅く締めて、直垂に籠手脛当を着けていた。彼は坂東なまりの太い濁った声で言った。

「上、これに御座遊ばされましたか」

「誰じゃ」

桂のかざした燈籠のひかりで、頼家は頬髯のいかめしい彼の面付を睨むようにすかして見た。

「金窪行親でござりまする」

「おお、兵衛か」と、頼家の眼はいよいよ神経質らしく輝いて来た。「鎌倉表より何しにまいった」

「北条殿のおん使に……」

「なに、北条の使……。さてはこの頼家を討とうがためな」

相手の眼の色が嶮しくなるのをそっと窺いながら、鎌倉武士はしずかに答えた。

「これは存じも寄らぬこと。御機嫌伺いとして行親参上、ほかに仔細もござりませぬ」

「言うな、兵衛。籠手脛当に身を固めて夜中の参入は、察するところ、北条の密意をうけて予を不意討ちにするたくみであろうが……」と、頼家はまた叱った。

それに対して、行親は神妙らしく弁解した。世の中がこの頃ようよう鎮まったと言っても、平家の余党がほろび尽くしたと言うわけでもない。かつは箱根から西の山路には盗賊どもが徘徊するという噂もある。それらの用心のためにかように扮装っているので、決してほかにたくらみも仔細もない。ただいま当地に到着して、すぐに修禅寺に参入すると、上様にはお留守ということであった。家来の身として悠々とお帰りを待ち受けているのも失礼であると考えたので、お出迎いながらここまで尋ねてまいったのである。上様に対して不意討ちの、待ち伏せのとは、実に飛んでもないことで、仮りにもさようのお疑いを蒙(こうむ)るのは近頃心外の儀であると言った。

彼の言い訳にも一応の理屈はあった。この時代の武士の旅に籠手脛当ぐらいはさのみ珍しいことでもなかった。しかし彼がなんと陳(ちん)じても、北条の使——それが第一に頼家の気に入らなかった。源氏の外戚でも縁者(えんじゃ)でも、頼家からいえば北条は憎い仇である。頼家の身に降りかかって来たもろもろの禍いは、みな北条の奴ばらのたくみである。その北条の見舞などを受ける覚えがない。受けても嬉しくない。むしろ腹が立つのであった。

「たといいかように陳ずるとも、北条の使などに対面無用じゃ。使の口上聞くには及ばぬ。帰れ、帰れ」

相手の権幕があまりに激しいので、ひと癖あるらしい鎌倉武士ももう取り付く島がなかった。彼はよんどころなく起とうとして、自分に燈籠を差し付けている若い美しい女の顔にふと眼をつけた。

「この女子(おなご)は……」

「予が召し仕えの女子じゃよ」と、頼家はうるさそうに言った。

行親は仔細らしく眉を寄せた。

「おん慎しみの折柄に、素姓も得知れぬ賤しい女子どもをお側近う召されましたは……」

彼が桂を賤しいと言ったのは、その貧しげな服装から判断したのであろうが、それがひどく桂の自尊心を傷つけたらしい、彼女は堪えかねたように行親の前に出た。

「金窪殿とやら、兵衛殿とやら。お身は卜者か人相見か。初見参の妾に対して、素姓の賤しい女子などと迂闊に物を申されな。妾はみやこの生まれ、母はお宮仕えも致したもの。ましてただいま上様お側へ召出されて、若狭の局とも名乗る身に、一応の会釈もせいで……。あまつさえ無礼の雑言は、鎌倉武士と言うにも似ぬ、さりとは作法をわきまえぬお人よのう」

行親はわざとらしい驚きの表情を見せた。

「なに、若狭の局……。して、それは誰に許された」

「おお、予が許した」と、頼家は引き取って言った。

「北条殿にも謀らせたまわず……」と、行親は詰るように将軍の顔をみあげた。

頼家の癇癖はまたもや爆発したらしい、彼は足もとの草の葉を踏みにじって哮った。

「北条が何じゃ。おのれらはふた口目には北条と言う。北条がそれほどに尊いか。時政も義時も予の家来じゃぞ」

行親は強情に押し返した。

「さりとて尼御台もおわしますに……」

北条は家来分にしても、尼御台の政子は確かに将軍の生みの母である。以前はともあれ、現在の幽閉の身の上で、頼家がみだりに家来や侍女（こしもと）を召し抱えることは許されないはずである。一応は鎌倉に申し立ててその許可を受けなければならない。それを楯にして行親は何かひと詮議しようと言う下心（したごころ）であるらしかったが、頼家は頭から取り合おうともしなかった。

「ええ、くどい奴。おのれらの指図を受きょうか。退れ（さがれ）、さがれ」

「左様におむずかり遊ばされては、行親申し上ぐべきようもござりませぬ。仰せにまかせて今宵はこのまま退散、明朝あらためて伺候（しこう）の上……」

「いや、かさねて来ること相成らぬ。若狭、まいれ」

頼家はもう見返りもしないで、桂と一緒にあるき出した。橋を渡ってだんだんに小さくなる燈籠の灯のかげを、行親は黙って見送っていると、風もないのにうしろの草叢（くさむら）がざわざわと揺れて、蛇のように薄の間から這い出して来た者があった。狐のように木のかげから跳り出した者があった。人数は五、六人で、いずれも腹巻に籠手脛当を着けて、手には長巻（ながまき）を持っているのもあった。

「先刻より忍んで相待ち申したに、なんの合図もござりませねば……」と、先に立った一人が小声で言った。

「さすがは上様じゃ。早くもそれと覚られて、なかなか油断を見せられぬ」と、行親は残念そうに言った。「この上は修禅寺の御座所へ寄せかけ、多人数一度に乱入(こみい)って本意を遂ぎょうぞ。上様は早業の達人、近習の者どもには手練(てだれ)がある。小勢(こぜい)と侮りて不覚を取るな。場所は狭し、夜いくさじゃ。うろたえて同士打ちすな」

暗殺者の一隊は薄や蘆(あし)をくぐって、その黒い姿をかくした。薄い月はいつか隠れて、夜の川原は水の明かりでほの白いばかりであった。

将軍の運命と同じように、この悲劇のフィルムも急転してゆく。それを見つめているわたしの眼は、その忙しさに少し疲れて来た。

ここは修禅寺の湯殿らしい。暗いなかにも湯の匂いがみなぎって、石風呂の底から白い湯煙(ゆげ)が濛々(もうもう)とあがっている。うす寒い秋の夜風が板戸の隙間から洩れて来た。その風をいといながら一人の若侍が紙燭(しそく)を持って先に立って来ると、その後から頼家と桂が来た。桂は頼家の帷子(かたびら)を両手にささげていた。そのうしろには景安が太刀を持ってついていた。

頼家が湯殿へ二尺ばかり踏み込んだ時である。さっきから附きまとっていた黒い影がどこからかばらばらと飛び出して来た。家来の持っている紙燭はすぐに叩き落とされてしまった。あたりは真っ暗で、わたしにはもうなんにも見えなくなった。

七

修禅寺では早鐘(はやがね)を撞(つ)き出した。なにか変事が起こったに相違ない。わが家の竹縁に一人でつくねんと腰をかけているのは夜叉王である。虫の声を聞いているのか、鐘の音を聞いているのか、それとも何か考えているのか、わたしには想像がつかなかった。

夜露を蹴散らすような草履の音が忙(せわ)しくきこえて、楓が息を切って外から駈けこんで来た。

「父さま。夜討じゃ」

「夜討か」と、夜叉王も思わず向き直った。彼女は倒れるように父のそばに腰をおろした。

「敵は誰やらわからぬが、人数はおよそ七、八十人、修禅寺の御座所へ夜討をかけましたぞ」

「ほう、修禅寺へ夜討とは……、平家の残党か、鎌倉の討っ手か。とにもかくにも大変じゃのう」

「ほんに大変でござります。春彦どのはきのうから三島詣でに出てまだ戻らず。何としたことでござりましょう」

落ち着かない娘を諭すように、夜叉王は静かに言った。

「はて、われわれがうろうろと立ち騒いだとて何の役にも立つまい。ただその成り行きを眺めているばかりじゃ。まさかの時には父子が手をひいてここを立ち退くまでのことで、平家が勝とうが、源氏が勝とうが、北条が勝とうが、われわれには何にも係り合いのないことじゃ」

「それじゃと言うて、不意のいくさに姉さまはなんとなさりょう。もし逃げ迷うて過失でも……」

「いや、それも時の運で是非もない。姉にはまた、姉の覚悟があろうよ」

娘は父のように落ち着いてはいられないらしかった。彼女の魂をおびやかすような早鐘の音に追い立てられて、楓はまたすぐに起ち上がって門口に出た。遠近の暗い木立では、寝鳥の驚いて騒ぐ羽音がきこえた。

「娘よ。そこらにうろうろしていて、流れ矢などに中ってはならぬ。内に引っ込んでいやれ」と、夜叉王は内から声をかけた。

呼ばれて楓はおとなしく内へはいると、やがて表にはまた急がしい足音がきこえて、春彦がつかつかとはいって来た。彼は今あたかも三島から戻って来たのであろう。待ちかねていた楓は夫に取りすがった。

「おお、よいところへ戻ってくだされた。修禅寺には夜討が掛かって……」

「ここへ来る途中で村の人たちからあらましの様子は聞いた」と、春彦はうなずいた。

「寄手は北条方じゃと言うぞ」

「して、姉さまの安否は知れませぬか」と、楓はまたきいた。

「姉が何とした」

「さっき上様のお供して修禅寺へ……」

「それは思いもつかぬことじゃ。が、姉はさておいて、上様の御安否すらもまだ判らぬ。小勢ながらも近習の衆が火花を散らして追ッつ返しつ、今が合戦の最中じゃ」と、春彦は川向うから遠目に窺った夜討の様子を忙しそうに話した。

夜叉王は嘆息した。

「何をいうにも多勢に無勢じゃ。御所方とても鬼神ではあるまいに、勝負は大方知れている。とても逃れぬ御運の末じゃ。叔父御の蒲殿と言い、当上様といい、どうした因縁かこの修禅寺は、土の底まで源氏の血が沁みるのう」

彼はそのまま細工場へはいってしまった。

「いつぞや蒲の殿様御最期の時には、お寺へ火をかけられたとやら。今夜はどうであろうかのう」と、楓は夫にささやいた。

「さあ、それも判らぬ。すべてが判らぬ」と、春彦も嘆息した。「神詣でとは言いながら、二日ほども仕事を休んだれば、あすからは精を出さねばなるまいぞ。今夜のうちに小刀を研いでおこうよ」

彼も舅のあとを追うように細工場へ姿をかくした。

楓はまたそっと門に出ると、月はすっかり隠れてしまって、大きい闇が修禅寺の村を掩っていた。その暗いなかに人の足音がきこえたので、彼女は何とはなしにぎょっとして内へ引き返すと、足音はここの門口へ来て停まって、枝折戸を押し破るように倒れかかった者があった。楓はまた一種の不安に襲われて、ぬき足をして再び門口を窺うと、倒れた人は苦しそうにあえいでいた。

「どなたでござります」と、楓は怖々に声をかけた。

「おお、妹……。父さまはどこにじゃ」

それが姉の桂であると知ったので、楓はあわてて表へ駈け出した。

「姉さまか。どうなされた」

桂は返事をしなかった。その苦しそうな息づかいがいよいよ妹の不安を誘い起こしたので、楓はすぐに内へ引き返して、父と夫とを呼び出して来た。

春彦は倒れている女を抱え起こして、ともかくも縁先までたすけ入れると、楓は細工場から燈台を持ち出した。その黄いろい灯に照らされた桂の姿は異様であった。彼女は帷子の上に直垂を羽織って、片手には仮面を持っていた。片手には長巻を杖にしていた。

「おお、娘。無事に戻ったか」と、夜叉王も縁先に出て行った。

「上様お風呂を召さるる折柄、鎌倉勢が不意の夜討……」と、桂は土に横たわりながら言った。「味方は少人数、必死に闘う……。女でこそあれこの桂も、御奉公始めの御奉公納めに、この面をつけてお身代りと早速に分別して……。夜の暗いを幸いに打ち物をとって庭に降りて、左金吾頼家これにありと呼ばわりながら走せいだすと、群がる敵は夜目遠目にまことの上様ぞと心得て、撃ちもらさじと追っかくる……」

「さては上様お身代りと相成って、この面にて敵をあざむき、ここまで斬り抜けてまいったか」

夜叉王は庭に降りて、娘の手から仮面を取りあげた。

桂の手は血に染みていた。仮面のひたいには、なまなましい血のあとが飛沫いたようにそそがれていた。夜叉王は縁に腰を落として、黙ってその仮面を見つめていた。

よく見ると、桂の姿は世にむごたらしいものであった。彼女がおどろに振りかむっている黒髪の間からも生血がべっとりと滲み出していた。眉のはずれから小鬢へかけても同じく紅を浮かばせていた。春彦はちぎれかかった直垂の袖をまくり上げて見ると、彼女は肩にも腕にも胸のあたりにも幾カ所の深手を負っているらしい、薄いかたびらは一面の血に浸されていた。この血だらけの痛いたしい女をどう取り扱っていいか、春彦も実に手の着けようがないらしかった。

これではしょせん助からないと覚悟したらしく、楓は泣いて姉を抱えあげた。

「さりとは浅ましい、むごたらしい。姉さま、死んで下さりまするな」と、彼女は呼び活けるように姉にささやいた。

「いや、いや、死んでも憾みはない」と、桂はみだれた髪を掻きあげながら言った。「この草の家で五十年百年生きたとてなんとなろう。たとい半晌一晌でも将軍家のおそばに召しいだされ、若狭の局という名をも賜るからは、これで出世の望みもかのうた。死んでもわたしは本望じゃ」

夜叉王は石のように黙っていた。彼の眼はいつまでも仮面の上に吸い付いていた。桂は言うだけのことを言って、その顔を妹の膝の上に押し付けてしまった。おそろしい沈黙はしばらくつづいて、桂のかすかな息の声と庭にすだく虫の声とが、かえって秋の夜の静寂を添えるようにも聞こえた。と思うと、その沈黙を破るように、また一つの幻影が闇の中からゆるぎ出して来た。それはさっきも見た修禅寺の僧で、その頭を袈裟に包んでいた。

「大変じゃ、大変じゃ。隠もうてくだされ」

転げるように内へ駈け込んだ彼は、足もとに横たわっている半死半生の女につまずいてまた驚いた。

「やや、ここにも手負が……。おお、桂どの……。こなたもか」

「して、上様は……」と、桂は顔をふりあげてきいた。

彼女の身代りが無効であったらしいことは、わたしも前から察していたが、僧もやはり同じことを報告した。上様ばかりでなく、近習の者共もみな斬死（きりじに）したと言った。桂はそれぎりでまた倒れてしまった。

「これ、姉さま。心を確かに……のう、父さま。姉さまがもう死にまするぞ」と、楓は自分の膝から滑り落ちようとする姉を抱えながら、悲しげに父を呼んだ。

夜叉王の眼は初めて仮面（めん）を離れた。彼の眼は歓びに輝いていた。

「姉は死ぬるか。姉も定めて本望であろう。父もまた本望じゃ。幾たびか打ち直してもこの面（おもて）に、死相のありありと見えたのは、わが技の拙いのでない、鈍いのでない。源氏の将軍頼家卿がこうなるべき御運とは、今という今になって初めて覚った。神ほとけならでは知ろし召されぬ人の運命が、まずわが作にあらわれたは、自然の感応と言おうか、自然の妙と言おうか、技芸神（しん）に入るとはまことにこの事であろうよ。伊豆の夜叉王は我ながら日本一じゃ、天下一じゃのう」

父は肩をゆすり上げて誇るように笑った。桂も苦しい息でこころよげに笑った。

「わたしも職人の娘でない。日本一の将軍家に召されたお局さまじゃ。死んでも思い残すことはない。この上はちっとも早う上様のおあとを慕うて、未来の御奉公……。父さま……どなたにももうお別れじゃ」

妹の膝から再び滑り落ちようとする娘の腕を、父はぐっとつかんで引き起こした。

「やれ、娘。若い女子（おなご）の断末魔（だんまつま）のおもてを後の手本に父が写して置きたい。苦痛を堪（こら）えてしばらく待ってくれ」

彼は春彦に指図して、細工場から硯や紙を運ばせた。

「娘。顔をみせい」

娘にはもう苦痛もないらしかった。彼女は妹夫婦にたすけられて、縁のそばへしずかに這い寄って来ると、老いたる職人は筆を執って一心にその顔を写し始めた。うす暗い燈台の灯はまっすぐに燃えて、夜叉王の荘厳な顔を神のように照らした。

修禅寺の僧は口のうちで仏名を唱えた。


まぼろしの世界はここで消えてしまった。明るい日の下には頼家の墓が横たわっている。墓の柱には、かのお神籤の箱がかかっている。眼の下には湯の町の煙が白く流れている。わたしは暗い心持で宿へ帰るのが例であった。

くどくも言う通り、これまで書いて来たのはすべてまぼろしの世界の出来事で、あたかも活動写真をながめるのと同じように、観る人間と観られる人物とのあいだには何の交渉を見いだすことも出来ない。こっちは黙って観ているのである。先方は勝手に動いているのである。それでもたった一度、ある夜の夢に夜叉王に逢った。

「君は随分ひどいじゃないか。いくら芸術家だって、現在の娘が今死ぬという場合に、平気でその顔を写生しているのは……」と、わたしは言った。

老いたる職人はなんにも返事をしなかった。しかし、彼は嘲（あざけ）るような眼をして、わたしをじろりと見た。

番町皿屋敷

一

「桜はよく咲いたのう」
二十四、五歳かとも見える若い侍が麹町の山王の社頭の石段に立って、自分の頭の上に落ちかかって来るような花の雲を仰いだ。
彼は深い編笠をかぶって、白柄の大小を横たえて、このごろ流行る伊達羽織を腰に巻いて、袴の股立ちを高く取っていた。そのあとには鎌髭のいかめしい鬼奴が二人、山王の大華表と背比べでもするようにのさばり返って続いて来た。

主人の言葉の尾について、奴の一人がわめいた。

「まるで作り物のようでござりまする。七夕の紅い色紙を引き裂いて、そこらへ一度に吹きつけたら、こうもなろうかと思われまする」

「はて、むずかしいことをいう奴じゃ」と、ほかの一人が大口をあいて笑った。「それよりもひと口に、祭りの軒飾りのようじゃといえ。わはははは」

たわいもない冗談をいいながら、三人は高い石段を降り切って、大きい桜の下で客を呼んでいる煎茶の店に腰を卸した。

茶店には二人の先客があった。二人ともに長い刀を一本ぶち込んで、一人はこれ見よがしの唐犬額をうららかな日の光に晒していた。一人は焙烙頭巾をかぶっていた。彼等は今はいって来た三人の客をじろりと見て、何か互いにうなずき合っていた。

それには眼もくれないように、侍と奴どもは悠々と茶をのんでいた。明暦初年三月半ばで、もう八つ（午後二時）過ぎの春の日は茶店の浅いひさしを滑って、桜の影を彼等の足もとに黒く落としていた。

「おい、姐や。こっちへももう一杯くれ」と、唐犬額が声をかけた。茶の所望である。

茶店の娘はすぐに茶を汲んで持ってゆくと、彼はその茶碗を口もとまで押しつけて、わざとらしく鼻を皺めた。

「や、こりゃ熱いわ。天狗道へでも堕ちたかして、飲もうとする茶が火になった。こりゃ堪らねえぞ」

彼はさも堪らぬというように喚き立てて、その茶碗の茶を侍の足下へざぶりと打ちまけた。それがいかにもわざとらしく見えたので、相手の侍よりも家来の奴どもが一度に突っ立った。

「やあ、こいつ無礼な奴。何でわれらの前に茶をぶちまけた」

「こう見たところが疎匆でない。おのれら、喧嘩を売ろうとするか」

相手もまったくそのつもりであったらしい。鬼のような奴どもに叱りつけられても、二人ながらびくともしなかった。彼らはせせら笑いながら空うそぶいた。

「売ろうが売るめえがこっちの勝手だ。買いたくなけりゃあ買わねえまでだ」

「一文奴の出しゃばる幕じゃあねえ。引っ込んでいろ。こっちはてめえたちを相手にするんじゃあねえ」

「しからば身どもを相手と申すか」

侍は編笠をはらりと脱った。彼は人品の好い、色の白い、眼の大きい、髭の痕の少し青い、いかにも男らしい立派な侍であった。

「仔細もなしに喧嘩を売る。おのれらのような無落戸漢が八百八町にはびこればこそ、公方様お膝元が騒がしいのだ」と、彼は向き直って相手の顔を睨んだ。

唐犬額のひと群れが最初からこの侍に向かって喧嘩を売る下心であったことは、次の事実によっていよいよ証明された。

唐犬額と焙烙頭巾のほかに、まだ三人の仲間が侍たちのあとをつけて来て、桜のかげに先刻から様子を窺っていたのであった。その中の頭分らしい三十前後の男が、この時に双方の間につかつかと出て来た。

「仔細もなしに咬みつくような、そんな病犬は江戸にゃあいねえや」と、彼は侍を尻目にかけていった。「白柄組とか名をつけて、町人どもを嚇して歩く、水野十郎左衛門が仲間のお侍で、青山播磨様とおっしゃるのは、たしかあなたでごぜえましたね」

彼の鑑定通り、この若い侍は番町に屋敷を持っている七百石の旗本の青山播磨であった。彼が水野十郎左衛門を頭に頂く白柄組の一人であることは、その大小の柄の色を見ても覚られた。

事件の進行を急ぐ必要上、ここで白柄組の成り立ちを詳しく説明している暇がない。また詳しく説明する必要もあるまい。ここではただ、旗本の侍どもから組織されている白柄組や神祇組のたぐいが、町人の侠客の集団であるいわゆる町奴の群れと、日頃からとかくに睨み合いの姿であったことを簡単に断わっておきたい。

ことにこの年の正月、木挽町の山村座の木戸前で、水野の白柄組と幡随長兵衛の身内の町奴どもと、瑣細のことから衝突を来したのが根となって、互いの意趣がいよいよ深くなった。

その矢先に青山播磨は権次、権六という二人の奴を供に連れて、今日の朝から青山の縁者をたずねて、そこで午飯の振舞いをうけて、その帰りに山王の社に参詣ながら桜見物に来たのであった。

そこへちょうど長兵衛の子分どもが参詣に来合わせたので、彼らの中で大哥分と立てられている放駒の四郎兵衛が先立ちになって、ここで白柄組の若い侍と奴とに、喧嘩を売ろうとするのであった。

　こちらも売る喧嘩をおとなしく避(よ)けて通すような播磨ではなかった。殊(こと)に自分を白柄組の青山播磨と知って喧嘩をいどんで来る以上、彼はもちろんその相手になるのを嫌(いと)わなかった。

「白柄組の一人と知って喧嘩を売るからは、さてはおのれらは花川戸(はなかわど)の幡随長兵衛が手下のものか」

　問われて、四郎兵衛は自分の名をいった。この時代の町奴の習いとして、その他の者ども並木(なみき)の長吉(ちょうきち)、橋場(はしば)の仁助(にすけ)、聖天(しょうでん)の万蔵(まんぞう)、田町(たまち)の弥作(やさく)と誇り顔にいちいち名乗った。

　もうこうなっては敵も味方も無事に別れることの出来ない破目(はめ)になった。播磨は大小の白柄に対して、奴は面(つら)の鎌髭に対して、相手の四郎兵衛は金の角鍔(かくつば)、梅花皮(かいらぎ)の一本指(いっぽんざ)しに対して、互いにひと足も引くことは出来なかった。

　まして相手は初めから喧嘩を売り掛けて来たのである。受け身になることが大嫌いの播磨は、もう果たしまなこで柄頭(つかがしら)に手をかけると、主(しゅう)を見習う家来の奴どもも生まれつきの猪首(いくび)をのけぞらして呶鳴(どな)った。

「やい、やい、こいつら。素町人(すちょうにん)の分際で、歴々の御旗本衆に楯突(たてつ)こうとは身のほど知らぬ蚊とんぼめ。それほど喧嘩が売りたくば、殿様におねだり申すまでもなく、いい値で俺たちが買ってやるわ」

「幸い今日は主親の命日というでもなし、殺生をするには誂え向きじゃ。下町からのたくって来た上がり鰻を山の手奴が引っ摑んで、片っ端から溜め池の泥に埋めてやるからそう思え」

四郎兵衛も負けずにいった。

「そんな嚇しを怖がって尻尾をまいて逃げるほどなら、白柄組が巣を組んでいる山の手へ登って来て、わざわざ喧嘩を売りゃあしねえ。こっちを溜め池へ打ち込む前に、そっちが山王のくくり猿、お子供衆のお土産にならねえように覚悟をしなせえ」

相手に嘲られて、播磨はいよいよ急いた。

「われわれが頭と頼む水野殿に敵対して、とかくに無礼を働く幡随長兵衛、いつかは懲らしてくりょうと存じておったに、その子分というおのれらがわざと喧嘩をいどむからは、もはや容赦は相成らぬ。望みの通りに青山播磨が直々に相手になってくるわ」

「いい覚悟だ。お逃げなさるな」と、四郎兵衛はまたあざ笑った。

「何を馬鹿な」

播磨はもう烈火のようになった。彼は床几を蹴倒すように飛び立って、刀の鯉口を切った。権次も権六も無そりの刀を抜いた。

相手も猶予せずに抜き合わせた。こうした喧嘩沙汰はこの時代に珍しくないとはいいながら、自分の店先で無遠慮に刃物を振り閃かされては迷惑である。

さりとてそれを取り鎮めるすべを知らない茶店の女は、ただうろうろしてその成り行きを窺っていると、鋲金物を春の日にきらめかした一挺の女乗り物が石段の下へ急がせて来た。

陸尺どもは額の汗を拭く間もなしにその乗り物を喧嘩のまん中に卸すと、袴の股立ちを掻い取った二人の若党がその左右に引き添うて立った。

「しばらく、しばらく」と、若党どもは叫んだ。必死の勝負の最中でも、権次と権六とはさすがにその若党どもの顔をすぐ認めた。

「おお、渋川様の御乗り物か」

喧嘩のまん中へ邪魔な物を投げ出されて、町奴の群れも少し躊躇していると、乗り物の引き戸はするりとあいて、五十を越えたらしい裲襠姿の老女があらわれた。

陸尺の直す草履を静かに穿いて彼女はまず喧嘩相手の一方をじろりと見た。見られたのは播磨である。彼も慌てて会釈した。

「おお、小石川の伯母上、どうしてここへ……」

「赤坂の菩提所へ仏参の帰り途によい所へ来合わせました。天下の御旗本ともあるべき者が町人どもを相手にして達引とか達入とか、毎日毎日の喧嘩沙汰はまことと見上げた心掛けじゃ。普段からあれほどいうて聞かしている伯母の意見も、そなたという暴れ馬の耳には念仏そうな。主が主なら家来までが見習うて、権次、権六、そちたちも悪あがきが過ぎましょうぞ」

男まさりといいそうな老女の凜とした威風に圧しつけられて、鬼のような髭奴どもも頭を抱えてうずくまってしまった。播磨も迷惑そうに黙って聴いていた。

老女は播磨の伯母で、小石川に千二百石取の屋敷を構えている渋川伊織助の母の真弓であった。

播磨は元服すると同時に父をうしない、つづいて母にも別れたので、彼の本当の親身というのは母の姉に当たるこの老女のほかはなかった。

渋川はその祖先なにがしが三方ケ原退き口の合戦に花々しい討ち死を遂げたという名家で、当代の主人伊織助は従弟同士の播磨とほとんど同年配の若者であるが、その後見をする母の真弓は、天晴れ渋川の家風に養われた逞ましい気性の女であった。

ことに亡き母の姉という目上の縁者でもあるので、さすが強情の播磨もこの伯母の前では暴れ馬の鼻嵐を吹く訳にはゆかなかった。彼はただおとなしく叱られていた。

しかしそれは播磨と伯母との関係で、一方の相手には没交渉であった。四郎兵衛はもどかしそうにいった。

「お見受け申せば御大身の御後室様のようでございますが、喧嘩のまん中へお越しなされて、何とかこのお捌きをおつけなさる思し召しでございますか。それともただの御見物なら、もう少しお後へお退(さが)りくださりませ」

「差し出た申し分かは知りませぬが、この喧嘩はわたくしに預けては下さらぬか」と、真弓は静かにいった。「播磨はあとで厳しゅう叱ります。まあ堪忍(かんにん)して引いてくだされ」

「さあ」と、四郎兵衛は少し考えていた。

「御不承知とあれば強いてとは申しますまい。さりながらいったんかように口入(くにゅう)いたした上は、聞き届けのない方がわたくしの相手、これも武家の習いで是非がござりませぬ」

こういい切られて、四郎兵衛もいよいよ困った。

たといそれが武家の女にもせよ、町奴の中でも人に知られた放駒の四郎兵衛ともあろう者が、女を相手に腕ずくの喧嘩も出来ない。勝ったところで手柄にもならない。白柄組を相手の喧嘩はもとより出たとこ勝負で、あながちに今日に限ったことでもない。

ここはこの老女の顔を立てて素直に手を引いた方が結句利口(りこう)かも知れないと思ったので、彼はいさぎよく承知した。

「では、お前様のお扱いに免じて、今日はこのまま帰りましょう」

「よく聞き分けて下された」と、真弓も嬉(うれ)しそうにいった。「そんならおとなしゅう戻ってくださるか」

「まことに失礼をいたしました」

武家の老女と町奴の大哥分とは礼儀正しく会釈して別れた。四郎兵衛のあとについて、子分どももみな立ち去ってしまった。人間の嵐の通り過ぎた後は俄にひっそりして、桜の花びらの静かにひらひらと舞い落ちるのが眼についた。

「これ、播磨」と、真弓は甥を見返った。「ここは往来じゃ。詳しいことは屋敷へ来た折にいいましょうが、武士たるものが町奴とかの真似をして、白柄組の神祇組のと、名を聞くさえも苦々しい。引くに引かれぬ武道の意地とか義理とかいうではなし、所詮は喧嘩が面白うて喧嘩をする。それが武士の手本になろうか。あぶれ者どものするような喧嘩商売は、今日かぎり思い切らねばなりませぬぞ。肯かねば伯母は勘当じゃ。判りましたか」

何といわれても、播磨はこの伯母が苦手であった。所詮頭はあがらぬものと諦めているらしく彼は伯母の前におとなしく降伏していると、真弓の裲襠姿はやがて再び乗物に隠されて、生肝でも取られたようにぼんやりしている奴どもを後に、麹町の方へしずかにその乗り物を舁かせて行った。

そのうしろ影を見送って、今までうずくまっていた主人と奴とはほっとしたように顔を見合わせた。そうして、一度に大きく笑い出した。

二

「お腰元の菊の母でござります。娘にお逢わせ下さりませ」

やがて三十七、八であろうが年の割に老けて見えるらしい女が、番町の青山播磨の屋敷の台所口に立って、つつましやかに案内を求めると、下女のお仙が奥から出た。

「おお、お菊さんの母御か。ようお出でなされた」

お仙がお菊を呼んで来る間、お菊の母は台所の框に腰をおろして待っていた。

七百石といえば歴々の屋敷であるが、主人の播磨は年が若い、しかもまだ独身である。一家の取り締まりをするのは用人の柴田十太夫たった一人で、彼は譜代の忠義者ではあるが、これも独身の老人で元来が無頓着の方である。

そのほかには鉄之丞、弥五郎という二人の若党と、かの権次、権六という二人の奴と門番の与次兵衛と、上下あわせて七人の男世帯で、鬼のような若党や奴どもが寄り集まって三度の飯も炊く、拭き掃除もする。これが三河風でござると、彼らはむしろその殺風景を誇りとしていたが、かの渋川の伯母御から注意をあたえられた。

いかに質素が三河以来の御家風とは申しながら、いず方の屋敷にもそれ相当の格式がある。ことにかような太平の御代となっては、いつもいつも陣中のような暮らしもなるまい。荒くれ立った男どもばかりでは、屋敷内の掃除も手が廻らぬばかりか客来の折柄などにも不便である。これほどの屋敷をもっている以上、少なくともしかるべき女子供の二、三人は召し仕わなければなるまいというのであった。

武を表とする青山の屋敷に、生ぬるい女子などを飼って置くのは面倒であると播磨はいった。しかも彼にとっては苦手の伯母御の意見といい、それに忤らってはよくないという十太夫の諫言もあるので、播磨も渋々納得して、申し訳ばかりに二人の女子を置くことになった。

台所を働くお仙という女は知行所から呼び寄せたが、主人の手廻りの用を勤める女は江戸の者を召し仕うことにして、番町から遠くない四谷生まれのお菊というのを一昨年の秋から屋敷に入れた。それが今たずねて来た母のひとり娘であった。

台所働きのお仙も正直者であったが、腰元のお菊も甲斐甲斐しく働いた。二人とも揃ってよい奉公人を置き当てたと、渋川の伯母も時々見廻りに来て褒めていた。

実際、お菊が初めて目見得に来た時に比べると、屋敷の内もよほど綺麗になった。ことに台所などは見違えるように整頓して来た。お菊の目見得が済んで、母がその荷物をとどけに来た時には、彼女も内心少し驚かされたのであった。

これほどの屋敷の内に女というのは、台所のお仙一人で、そのほかはみな犬の肉でも喰いそうな荒くれ男ばかりである。殿様は上品で立派な男ぶりではあるが、これも癇癖の強そうな鋭い眼を光らせている。

　こうした鬼ガ島のような荒屋敷へ、年の若いひとり娘を住み込ませるのは何だか不安のようにも思われたが、目見得もすんで双方が承知した以上、母はどうすることも出来ないので、用人の前で主従の契約を結んで帰った。

　それからもう足かけ三年の月日は過ぎた。殿様も家来もみな喧嘩好きである。白柄組の旗本衆もたびたび出這入りする。しかしどの人もうわべの暴っぽいには似合わないで、底には優しい涙をもっている。喧嘩を買い歩くのが商売と聞けば、どうやら怖ろしくも思われるが、それも惰弱に流れた世人の眼を醒ますためだという。

　そうした入り訳を胸に置いて、あの衆の気象をよく呑み込んで御奉公していれば、なにも勤めにくいことはない。うわべはおとなしそうに見せかけて、底意地のわるい人達の多いところに奉公しているよりも、こうした御屋敷の方が結句気楽であると、お菊は母に話していた。

　そうはいっても、母の身としてはまだいくらかの不安が忍んでいた。白柄組の喧嘩沙汰は日増しに激しくなって来るらしく、ゆく先々でその噂を聞かされる度に、お菊の母は胸を痛くした。

　白柄の大小を差し誇らして江戸市中を押し歩く一種のあばれ者は、自分の娘の主人である。もちろん、主人が何事をしでかそうとも、女子の召し仕いどもに何の係り合いがあろうとも思われないが、それでも可愛い娘をこうした暴れ者の主人に頼んで置くのは、何となく心許ないようにも思われてならなかった。

彼女は今もそんなことを繰り返して考えながら、娘の懐かしい顔の見えるのを待っていると、やがて奥からお菊がいそいそと出て来た。

「阿母さん。まあ、こっちへ」

手を取るようにして自分の部屋へ連れて行こうとするのを、母はあわただしく断わった。

「いえ、いえ、ここの方がかえって気兼ねがなくていい。どうで長い間のお邪魔も出来まい。ここで話して帰りましょう」

こういって、母は娘の顔をしげしげ眺めていた。別に用があって来たのではない。母は娘の無事な顔をひと目見て帰ればそれでもう満足するのである。その母の眼にうつったお菊の顔は、細おもてのやや寂しいのを瑕にして、色のすぐれて白い、眉の優しい、誰が見ても卑しくない美しい女であった。

彼女は十六の秋にここへ来て、今年の春はもう十八の娘盛りになっていた。母と娘とは、この正月の宿さがりに逢って、それからいくらの月日を経たのでもないが、見る度ごとに美しくなりまさって行く娘の若い顔を、母はとろけるような眼をしてうっとりと見つめていた。

「お前、別に変わることもござりませぬかえ」と、お菊は母にきいた。

「仕合わせとこの通り達者でいる。この春のはやり風邪も無事に逃れた」と、母は機嫌よく笑っていた。「して、殿様にもお変わりはないかえ」

「殿様も御繁昌でござります。きょうも青山の御縁者へまいられまして、ただいまお戻りなされました。そのお召し替えをいたしているところへ、丁度お前が見えたので、逢いに来るのが遅くなりました」

「きょうは喧嘩もなされなんだか」

「奴殿の話では、きょうも山王下で町奴と何かの競り合いがあったとやらで、殿様お羽織りの袖が少し切り裂かれておりました」

「あぶないこと……」と、母は眉を陰らせた。「して、お怪我はなかったか」

「喧嘩はいつものこと。滅多にお怪我などあろうはずはござりませぬ」

白柄組の屋敷奉公にだんだん馴れて、おとなしい娘もこの頃では血腥い喧嘩沙汰を犬の咬み合いほどにも思っていないらしかった。その落ち着きすました顔付が、母にはいよいよ不安の種であった。

「でものう。喧嘩沙汰があまり続くうちには、いかにお強い殿様でも物のはずみで、どのような怪我あやまちもないとは限らぬ。またこのようなことがお上に聞こえたら殿様の御首尾もどうあろうかのう」

仔細らしく打ち傾けた母のひたいに太い皺の織り込まれたのを、お菊は少し嘲るようにほほえみながら眺めた。

「何の、お前が取り越し苦労。殿様は白柄組の中でも指折りの剣術の名人、宝蔵院流の槍も能く使わるると、お頭の水野様も日頃から褒めていられます。ほほ、なみなみの者を五人十人相手になされたとて、何のあやまちがござりましょうぞ。喧嘩といえば穏かならぬようにも聞こえまするが、それも太平の世に武を磨く一つの方便、斬り取り強盗とは筋合が違うて、お上でもむずかしゅういわるるはずがござりませぬ」

家風がおのずと染みたのか、ただしは主人の口真似か、お菊は淀みもなしにすらすらといい開いて、母の惑いを解こうとした。

こちらが思うほどでもなく、娘は案外に平気でいるので、母も押し返して何ともいいようがなかった。

彼女が今日たずねて来たのは、娘の顔を見たさが専一ではあったが、娘の口振りによっては、この不安心な屋敷から暇をもらおうという相談を持ち出そうかと内々考えていないでもなかった。しかも娘は平気でいる、むしろ喧嘩好きの主人を褒めている。それが安心でもあり不安心でもあるので、母もしばらく黙っていると、お菊はまたいった。

「世間では何というているか知りませぬが、殿様はお心の直なお方、おなさけ深いお方、御家来衆や召し仕いにも眼をかけてお使いくださる。こんな結構な御主人はまたとあるまい。わたしは、この御屋敷に長年（ちょうねん）させていただきたいと思うていますれば、御不自由でもお前ひとりで当分辛抱していて下さりませ」

「不自由には馴れているので、それは何とも思わぬが、わたしよりもお前の身の上が案じらるる。喧嘩好きの衆がしげしげ出這入りする御屋敷なら、内でもなん時どんな騒動が起こらぬとも限るまい。そこらにうろうろと立ち廻って、そのそば杖を受けようかと……」

「はて、お前のようにもない。今こそこうしていれ、お前とてわたしとて腹からの町人の育ちではなし、そのように気が弱うては……」と、お菊は笑った。

娘に笑われても一言もない。この母子は町人の胤（たね）ではなかった。お菊の父は西国の浪人鳥越（とりごえ）なにがしという者で、それに連れ添っていた母も武士の娘である。早くに夫を失って、母はやもめ暮らしの手ひとつで娘をこれまでに育て上げたのであるが、貧しい暮らしの都合から、たった一人の娘を奉公に出すことになった。

しかしそうした系図をもっているだけに母も娘も町家の召し仕いになることを嫌って、屋敷奉公の伝手（つて）を求めたのである。その母が今さらに武家奉公を不安らしくいうのは辻褄（つじつま）が少し合わないようにも聞こえるのであった。

もちろん、母としては相当の理窟もあった。武家も武家によるので、喧嘩を商売にしているような主人に長く仕えているのは不安心だというのである。しかし彼女は顔を赤め合ってまでも、可愛い娘といがみ合おうとは思っていなかったので、娘に笑われてもおとなしく黙っていた。

そこへお仙が茶を汲んで来た。あとから用人の十太夫も出て来た。

「おお、お菊の母か。よう参ったの。まあ、茶でもまいれ」と、十太夫はにこにこしていた。「何をいうにも男ばかりの屋敷内で、いや乱脈だ。女子供も定めて忙しかろうが、お菊も精出して立ち働いてくるる。ことに殿様お気に入りで、お手廻りの御用はすべてお菊が勤めてくるるので手前どもも大助かりだ。殿様は随分癇癖のはげしい方だが、お菊のすることは万事御機嫌がよい。はははははは」

お菊は耳たぶを紅くして俯向いてしまった。それには眼もくれないで、十太夫はふところから白紙に包んだ金を出した。

「お菊の母がまいったことを殿様のお耳に入れたら、これは少しだが土産に取らせろとあって、小判二枚を下された。ありがたく頂戴しろ」

小判二枚、この時代には大金である。迂闊に受け取って善いか悪いか、母は手を出しかねてためらっていると、十太夫はその金包みを彼女の膝の前に突きつけた。

「よいか。お菊もよく見て置いて、後刻、殿様にお礼をいえ」

「ありがとうございます」

母と娘とは同時に礼をいった。それを聞いて十太夫は起った。

「まあ、ゆるゆると話して行け」

彼は無雑作に奥へ行ってしまった。

お仙は襷をかけて裏手の井戸へ水を汲みに出ると、春の夕日は長い井戸綱を照らして、釣瓶からは玉のような水がこぼれ出した。

「ほう、良い水……」と、お菊の母は帰り際に井戸側へ寄った。

「深いので困ります」と、お仙はいった。

「山の手の井戸の深いは名物でござります」と、母は井戸の底を覗いた。「ほんに深いこと、これでは朝夕がなかなか御難儀でござりましょう」

困るとはいうものの、御用のない時には奴たちが手伝って汲んでくれるから、さのみ難儀でもないとお仙は話した。

御座敷の庭先にももうひとつの井筒があって、それはここよりも浅く、水もさらに清いのであるが、いちいちにお庭先までは廻って行かれないので、深いのを我慢してこの井戸を汲んでいると彼女はいった。

その話のうちにお菊も出て来た。彼女も母と列んで井戸の底を覗くと、遠い水の上に母子の笑い顔が小さく泛んだ。

三

それから二日目の朝である。お菊がいつものように台所へ出て、お仙の手伝いをしていると、奴の権次が肩をすくめて外からはいって来た。

「お客来じゃ。お客来じゃ」

「お客来……」と、お菊は片付け物の手を休めた。「どなたでござりまする」

「いや、むずかしいお客様じゃ。殿様にも苦手、俺たちにも禁物、見つからぬように隠れているのが一の手じゃ」

そういううちに、権六もこそこそとはいって来た。大の奴どもがそれほどに煙たがっている相手は、女たちにも容易く想像された。お仙は笑いながらきいた。

「あの、小石川の伯母様かえ」

「それじゃ、それじゃ。あの伯母御は渡辺の屋敷へ腕を取り返しに来た鬼の伯母よりも怖ろしい。面を見せたらきっと叱らるる。ましておとといの今日じゃ。お叱言の種は沢山ある。所詮お帰りまでは面出し無用じゃ」

いつもの事で、珍らしくないと思いながらも、鎌髭を食いそらした奴どもが怖い伯母御に縮み上がっている、無邪気な子供らしい様子が堪らなくおかしいので、お仙は端下ない声をあげて笑った。しかしお菊はにこりともしなかった。小石川の伯母様の名を聞くとともに、彼女の白い顔は水のようになった。彼女は唇をきっと結び締めながら、奥へ起って行った。

お客の給仕は彼女の役目であるので、お菊はすぐに茶の支度にかかった。彼女が茶を立てて座敷へ運び出した時には、来客の真弓は主人の播磨と向かい合って、何か打ち解けて話していた。奴どもが恐れているようなお叱言も、きょうは余り沢山に出ないらしいので、お菊も少し安心したが、彼女としてはまだほかに大きい不安が忍んでいた。

「ほほ、菊、相変わらず美しいの」と、真弓はほほえみながら給仕の若い女を見返った。「主人が独身では、とかくに女子どもの世話が多かろう。もう少しの辛抱じゃ。頼みますぞ」

「はい」と、お菊はしとやかに手をついていた。もう少しの辛抱――それが彼女の耳には怪しく響いて、若い胸には浪を打った。

「用があれば呼びます。退ってくりゃれ」と、真弓は静かにいった。

お菊は再び会釈して起った。起つ時に主人の顔をちらりと見ると、播磨は何か迷惑らしい顔をして畳の目を眺めていた。苦手の伯母と差向いの場合に、彼が人質に取られたような寂しい顔をして黙っているのは例の癖であるが、取り分けて迷惑らしいその顔色がきょうのお菊の注意をひいた。彼女は一旦縁側へ退り出たが、またぬき足をして引き返して、ひと間を隔てて隣りの座敷で襖越しに窺っていた。

やがて茶をのんでしまった頃に、真弓の声が聞こえた。小声ながらも凜としているので、遠いお菊の耳にもよく響いた。

「のう、播磨。この頃の不行跡、いちいちにやかましゅうはいうまい。きっと改むるに相違ないか」

「は」

播磨の返事はただそれだけであった。

「心もとない返事じゃのう。確かに誓うか、約束するか」と、真弓は重ねていった。

「世の太平になれて、武道の詮議もおろそかになる。追従軽薄の惰弱者が武家にも町人にも多い。それは私とても浅ましいことに思うています。さりとて侍が町奴の真似をして、八百八町をあばれ歩くは、いたずらにお膝元を騒がすばかりで何の役にも立つまい。万一の時には公方様御旗の前で捨つる命を、埒もない喧嘩口論に果たしたら何とする。それほどの道理を弁えぬお身でもあるまい。もしまた、武士と武士とが誓言の表、今更白柄組とやらの仲間を引くことがならぬとあれば、わたしが水野殿に会うてきっと断わって見せます」

何さまこの伯母御ならば、白柄組の頭と仰ぐ水野十郎左衛門を向こうに廻して、理を非にまげても自分の言い条をきっと押し通すに相違あるまいと、お菊もひそかに想像した。しかし無暗にそんなことをされては、主人が恐らく迷惑するであろう。何といってこれに答えるかと、彼女は耳を引き立てて聴いていると、果たして播磨はあわててそれをさえぎった。

「いや、その儀には及びませぬ。伯母様が直々の御掛け合いなどござりましては、水野殿も迷惑、手前も迷惑、その儀は平に御見合わせを……」

「そりゃ私とても好むことではござりませぬ」と、真弓はいった。「そんならきっとあの衆の仲間入りをしませぬか。これから誓っておとなしゅうしますか」

「は」

それで話は少し途切れたかと思うと、伯母の声がまた聞こえた。それは今までと違って、いかにも親しみのある、優しい柔らかい声であった。

「ついてはもうひとつの相談がある。お身が屋敷の内に落ち着かいで、とかくにそこらをのさばり歩く。それも所詮は我が家に控え綱がないからかと思います。お身ももう二十五で、人によっては二人三人の親になっているのもある年頃を、いつまで独身で過ごす気か。もう好いほどに相当の妻を迎えて、子孫繁昌のはかりごとをせねばなるまい。伯母は決して悪いことはいわぬ。この間もちょっと話した飯田町(いいだまち)の大久保(おおくぼ)殿の二番娘……」

お菊は襖を押し倒すほどに身を寄せかけて、その一言一句をも聞き落とすまいと耳を澄ましていた。

「名は藤江（ふじえ）という。年は十八で、容貌（きりょう）もよい、行儀も好い。さすがは大久保殿の躾（しつけ）だけあって、気性も雄々しく見ゆる。伜（せがれ）が独身ならば、わが屋敷へも懇望したいのであるが、伊織助はもうこの秋頃には父になるはずじゃで是非がない。あれほどの娘を他家へやるのは残念、どうでもこちらの縁者にしたい。ついては播磨、くどくもいうようじゃが、伯母は悪いことは勧めぬ。あの娘を貰うては……」

お菊は眼が眩（くら）みそうになって、耳ががんがん鳴って来た。その耳にも播磨の返事ははっきり聞こえた。

「折角でござりますが、飯田町の大久保殿は大身（たいしん）、所詮われわれ共の屋敷へは……」

「いや、その遠慮は要らぬことじゃ。大久保殿はあの通りの御仁（ごじん）、家柄の高下などを念に置かるるはずはない。殊にお身のこともよく知っておらるる。この伯母が頼みますとひと言いうたらきっと合点、それはわたしが受け合います。どうじゃな」

この返事が一生の瀬戸である。お菊は息もしないでじっと聴いていると、播磨はすぐに返事をしなかった。伯母に督促されて、彼はこんなことを静かにいい出した。

「お言葉はよく判りましたが、余の儀とも違いまして、これは一生に一度のこと。喧嘩の相手ならば誰彼れを択（えら）びませぬが、縁談とあっては私も相当の分別をせねばなりませぬ」

「それも道理（もっとも）じゃ。今すぐにともいわれまい。よく分別した上で、あらためて返事を聞かしてくりゃれ。よいか」

「は」

お菊はほっとして、崩れるようにずるずるとそこへ小膝を突いた。そのはずみに倚（よ）りかかっている襖がみりみりと揺れたので、彼女は這うようにそっとそこを逃げ出して、自分の部屋へあわてて転げ込むと、気味の悪い汗が頸筋（くびすじ）から腋（わき）の下に湧（わ）き出しているのに初めて気がついた。

座敷の対話を終わりまで聞き通さなかったのは残念であったが、播磨の返事でその成行きも大抵は推量された。伯母様から持出された縁談も今日はこのままでうやむやの中（うち）に済んでしまったらしい。

しかしお菊は決して落ち着いてはいられなかった。小石川の伯母様が主人に妻帯を勧めるのは今日に始まったことではない。先月も一度その話のあったことをお菊は薄々知っていた。それがだんだんに切迫して来て、伯母様は今日もわざわざその相談のために早朝から出向いたらしい。何をいうにも相手が悪いので、主人はそれをきっぱりと断わることが出来るであろうか。普段から頭のあがらない伯母様の催促が二度三度と重なったら、その結果はどうであろうか。それを思うと、お菊は気が気でなかった。

彼女はふところ紙を出して、襟の汗を拭いた。汗がようよう収まると、入れ代わって両の瞼がうるんで来た。彼女は自分の未来の果敢ない姿を、もう眼の前に見せられたように悲しくなった。

お菊がこの屋敷へ奉公に来た明くる年、彼女が十七の春の末、丁度今から一年ほど前のおぼろ月夜に、白柄組の友達が三、四人たずねて来て、いつものように小酒盛が始まった。その時には水野十郎左衛門も来た。水野は酌に立ったお菊がひどく気に入ったらしく、主人の前で彼女を褒めた。ほかの者共も口を揃えて褒めた。心にもない世辞や追従をいわないのを誇りとしている彼等が揃いも揃って褒める以上、それが主人に対する世辞でないことは判っていた。

客が帰って、座敷を片付けてしまうと、播磨はお菊に茶を所望した。それはもう四つ(午後十時)過ぎで、半分ほど咲きかかった軒の桜が朧月の下にうす白い影を作っていた。その影をゆるく漂わす夜風が生温かく流れて、縁先に酔いざめの顔を吹かせていた播磨の袖の上に、月の雫かと思うような白い花びらをほろほろと落とした。

お菊は胸の奥に彫り付けられているその夜の夢を今更のように思い泛べた。若い主人と若い腰元との恋はそれからだんだんに深みへ沈んで行って、播磨はきっとお前を宿の妻にするとお菊に誓った。お菊もその約束を忘れなかった。彼女の母が不安を懐いている喧嘩買いの白柄組の屋敷も、娘に取っては楽園であった。

その主人に対して過日から縁談が持出されているのであるから、若い腰元の小さな胸は安まらなかった。まして、今日は伯母様が膝詰めの掛け合いである。たとい一旦はこのままに済んでも、その行末が危ぶまれるので、彼女は途方に暮れたように泣きくずれてしまった。

台所ではお仙と奴との話し声がまだ聞こえるので、お菊は急に起って懐鏡を取り出した。鏡にうつる泣き顔を直して、彼女も台所へ出てゆくと、権次も権六も春の日に光る銀の毛抜で鎌髭を悠々と繕いながら、あがり框に大きい腰を列べていた。お菊の顔を見ると彼等はきいた。

「伯母御はまだ帰られぬか」

「お話はなかなか済みそうもございませぬ」と、お菊はいった。「しかしいつものお叱言ではないようでござります」

「そりゃ珍しい」と、権次は笑った。「今年の梅雨はひと月早いかも知れぬぞ。しかしあの伯母御がお叱言のほかに何のお話があることかのう」

「もしや御縁談のことではあるまいか」と、お仙が喙をいれた。

「うむ、そのような噂も聞いた」と、権六は気のないようにいった。「あの伯母御もよくよく世話焼きじゃと見えて、何のかのと小煩いことじゃ。白粉嫌いの殿様が面倒な女房などを滅多に持たりょうかい。わはははは」

「奥様をお持ちなさるまいか」と、お菊は探るようにきいた。

「そりゃお断わりに決まっているわ」と、権次もいった。

「飯田町の大久保様の娘御というのをお前達は御存知か」と、お菊はまたきいた。

生ぬるい女子などを眼中に置いていない奴どもは、よその屋敷の娘などは知らないといった。しかし大久保は男の児のない家であるから、嫁にやるというのは二番娘であろう。妹娘は姉よりも容貌がすぐれて好いという評判であるが、一度も見たことはないと彼等は話した。

「そのように美しいのかえ」と、お菊はふるえ声で念を押した。

「という噂だけのことじゃよ」

奴どもは身にしみて相手にもなってくれなかった。

四

伯母が帰るのを送り出して、播磨もすぐにどこかへ出て行った。権次も権六も供をして出た。

この頃の長い日はなかなか暮れなかった。一旦出たが最後、なん時戻って来るか判らないのがいつもの癖と知っていながら、お菊は今日に限って主人の戻りが待ち侘びしく思われた。彼女は今度の縁談に対する主人の確かな料簡を知りたかった。

世間からいえば、主人の播磨は手に負えない暴れ者であるかも知れない。伯母からいえば喧嘩好きの厄介者であるかも知れない。しかもお菊の眼から見れば、それが如何にもまことの男らしい竹を割ったように真っ直ぐな、微塵も詐りや飾りのない、侍の中の侍ともいいたいように美しく尊く思われた。男が七百石のあるじであるとないとを別問題にして、彼女は一旦自分の魂に染みついたこの恋を生涯かき消そうとは思っていなかった。彼女は詐りのない主人の約束を一途に信じていた。殿様は自分を欺く人でないと固く信じていた。

お菊は今もそう信じている。しかも彼女の心の底に暗い影を投げかけるのは、銘々の身分という悲しいむごい人間の掟であった。いつの代にもこの掟が色々の形になって現われて来るが、取り分けて彼女の生まれた江戸時代にはこの掟がきびしかった。

主人は家来を嬲り殺しにしても仔細はない。家来は主人を殺すはおろか、かすり傷ひとつ負わせても死罪、事の次第によっては獄門にも磔刑にもなる。それほどに階級制度の厳重な時代に生まれて、家来が主人と恋をする。その恋の遂げられるも遂げられぬも主人の料簡次第で、家来自身からは何の恨みもいい得ないのである。山に誓い、海に誓い、神仏に誓っても、それは傾城遊女の空誓文と同じことで、主人がそれを反古にするのは何でもないのである。もちろん、それが対等の身分であっても、男が既に変心した以上どんな約束も反古にされるのは自然の成行きであるが、身分違いの恋とあっては、たといどれほどむごく情けなく突き放されても、捨てられた者に同情は少ない、捨てた者も怪しまれない。恋にもやはり上下の隔てがあって、主人の胤を重い腹に抱えながら、屋敷を逐(お)い払われた不運な女もあることを、お菊はかねて知っていた。

　このむごい掟は主人と家来との間ばかりでない。親類縁者の間にもこの掟は動かない石となって横たわっていた。父なき時は伯父を父と思えとある。母なき時は伯母を母と思えとある。従って父もない、伯父もない、母もない、青山播磨のような一本立ちの人間に対しては、伯母が最も強い者であった。彼女が親の権利を真っ向にかざして圧しつけて来る時に、それを跳ね返すのは並大抵のことではない。殊に白柄組の申し合せとして、第一に義理を重んぜよとある以上、その同盟者たる青山播磨は伯母の権利をあくまでも尊重しなければならない苦しい事情の下に置かれていた。

　その伯母が大久保なにがしの娘を嫁に貰えというのである。自我が強いだけに、また一面においては義理も強い彼の性格から考えて、最後までも伯母に楯をつく勇気があるか、ないか、お菊にはそれが覚束(おぼつか)なくも思われた。

　これを煎じつめて行くと、伯母は甥をおしつけて無理に婚姻を取り結ばせる。主人は家来をおしつけて無理に恋を捨てさせる。こうした悲しい運命の落ちかかって来る日がないとは受け合われない。お菊の取越し苦労はそれからそれへと強い根を張って来た。

「殿様はそんな嘘(うそ)つきではない」

彼女はまた思い直して、自分の狭い心を自分で嘲った。人間の掟も浮世の義理も、所詮は男の心ひとつである。頼む男の性根さえしっかりと極まっていれば、どんな嵐も恐れるには及ばない。男の梶のとり方ひとつで、どんな波風と闘ってもきっと向こうの岸へ流れ寄ることが出来る。

主人も家来も今更考えるには及ばない。青山播磨は詐りのない男である。自分はただ一心にその男の手に取り縋っていればいいのである。もう何にも思うまい。とやかくと迷うのは自分のあさはかであると、お菊は努めて自分の疑いを払い退けようとした。

お仙は自分の夏衣の縫い直しにかかっていたが、日永の針仕事に彼女も倦んで来たらしい、針先も見えないようなだるい眼をして、うっとりと手を休めていた。市ヶ谷の七つ（午後四時）の鐘も眠そうに沈んで聞こえた。お菊はやがてお仙のそばを離れて静かに起った。

主人の留守を承知していながら、彼女はその居間の方へふらふらと行って見たくなった。用人の詰めている部屋を覗くと、十太夫も小さい机に倚りかかって、半分は眠ったように白髪頭をかしげていた。お菊はぬき足をしてそこを通り過ぎて、主人の居間の縁先に立つと、軒の大きい桜もきのうにくらべると白い影が俄に痩せていた。

彼女はさびしくそれを瞰あげていると、もう西へ廻りかかった日の光は次第に弱くなって、夕暮れを誘い出すような薄寒い風にふるえる花びらが音もなしに落ちた。その冷たい花の匂いがお菊の身に沁みると、彼女はまたおのずと涙ぐまれた。

その眼をそっと拭きながら、翻える花のゆくえをじっと見送ると、小さい吹雪は迷うように軽くなびいて、庭の井筒の上に吹き寄せられた。井筒のそばには一本の細い柳が水を覗くように立っていた。お菊は庭下駄を穿いて井筒のそばに寄った。

そそけた島田の鬢（びん）をなぶろうとする柳の糸を振袖（ふりそで）の袂（たもと）で払いながら、彼女はその底をみおろすと、水に映ったのは自分の陰（くも）った顔ばかりで、母の懐かしい顔は泛んでいなかった。彼女はおとといのことを思い出した。

殿様は小判二枚を母に下されたのである。母も驚いたが、自分も驚いた。帰る時に御門の外まで送ってゆくと、母は案外の下され物に何だか不安を懐いているらしく、繰り返してそれを言って、ほんとうに頂戴してもいいのであろうかと念を押すように自分にきいた。もちろん、普通の奉公人の親に対しては格外の下され物である。母の怪しむのも無理はなかった。

彼女は母に安心をあたえるために、その不思議でない入訳（いりわけ）を囁（ささや）こうかとも思ったが、さすがに主人と自分との秘密を打ち明ける勇気がないので、好い加減に母の手前を取り繕って別れてしまった。

彼女はそれを母に洩（も）らさないでよかったと思った。迂闊にそれを打ち明けて、母をもあわせて失望の淵へ沈めるような時節が来ないとも限らないと思った。それを思うと、彼女は遣る瀬ないように悲しくなった。

しかしまた、一方から考えると、母に小判二枚を下さるというのは、殿様が自分を愛している証拠とも見られる。それほどの殿様が自分をむごたらしく突き放すはずはない。彼女は涙の乾いた笑顔を遠い水鏡にうつして見た。

泣いていいか、笑っていいか、今のお菊には見当が付かなくなった。それでも彼女の眼からは涙の雫が訳もなしに流れて落ちた。彼女は柳の青い枝に縋りながら、井筒の上で心ゆくばかり泣いていたかった。

「菊。何を致しておる。頭の物でも落としたか」

不意に声をかけられて見返ると、主人の播磨は笑いながら縁先に突っ立っていた。

「お帰りでござりましたか。一向に存じませんで」と、お菊は袂で眼を拭きながら慌てて会釈した。

播磨は無言で招いた。招かれてお菊は縁先に戻ったが、その泣き顔を覗かれるのを恐れるように彼女は白い襟もとを見せて、足もとに散る花を伏目に眺めていた。

「菊。泣いていたな。何を泣く。朋輩と喧嘩でも致したか。十太夫に叱られたか」

お菊は恥じらうように黙っていた。

「隠すな。仔細をいえ。ただしは井筒へ身でも投ぐるつもりか」と、播磨はまた笑った。

どこで飲んで来たのか、若い侍の艶やかな白い頬はほんのりと染められていた。

「泣きは致しませぬ」と、お菊は微かに答えた。

「では、顔を向けて見せい。はは、見せられまい」と、播磨はなぶるようにまたいった。

「正直にいわぬと暇をくれるぞ」

ぎょっとしてお菊は顔を上げた。暇をくれる——それが今の彼女には冗談として聞き流すことが出来なかった。抑え切れない怨みと妬みとがつむじのように彼女の胸にうずまいて起こった。そのただならない眼の色を播磨は怪しむように見つめたが、やがてまた堪らないように笑い出した。

「はは、暇をくれる……それは戯れじゃ。腹を立てるな。それともほかに仔細があるか。仔細をいわねばこそ、こちらからもついなぶるようにもなる。腹を立つるほどなら仔細をいえ」

お菊は自分がどんな端下ない風情を男に見せたかと思うと、恥ずかしいのを通り越して急に悲しくなった。彼女は振袖に顔をうずめて縁に泣き伏した。

「はて、泣き虫め。そのような弱虫が白柄組の侍の女房になれるか」

ここぞと思って、お菊は泣きながら訊き返した。

「侍の女房……。この菊が侍の女房になれましょうか」

「いうまでもない。青山播磨も侍の端くれではないか。その妻ならば……」

「でも、小石川の伯母様が……」

「おお。知っているか」と、播磨は事もなげにいった。「いかに苦手の伯母御でも、こればかりは無理おしつけもなるまいぞ。それでそちは泣いていたのか。はは、馬鹿な」

播磨は陰らない声で高く笑った。あまり手軽く打ち消されてしまったので、お菊も少し張り合い抜けがしたように、泣き腫(は)らした眼をしばたたきながら相手をそっと見あげると、酔いのだんだんに醒めかかって来た男の顔は輝くように光って見えた。

「播磨を疑うな」

主人は腰元の手を取った。

五

それからまた十日ほど経って、播磨は渋川の屋敷へ呼ばれた。それは縁談の返事の催促に相違ないとお菊は思った。彼女は小石川から帰った主人の顔色によってその模様を判断しようとあせったが、年の若い、しかも恋にくらんでいる彼女の陰った眼では、とても自分の男の顔から秘密を探り出すことは出来なかった。さりとて、妬みがましい下(げ)司女(すおんな)と見積もられるのも悲しいので、彼女は主人にむかって打ち付けにしつこく詮議する訳にも行かなかった。

播磨を疑うな——この一句を杖と縋って、お菊は悶(もだ)えながらに日を送っているうちに、庭の桜もあらしに傷(いた)みつくして、ゆく春は青葉のかげに隠れてしまった。時鳥(ほととぎす)の鳴く卯月(うづき)が来て、衣更(ころもが)えの肌は軽くなったが、お菊の心は少しも軽くならなかった。月が替わってから播磨は再び渋川の屋敷へ呼ばれた。

「小石川の御屋敷へたびたびの御招きは何の御用でござりましょう」

お菊はそれとなしに十太夫にきくと、無頓着の用人も首をかしげた。

「おれには判らぬ。いつものお叱言か、それとも奥方でも呼ばれる御相談か。大方そんなことであろうよ」

「奥様をお呼びなされましょうか」

「殿様ももう二十五、そんなことがないともいわれぬ」

「殿様がじかにそう仰せられましたか」

「いや、何にも聞かぬ」

用人でも若党でも奴でも、この屋敷の者は誰も初めから女のことなどを問題にしていない。奥様が来ようが来まいが、どうでも構わぬと澄ましているので、お菊は誰を相手にしてもこの問題の成り行きを探り出すことは出来なかった。彼女は一人でいらいらしていた。色恋に対してそういう無頓着な人間ばかりが揃っているのは、主人と自分との秘密をつつむには都合が好かったが、なまじいに今までその秘密を包みおおせて来ただけに、この場合になってお菊は自分の味方を見付けることも出来なかった。女同士のお仙も相談相手にはならなかった。

あしたは御釈迦(おしゃか)の誕生という七日の夜に、白柄組の重立った者八、九人が青山の屋敷にあつまることになった。別に仔細はない。やはり去年と同じようにひとつ組の者が打ち寄って、内輪の酒宴を催すのであった。頭の水野十郎左衛門も無論に来るといった。

「暮六つからの会合の約束だ。支度を怠るな。かの高麗皿(こうらいざら)も出して置け」

家来どもに申し付けて、播磨は午頃からどこへか出て行った。今日は女たちの忙しい日である。十太夫も若党共も手伝って、大の男が袴の股立ちを取って酒や肴(さかな)の支度にかかった。

「まずこれであらましは調(ととの)うた」と、十太夫は禿(は)げあがった額の汗を拭きながらいった。「時刻はまだ早いが、例の大切の品を今のうちに取り出しておこうか。お菊もお仙も一緒にまいれ」

二人の女は用人のあとに付いて、奥の土蔵へ行った。古い蔵は物置同様で、ほとんど碌(ろく)なものも収めてなかったが、青山の家に取ってたったひとつの大切の品が入れてあった。それは珍しい高麗焼の皿で、かずは十枚揃っていた。

武士の家でなぜこんな器を大切にしているのか、その仔細はよく判っていないが、世に珍しい品であるから大切にするという意がだんだんに強められて来て、いつの代からかこの皿をことごとく割る時は家が亡びるという怖ろしい伝説さえも生まれて来た。したがって青山の家ではこの皿を宝物のように心得て、召し仕いの者がもし誤ってその一枚でも打ち砕いたが最後、命は亡いものと思えと厳重にいい渡されて、それが家代々の掟となっていた。

そんな面倒な宝物をうかつに取り出すは危険であるので、播磨の代になってからは滅多に用いた事もなかったが、どこでそれを聞き出したか、水野は今夜の会合について主人の播磨にいった。

「貴公の家には稀代の高麗皿があると承る。あすの夜には是非一度拝見いたしたい」

「承知いたした」

播磨は快く承知して、今夜の料理を盛る器の中に彼の高麗皿十枚を加えろと十太夫にいい付けたのである。お菊もお仙も虫干しの時に箱に入れられたその皿を取り扱ったことはあるが、料理の膳に上せるのは今夜が初めてであった。その皿について、かの怖ろしい伝説や、厳しい掟のあることは、かれ等もかねて承知していた。

「いうまでもないが、大切の品であるぞ。くれぐれも油断いたすな」

今も十太夫に念を押されて、二人の女は今更のようにおびえた。彼等は用心に用心を加えて、箱入りの皿を土蔵の奥からうやうやしく捧げ出して来ると、十太夫は箱の蓋をあけて、十枚の白い皿を丁寧にあらためた。

「よい、よい。くどくも申すようだが、用心して取り扱え。一枚でも割るはおろか、瑕をつけても大事になるぞ」

　全くこれは大事である。命にもかかわる大事である。それを思うと、お菊もお仙も身の毛がよだつほどに怖ろしかった。二人はふるえる手先にその皿をうけ取って、座敷へいよいよ運び出すまでは元の箱へ大切に収めておくことにした。

「もう七つを過ぎた。殿様もやがてお帰りになろう。気の早いお客人はそろそろ押し掛けてまいらりょうも知れぬ。お菊は奥へ行って、お座敷は滞りなく片付いているかどうか、念のために見廻って来やれ」

　十太夫に指図されて、お菊はすぐに奥の座敷へ行った。薄く陰った日で、余り手入れをしない庭の若葉は、この頃だんだんに緑の影を盛り上げて、十畳二間を明け放した書院の縁先を暗くしていた。その薄暗い座敷の床の間には、お菊がけさ生けた山吹が黄色い花をたわわに垂れていた。

　彼女はその枝振りを心ばかり矯め直して、正面にかけてある三社の托宣の掛軸を今更のように眺めた。座敷の隅々にも眼に立つような塵のないのを見とどけて、彼女は更に縁側に出て、三足ばかりの庭下駄を踏石の上に行儀よく直した。

「これで手落ちはない。置燈籠の灯は暮れてから入れましょう」

　独り言をいいながら彼女はうっとりと縁に立っていた。隣り屋敷の沈んだ琴の音が若葉をくぐってゆるく流れて来るのを、彼女は聴くともなしに耳を傾けていたのであった。

琴の主をお菊は知っていた。それは隣り屋敷の惣領娘で、今から四、五年前に家格が釣り合わないくらいに違う大身の屋敷へ容貌望みで貰われて行った。その当座は夫婦仲も羨ましいほどに睦まじかったが、月日のたつうちに夫の愛は次第にさめて来て、釣り合わぬは不縁の基という諺の通りに、嫁は里方へ戻された。そうして、出戻りの侘しい身の憂さを糸の調べに慰めているのである。思いなしかその爪音は、人の涙をはじき出すように哀れにふるえていた。

お菊はその沈んだ音色を聴くたびに、男にむごたらしゅう振り捨てられた女の哀しみに涙ぐまれたが、その涙が今もにじみ出して来た。身につまされるというのはこれであろう。

今のお菊には取り分けて、琴の主の身の上が痛々しく思われた。その物悲しい琴唄は弾く人の哀れを歌い、あわせて聴く人の哀れを知らせるのではないかとも疑われた。

お菊はいつまでも縁の柱に身を寄せて、引き入れられるようにその唄と音色とに聞き惚れていると、陰った初夏の空は次第にたそがれて、井の端の柳の影も暗くなった。彼女はふとある事を思い泛べた。よもやとは思いながらも、まだ疑われてならない男の性根を確かに見定めるには、今が好い機会であるように思われた。

それはあの高麗焼の皿である。青山の家の宝物という十枚の皿である。お菊はその一枚を打ち砕いて、播磨の愛情の深さを測ろうと思いついた。ついした疎匆で大切のお皿を損じましたと、主人の前に手をついた時に、播磨は何というか、自分をどうするか、彼が真実自分を愛しているならば、たとい家の宝物を破損しても深くは咎めないはずである。

「いっそ疎匆の振りをして、あのお皿を一枚打ち毀して、お菊が大切か、宝が大切か、殿様の本心を試してみよう」

こう思いつきながら彼女はさすがにまた躊躇した。その皿が悉く割れた時には青山の家が亡びるという怪しい伝説を彼女は恐れた。しかしただ一枚を損じただけであれば家には禍いも祟りもあるまい。それを損じた人間が主人の仕置きをうければ済むのである。

この場合、自分はもとより死を恐れてはいられない。一枚の皿を傷つけた科として、自分を無慈悲に成敗するほどの主人であれば、自分に対し深い愛情をもっていないことは判り切っている。主人がそういう心であれば今度の縁談もいよいよ事実となって現われて、自分は所詮振り捨てられるに決まっている。播磨に捨てられて生きていられるであろうか。お菊は暗い柳のなびく井筒に眼をやった。

男に愛情がない以上、自分はどの道生きてはいられないのである。男に真の愛情があれば、宝を損じても自分は確かに生きられるのである。お菊は命賭けで男の魂を探ろうと決心した。たとい一枚でも大切の宝をむざむざ打ち毀すのは勿体ないと思いながら、彼女はもうそんなことを恐れてはいられなくなった。

隣りの琴の音はまだ続いていた。お菊は魔の憑いた人のように、急に大胆な心持になって、もとの台所へ引返して来ると、十太夫も若党ももうそこには見えなかった。お仙は裏の井戸を汲んでいた。

六

「あれッ」

お菊のただならない叫び声を聞き付けて、十太夫が台所へ出て来た時には、高麗皿の一枚が砕けていた。物に頓着しない十太夫も眼の色を変えて慌てた。お菊は疎匆で大切の皿を取り落したといった。

「さっきもあれほどに申し聞かせて置いたに、かような疎匆をしでかしては、そちばかりでない、この十太夫もどのようなお咎めを受きょうも知れぬ。ともかくも部屋へ退って神妙にいたしておれ」

お菊は自分の部屋へ押し籠められてしまった。初めから覚悟を決めている彼女は、ちっとも悪びれずに控えていると、暮六つの鐘がまだ聞こえないうちに播磨は帰って来た。

「思いも寄らぬ椿事が出来いたしました」

主人の顔を見ると、十太夫はすぐに訴えた。

「思いも寄らぬ椿事……。十太夫にも似合わぬ、何をうろたえておる」と、播磨は笑っていた。

「いや、わたくしもうろたえずにはおられませぬ。殿様。大切のお皿が一枚損じました」

播磨の顔色も嶮(けわ)しくなった。

「何、大切の皿を損じた……」

「腰元の菊めがあやまちで、真っ二つに打ち割りました」

「菊を呼べ」

呼び出されてお菊は奥へ行った。彼女は割れた皿を袱紗(ふくさ)につつんで持っていた。若党が運び出した燈火に照らされた彼女の顔はさすがに蒼(あお)ざめていた。播磨は静かにきいた。

「菊。高麗皿はそちが割ったに相違ないか」

自分の疎匆に相違ないとお菊は尋常に申立てた。お家の宝を損じたのは自分が重々の不調法であるから、どのようなお仕置きをうけてもお恨みとは存じませぬといった。

「まずもって神妙の覚悟だ」と、播磨はうなずいた。「青山の家に取っては先祖伝来大切の宝ではあるが、疎匆とあれば深く咎める訳にはまいるまい。以後はきっと慎めよ」

以後を慎むのはいうまでもない。大切の宝を破損した咎めは、ただこれだけで済んでしまったのである。お菊は張りつめた気が一度にゆるんで、頽(くず)れるように縁先に手をついた。あまりに寛大過ぎた主人の沙汰に、十太夫も少しあっけに取られていると、播磨はまた静かにいった。

「今夕(こんせき)の来客は水野殿を上客としてほかに七人、主人をあわせて丁度九人だ。皿は一枚欠けても差し支えない」

「御客人の御都合はともあれ、折角十枚揃いましたる大切の御道具を一枚欠きましたる菊めの罪科、わたくしも共々にお詫(わ)び申上げまする」と、十太夫も畳のへりに額をすりつけた。

播磨の顔色はだんだんに解けて来た。いつまでも縁に平伏したままで、微かにおののかせているお菊が黒い鬢のうねりを、彼は灯の影にじっと見つめていたが、やがて薄い笑いをうかべて十太夫を見かえった。

「いや、いや、心配いたすな。たとい先祖伝来とは申せ、武具馬具のたぐいとは違うて、所詮は皿小鉢じゃ。わしはさのみに惜しいとは思わぬ。しかし、昔かたぎの親類縁者どもに聞かせると面倒だ。表向きはやはり十枚揃うてあることに致して置け。よいか」

「重ね重ねありがたい御意、委細承知仕りました。菊、あらためてお礼申せ」

お菊は無言で頭を下げた。彼女は胸が一杯に詰まって、もう何にもいうことが出来なかった。感激の涙が止め度もなしに溢(あふ)れ出した。彼女は自分の陰謀が見事に成功したのを誇るよりも、男のまごころに対する感激の念に強く動かされた。それほどに美しい男の心を仮りにも試そうと思い立った自分の罪が空怖ろしくもなった。

「御客人もやがて見えるであろう。十太夫は玄関に出迎いの支度をいたせ」と、播磨は用人を表へ追いやった。割れた皿と、それを割った若い女とが後に残った。

「とんだ疎匆をいたしまして、何とも申し訳がござりませぬ」と、お菊は初めて口を開いた。

その声の低く顫えているのは、彼女が疎匆を悔いているものと播磨は一途に解釈したので、彼は憫れむようにいい慰めた。

「はて、くどくど申すな。一度詫びたらそれでよい。まことをいえば家重代の宝、家来があやまって砕く時は、手討ちにもするが家の掟だが、余人は知らず、そちを手討ちになると思うか。砕けた皿は人の目に立たぬように、その井戸の底へ沈めてしまえ」

「はい」

また湧いて出る涙を拭きながら、お菊は欠けた皿をとって庭に降りた。長い袂は柳の枝をゆるがせて、家の宝の一枚は水の底に沈められてしまった。

「実はさっき水野殿に行き逢うたら、腰元の菊はまだ無事に勤めているかと訊ねられたぞ」

「左様でござりましたか」

「水野殿はそちがきつい贔屓だ。今夜も気をつけて給仕いたせ」と、播磨は笑ましげにいった。

機嫌の好い、いつものように美しい、陰りのない男の顔を見て、お菊は悲しいほどに嬉しかった。たとい疎匆にもせよ、家の宝を破損したという自分に対して、何のむずかしい叱言もいわないで、かえって優しい言葉をかけてくれる——男の心があまりに判り過ぎて、お菊は勿体ないようにも思った。

由ない惑いから大切の宝を打ち毀した自分の罪がいよいよ悔まれた。安心と後悔とが一つにもつれて、彼女はまたそっと眼を拭いた。

縁伝いに暴い足音が聞こえて、十太夫が再びここにあらわれた。それは客来の報せではなかった。彼は眼を瞋らせて主人に重ねて訴えた。

「殿様。菊めは重々不埒な奴でござりまする」

秘密はたちまち暴露された。お菊が皿を損じたのは疎匆でない。台所の柱に打ち付けて自分がわざと打ち割ったのである。

それは下女のお仙が井戸のそばから遠目にたしかに見届けたというのであった。疎匆とあれば致し方もないが、大切のお宝をわざと打ち割ったとは余りに法外の仕方で、たとい殿様が御勘弁なさるといっても、自分が不承知である。その菊めはきっと吟味しなければならないと、十太夫は声を尖らせていきまいた。

　播磨も案外に思った。お菊に限らず、この屋敷の内にそんな乱暴を働く者が住んでいようとは信じられないので、彼は自分の耳を疑いながら、ともかくも念のためにお菊にきいた。

「どうだ、菊。十太夫はあのように申しておるが、よもやそうではあるまいな。はっきりと申し開きいたせ」

　この上にも男をあざむくのは、お菊の忍ばれないことであった。証人は単にお仙一人である。たとい彼女が何と訴えようとも、こちらがあくまでも疎匆と主張している限りは、所詮水掛け論に過ぎない。まして殿様はこちらの味方であるから、自分が強情を張り通せばきっと勝つのは知れている。

　しかし彼女はその詐りを再び繰り返す勇気がなかった。男のまごころを十分に認めながら、自分は詐りをもってこれに酬いるのは、余りに罪が深いと思った。彼女は素直に白状した。

「実は御用人様のおっしゃる通り、わたくしの心得違いから、わざとお皿を打ち割りました」

　播磨は焼きがねを摑ませられたように驚いた。故意に主家の宝を傷つくる、そんな不心得の人間が自分の屋敷の内に巣をくっていようとは、夢にも思っていなかったのに、それが自分のふところから見出されたのである。彼は腹を立てるよりも、ただ驚いて怪しんだ。

「さりとて菊めも気がふれたとも思われぬ。これには何か仔細があろう。わしが直々に吟味する。そちはしばらく遠慮いたせ」

十太夫はまた追いやられた。割れた皿はもう井の底に沈んでしまった。今度は皿を割った女と主人との差し向いである。それでも播磨はやわらかに詮議した。

「これ、菊。そちは何と心得て、わざと大切の皿を割った。家の掟で、その皿を割れば手討ちになる。それを知りつつ自分の手でわざと打ち割ったには仔細があろう。つつまずいえ」

「この上は何をお隠し申しましょう。由ないわたくしの疑いから……」

「疑い……とは何の疑いだ」

「殿様のお心を疑いまして……」

いいかけてお菊は今更のように身をわななかせた。播磨は眼を据えて聴いていた。

「この間もお耳に入れました通り、小石川の伯母御様の御なこうどで、飯田町の御屋敷から奥様がお輿入れになりそうな。明けても暮れてもそればっかりが胸につかえて……。恐れながら殿様のお心を試そうとて……」

「むむ。さてはこの播磨がそちをただいっ時の花と眺めておるか。ただしはいつまでも見捨てぬ心か。その本心を探ろうために、わざと家の宝を打ち割って、宝が大事か、そちが大事か、播磨が性根をたしかに見届けようと致したか。菊、しかと左様か」

「はい」

「それに相違ないか」と、播磨は念を押した。

「はい」

二度目の返事が切れないうちに、お菊はもう板縁の上に捻じ伏せられて、播磨の手はその襟髪を強く摑んでいた。

「おのれ、それほどまでにして我が心を試そうとは、あまりといえば憎い奴」

男の魂は憤怒に焼け爛れたらしく、彼は声も身もふるわせて罵った。天下の旗本青山播磨が恋には主家来の隔てなく、召し仕いのおのれといい交わして日本中の花と見るは我が宿の菊一輪と固く心に誓っていた。自分は律儀一方の三河武士である。ただ一筋に思いつめたが最後白柄組の付き合いにも吉原へは一度も足踏みをしたことがない。丹前風呂でも女の杯は手にとったことがない。

それほどに堅い義理を守っているのが、嘘や詐りで出来る事と思うか。積もって見ても知れるはずであるのに、何が不足でこの播磨を疑ったと、彼は物狂わしいほどに哮り立って、力任せに孱弱い女を引き摺り廻してむごたらしく責めさいなんだ。女の白い頰は板縁にこすり付けられた。

今夜は客来があるというので、お菊は新しい晴れ衣を着ていた。それは自分の名にちなんだ菊の花を、薄紫地へ白に黄に大きく染め出した振袖であったが、その袖も袂も男の強い力に摑みひしがれて、美しい菊の花もくだくるばかりに揉みくちゃになった。それを着ている女のからだも一緒に揉みくちゃになって、結い立ての島田髷も根からくずれてしまった。彼女は苦しい息の下で、泣きながら男に詫びた。

「その疑いももう晴れました。お免しなされて下さりませ」

女の疑いは晴れたといっても、疑われた男の無念は晴れなかった。小石川の伯母が何といおうとも、決してほかの妻は迎えぬとあれほど誓ったのを何と聞いた。何が不足でこの播磨を試したか、何を証拠にこの播磨を疑ったかと、彼は口惜し涙をほとばしらせながら女を責めた。どう考えても彼は口惜しかった。陰りのない心を女に疑われた――それを思うと、彼は身悶えするほどに口惜しかった。

お菊も涙にむせびながら詫びた。殿様のお心に陰りのないことは、自分もふだんから知っている。それを知っていながらも、あさい心からつい疑ったのは重々の誤りであった。どうぞ堪忍してくれと、彼女も血を吐くような声で男に訴えた。

それでも播磨は堪忍することが出来なかった。女に疑われた、重代の宝を打ち割ってまでも試された――彼は男の一分を立てるために、どうしてもその女を殺さなければ我慢が出来なかった。彼は涙の眼をいからせて、女に最後の宣告をあたえた。

「今となっていかに詫びても、罪のない者を一旦疑うた罪は生涯消えぬぞ。さあ、覚悟してそれへ直れ」

お菊をそこへ突き放して、播磨は刀掛けの刀を取りに行った。隣りの琴の音はもう聞こえなかった。

七

お菊が故意に皿を割ったのは事実であった。お仙は決して嘘をいったのではなかった。女の口軽にふとそれを十太夫に洩らしたのであったが、お仙も後でそれを悔んだ。

自分が由ないことを口走ったために、万一お菊が手討ちに逢うようなことがあっては大変である。お菊の恨みは怖ろしい。彼女は落ち着いていられなくなって、そっと忍んで奥の様子をさぐると、お菊は主人に手ひどく折檻（せっかん）されて、むごたらしい姿で泣いているので、お仙はいよいよ堪らなくなった。

彼女は十太夫のところへ行って、お菊の取りなしを頼んだが、十太夫はその問題についてお菊にあまり同情をもっていないらしいので、お仙はいよいよ気をあせって、更に奴の権次と権六とに縋った。

お菊の罪は重々である。どんな仕置きに逢っても仕方がない。しかし奴どもの眼から見ればたかが女子（おなご）である。骨のないくらげや豆腐を料理しても何の手ごたえもあるまい。

万一いよいよお手討ちともなるようであったならば、おれ達は何とか御詫びを申し上げてやろうと受け合って、二人の奴は庭口に廻ってそっと窺っていると、果たして主人は刀を持ち出して来た。

もう猶予はならないと見て、二人は駈けて出て踏石の前に掻いつくばった。彼等は口を揃えて、お菊のために命乞いをしたが播磨は取り合わなかった。

その訴訟のうちに、いかに大切な宝であるとしても、人間ひとりの命を一枚の皿と取換えようとするのは、あまりに無道の詮議であるというような意味を権次は洩らした。

「播磨が今日の無念さは、おのれ等の知るところでない。いかに大切の宝であろうとも、人間一人の命を皿一枚に換えようとは思わぬ。皿が惜しさにこの菊を成敗すると思うたら、それは大きな料簡ちがいだ。十太夫を呼べ」

播磨は十太夫を呼んで、更に四、五枚の皿を持って来させた。そうして、その皿を刀の鍔に打当てて、ことごとく微塵に打ち砕いてしまった。呆（あき）れて眺めている家来どもに向かって主人は説明した。

「播磨が皿を惜しむのでないことは、これでおのれ等にも合点がまいったであろう。菊を成敗するのはほかに仔細があって、おのれ等の知らぬことだ。しかし菊には覚悟のあるはず。未練なしに庭へ出い」

「はい」

お菊は悪びれずに庭に降りた。潔白な男の誠を疑った自分の大きい罪を、彼女は十分に自覚していた。男がそれを免(ゆる)さないのも無理はないと思った。それと同時に、女が一生に一度の恋をして、その男に詐りのなかったことを確かに見極めた以上、自分は死んでも満足であると思った。彼女は取り乱した姿をつくろって、土の上におとなしくひざまずくと、若葉を渡る冷たい風がそよそよと彼女のくだけた鬢を吹いて通って、座敷の燈火を瞬(まばた)きさせた。お菊はその灯影(ほかげ)に白いうなじを見せて、俯向いて手を合わせた。

播磨は刀をとって薄暗い庭に降りた。十太夫も奴共ももう黙って見物しているよりほかはなかった。血の匂いに馴らされている彼等も、さすがに若い女の悼ましい死を見るに堪えかねて、少しく伏目になっていると、やがて太刀音がはたと聞こえた。つづいて主人の声がきこえた。

「女の死骸を取り片付けい」

三人が眼をあげると、お菊は右の肩先からうしろ袈裟(げさ)に切下げられて、冷たい土の上に横たわっていた。播磨は彼女の死骸を井筒の底へ沈めろといい付けた。

権次と権六はお菊の死骸を抱え起して井戸の中へ静かに沈めると、女を呑み込む水の音が暗い底に籠るように響いた。播磨はその置燈籠に灯を入れろといった。やがて燈籠が明るくなって、井の端の柳かげを薄白く照らすと、播磨は静かに歩み寄って井筒の底を覗いた。

彼は十太夫にいい付けて、自分の砕いた幾枚の皿もみな井戸へ投げ込ませた。青山の家重代の宝も、播磨が一生の恋も、すべてこの井戸の深い底に葬られてしまった。

暮六つの鐘がひびいた。

「御客人はなぜ遅い」

播磨は座敷へ帰って眉を寄せた。十太夫も不安に思って門前まで見に出ると、門番の与次兵衛は彼に囁いた。自分が確かに見たのではないが、そこらで白柄組と町奴との喧嘩があるとかいう噂である。もしやそれが水野殿のひと群れではあるまいかとのことであった。聞き捨てにならないので、十太夫はすぐに奥へ引っ返して主人に報告すると、播磨は半分聞かないで起ち上がった。

「よし。播磨がすぐに駈け付けて、憎い奴等を追い散らしてくれるわ」

彼は袴の股立ちを高く取った。なげしに掛けてある槍を卸すと、その黒い鞘はたちまち跳ね飛ばされて、氷のような長い穂先が燈火に冷たくひかった。それを掻い込んで播磨は大股に表口へ飛んで出ると、二人の奴も腕をまくりあげて主人のあとを慕って行った。

これから思うさま暴れ狂って、人間の五人、三人を槍玉にあげなければ気が済まないように思っていた播磨は、たちまちに失望させられた。彼は屋敷の門を出て、まだ一町と駈けてゆかないうちに向こうから水野のひと群れが来るのに出逢った。

「喧嘩は……」と、播磨は忙しくきいた。

「いや、何もない」と、先に立っている水野が笑いながら答えた。「きょうは一度も喧嘩はない。地獄の餓鬼も非時には有り付かれぬ。ははははは」

だんだん訊くと、それはこの群れではなく、ある侍が町人を捕えて何か無礼咎めをしていたのが、実際よりも大きい噂を伝えられたものと判ったので、播磨はいよいよ失望した。今は邪魔物の大身の槍を奴に担がせながら、水野を案内して屋敷へ帰る途中、いい知れない寂しさが犇々と彼の胸に迫って来た。

水野のほかに七人の客は座敷へ通された。賑やかな酒宴は開かれた。その席にお菊の姿が見えないので、水野は主人にきいた。

「わしが贔屓の腰元は見えぬな」

「腰元……かの菊と申す腰元は、ただ今手討ちにいたした」と、播磨は少し沈んだ声でいった。

「手討ち……。むごい仕置きだな」と、水野も一文字の眉を少し皺めた。「どのような過ちをいたした」

高麗皿を打ち割った仔細を聞かされて、水野はいよいよ暗い顔をした。

「わしがその皿を見たいといったために、女子一人を殺したか」

「殺しても仔細ござらぬ。罪のある者が殺さるるは人間の掟でござるよ」

播磨は俄に大きい声を出して笑った。自分が打ち毀した皿の残りがまだ三、四枚あるのを持ち出させて、彼は水野に見せた。

水野も褒めた。ほかの者共も褒めた。いくら褒められても、播磨は何とも感じなかった。彼はただ無暗に酒を飲んで、時々に大きな声で笑った。

「この間あるところでお身の伯母御に逢ったよ」と、水野はいった。「伯母御はお身の喧嘩好きを苦に病んでわしに意見してくれいと当て付けらしく申しておった。ははは。あの伯母御もなかなか曲者だ。言葉争いでは敵わぬと見て、わしも黙って陣を引いたよ」

「ははは、なんの伯母御が……」と、播磨は気味の悪い顔をしてあざ笑った。「二口目には勘当の縁切のと嚇かしても、もうその手では行かぬ。あたら男一匹がこれから何をして生くる身ぞ。八百八町をあばれ歩いて、毎日毎晩喧嘩商売……。このほかに播磨の仕事はござらぬ」

「つよいのう」と、水野も笑っていた。

八

客の帰ったあとで、播磨は残りの高麗皿をみんな打ち砕いて、同じ井戸の底へ投げ込んでしまった。この皿がみんな損じる時には家がほろびる――こんなことを彼は何とも考えなかった。

それから後の彼の気性はいよいよ暴（あら）くなった。恋と宝とを同時に失った彼は、もう喧嘩商売で生きてゆくよりほかに途がなかった。さなきだに喧嘩好きの彼は、血をなめた虎のようになって江戸中を暴れて歩いた。暴れ者をあつめた白柄組の中でも、彼の行動が取り分けて眼に立った。時には頭の水野にすらも舌を巻かせることがあった。

飯田町の縁談などは無論に蹴散らしてしまった。渋川の伯母にも無論に勘当されてしまった。彼は二人の鬼奴を両のつばさにして、ゆく先々で喧嘩を買って歩いた。こうして足かけ五年を送る間に、彼の家は空屋敷（あき）のように荒れてしまった。

それには仔細があった。彼が腰元を手討ちにして井戸の底に沈めたという噂が、それからそれへと伝えられて、彼の屋敷には一種の怪異があるといい触らされた。雨の降る暗い夜には井筒の上に青い鬼火が燃えると伝えられた。菊の模様の振袖を着た若い腰元が悲しげな声で皿を数えるとも伝えられた。――下女のお仙は早々に暇を貰って在所へ逃げて帰った。

番町の皿屋敷――この幽怪な屋敷の名が女どもの魂をおびえさせて、誰もこの屋敷へ奉公に来る者はなかった。若党の鉄之丞はその幽霊の影を見たというので、さすがの若者も肝を冷やされ病気になって、とうとうこの屋敷を逃げ出してしまった。もう一人の弥五郎は喧嘩で死んだ。門番の与次兵衛も幽霊を怖れて暇を取った。

こうして男女の家来がだんだんに減っていくので、暗い屋敷のうちはいよいよ寂しくなった。誰もろくろくに掃除する者もないので、座敷も庭も荒れるがままに捨てて置かれて、化物屋敷というには全くふさわしいような廃宅の姿になった。七百石の武家屋敷はおどろに生い茂る草原の底に沈んで見えた。

化物の噂などを主人の播磨は念にも置いていなかった。鉄之丞が幻の影を見たといった時に、彼は頭からその臆病を叱りつけた。

弥五郎の死んだのを彼は惜しいと思わないではなかったが、それよりも更に強い打撃を彼にあたえたのは、奴の権六を失ったことであった。権六も喧嘩で死んだ。彼は寛文三年の九月、日本堤で唐犬権兵衛等の待伏せに逢った時に、しんがりになって手痛く働いて、なますのように斬りきざまれて死んだ。

この喧嘩は白柄組の凋落の始めであった。それは水野十郎左衛門が幡随長兵衛を小石川白山の屋敷へ呼び寄せて、湯殿でだまし討ちにしたのが根となって、長兵衛の子分どもは唐犬権兵衛や放駒の四郎兵衛等を頭にいただいて、ひそかに復讐の機会を待っていた。そうして、水野の一群が吉原見物から帰る途中を日本堤に待ち受けて、不意に彼等を取り囲んだのである。

その時に水野だけは馬に乗っていた。播磨も一緒にいた。ほかにも十二、三人の侍がいた。五、六人の奴もついていた。しかし敵の町奴は五、六十人の大勢で、しかも不意を襲われたので、白柄組もなかなかの苦戦であった。殊に彼等は廓の酒に酔っているので、自由に働くことの出来ない者もあった。もちろん、町奴の側には少なからぬ手負いが出来たが、白柄組にもほとんど過半数の手負いを見出した。その負傷者を敵に生捕られては武家の恥辱であるから、水野が指図して彼等を早く引き揚げさせた。

あとに残った侍は七、八人に過ぎなかったが、それでも必死になって戦った。町人にうしろを見せては一生の名折れであると、水野は歯がみをして憤ったが、どうしても頽れかかった勢いを盛り返すことは出来なかった。彼は生捕りになるのを恐れて、馬を早めて逃げた。最後まで踏み止まっていた播磨も遂に逃げた。権六の討死したのはこの時であった。権次は幸いに命を助かったが、左の足に深手を負ってしまった。

両の翼と頼んだ奴が、一人は死んだ。一人は歩くこともままならない。播磨は自分の影が急に痩せたように感じられた。

さなきだに無人の屋敷に、人の数がいよいよ減って、主人と用人と奴とたった三人が寂しく残った。十太夫はだんだんに老衰して来た。権次は満足に歩くことも出来なかった。あばら家は朽ちて傾いて、広い庭は狐狸の棲家と変わった。

そのうちに白柄組のほろびる時節が来た。日本堤で旗本が町奴に襲われて、さんざんに追い散らされたという噂が江戸中に拡まったので、幕府でももう捨て置かれなくなった。白柄組の乱暴は近ごろ上役人の眼にも余って、何とか処置をしなければならないという評議まちまちであるところへ、あたかもこの事件が出来したのである。

上でももう容赦はなかった。明くる寛文四年の三月に水野十郎左衛門は身持ちよろしからずという廉で切腹を申し付けられた。彼は自分の屋敷で尋常に死についた。

「白柄組ももう終わりだ」

これは味方の口から一度に吐き出された嘆息の声であった。播磨はその悲哀を最も痛切に感じた。頭を失った白柄組が今までのように栄えようはずがない。殊に今後は自分等に対する上の圧迫が非常に強くなって来て、手も足も出すことが出来なくなるのは判り切っている。水野を亡ぼしたのは自分等に対する一種の見せしめである。この厳重な仕置きに懲らされて、白柄組は自然に消滅するよりほかはない。たとい切腹ほどでなくても、自分等も早晩なにかの咎めを蒙るかも知れない。閉門ぐらいは覚悟しなければなるまい。閉門は一時の事でさのみ恐れるにも足らないが、それらの有形無形の圧迫のために白柄組が滅亡する。その運命が播磨には悲しく感じられた。

白柄組の滅亡を悲しむ者はもちろん彼一人ではあるまい。しかし他の者どもは白柄組を離れても立派に生きて行かれるのであるが、播磨は白柄組を離れて喧嘩商売をやめては、もう生きて行く途がないのである。

恋を失った心の痛みを毎日毎晩の喧嘩で癒していた彼は、この後どうしてその痛みを鎮めるか。それを思うと、彼はさびしかった。悲しかった。自分も水野と同じ罪科に逢った方がむしろ優しであったかとも考えられた。彼はなまじいに生かして置かれるのを怨めしく思った。

二十七日に切腹した水野の葬式は二十九日の夕方に三田の菩提寺で営まれた。上を憚って無論質素に執行されたのであるが、さすがに世間を忍んで見送る者も多かった。播磨も笠を深くして寺まで送って行った。番町の屋敷へ帰る頃には細かい雨が笠の檐にしとしとと降って来た。

「渋川の伯母御様お待ち兼ねでござりまする」と、十太夫は玄関に出て主人にいった。久しく音信不通の伯母が今夜どうして突然にたずねて来たのかと怪しみながら、播磨は濡れた笠を十太夫に渡して奥へ通ると、伯母の真弓は闇い灯の下に坐っていた。雄々しい気性で生きているせいか、真弓は昔のままにすこやかであるらしく見えた。

「久しゅう逢いませぬ。月日は早いもの、もう足かけ五年になります」と、真弓は甥の顔を懐かしそうに眺めた。「苦労でもあるかして、顔も見違えるように窶れました。ただしは所労か」

なまじいに優しくいわれるのが、今の播磨には辛かった。彼は破れた畳に手をついて無沙汰の詫びをいった。

「伯母様を始め、伊織助夫婦の衆の御安否をうかがいとうは存じながら、何分にも勘当の身の上で、おのずと閾も高うなりまして……」

「もちろんのこと。一旦勘当したお身を屋敷へ寄せることはなりませぬ。無沙汰はたがいでいうことはない。その伯母が今夜押掛けて来たのはほかでもない」と、いいかけて真弓はあたりを見廻した。「屋敷内もひどく荒れ果てましたな。なるほどこれでは化物屋敷、世間の噂に嘘はない。痩せても枯れても七百石の屋敷をこれほどに住み荒らして……。いや、屋敷の荒れたのは作り替えもなる。心の荒れ果てたのは容易に作り替えはなるまい。というたら、この伯母がまた叱りに来たかとも思おうが、今夜はもう何にもいいませぬ。伯母甥のよしみにたったひと言いいたいのは、これ、播磨。このたびの水野殿の切腹、お身は何と思やるぞ。あれほどの激しい気性のお人でも、命はよくよく惜しいと見ゆる」

嘲るような口振りに、播磨は少しせいた。

「何、命が惜しいとは……」

「惜しければこそ日本堤から逃げたのではあるまいか。いや、そこを逃げただけならば、まだしも言い訳は立つ。万一その場で斬り死して、兜きる首を町人どもに踏みにじらるるも無念と……。のう、お身が一緒に逃げたのもそうであろう。が、さてその後じゃ。町人どもに追いまくられ、朋輩を傷つけられ、家来を殺され、哀れ散々の不覚を取りながらのめのめと生きている水野殿の心が判らぬ。屋敷へ戻ってすぐに切腹……。それがまことの武士ではないか。それを今まで生きていて、揚句の果てに上から切腹を申し渡され、否が応でも命を取らるる。ほんに浅ましい身の果てじゃ」

こういわれると、播磨も行き詰まった。水野は命を惜しむ卑怯者ではない。自分とても同様である。しかも伯母の理窟も一応はもっともである。自分も忍んで卑怯の名を受けなければならないと覚悟して、彼は黙って俯向いていると、伯母はまた諄々とい聞かせた。

「水野殿は格別、伯母の心にかかるは甥の殿の身の上じゃ。勘当しても甥は可愛い。今までのことはともかくも、この上に恥を重ねぬ分別が肝要と、わたしが知恵を貸しに来ました。白柄組の頭と頼む水野殿が亡びた以上、お身達とても安穏では済むまい。何かの御咎めのないうちに、いっそ見事に腹を切りゃれ」

播磨はやはり黙って聴いていた。

雨はまだ歇まなかった。伯母の帰ったあとで、播磨は切腹の支度に取りかかった。夜はもう五つ（午後八時）を過ぎたらしい。

庭先の遅い桜が雨に打たれて、あわただしく散るのが、座敷から洩れる灯の光に薄白く見えるのを、播磨は筆をおいて眺めていた。彼は自分の支配頭にあてた一通の書き置きをしたためているのであった。黙って自滅しては乱心者と見られるのも口惜しいので、彼は自分の死ぬべき仔細を詳しく書いた。

書いてしまって、彼は暗い庭を見た。濡れた柳は長い髪を垂れた女のように、井筒の上に低く掩（おお）いかかって、うす暗い影を顫わせていた。

播磨はじっとそれを見つめていると、井戸の中から青白い火が燃えあがってまたすぐに消えた。雨は少し強くなって来て、柳のかげが大きく靡（なび）くように見えたかと思うと、青白い火がまた燃えた。彼は眼を据えて見つめていた。

見るから冷たそうな青い火がちろちろと揺れると共に、若い女の姿がまぼろしのように浮きあがった。頽れた島田のおくれ毛が白い顔に振りかぶって、菊の模様の振袖を着ている女――それがお菊であることを播磨はすぐに知った。世間に伝えられる皿屋敷の幽霊を彼は今夜初めて見たのであった。

「菊」と、彼は縁先へ出て声をかけた。

鬼火はまた消えたが、お菊の立ち姿はまだそこに迷っていた。播磨は再び呼んだ。

「菊。顔を見せい」

幽霊は静かに顔をあげた。それは生きている時とちっとも変わらないお菊の美しい顔であった。怨みも妬みも呪いも知らないような、美しい清らかな顔であった。播磨は思わずほほえまれた。

「菊。播磨も今行くぞ」

女の顔にも薄い笑みが泛んだようにも見えたが、今ひとしきり強く吹き寄せた風に煽(あお)られて、柳の糸の乱れる蔭にまぼろしの姿は隠されてしまった。雨はしぶくように降って来た。

お菊の魂は自分を怨んでいない。こう思うと、播磨は俄(にわ)かに力強くなった。彼は勇ましい声で十太夫と権次とを呼んだ。そうして、自分が切腹の覚悟を打ち明けた。

「播磨は今夜切腹する。十太夫は介錯の役目滞りなく致した上で、この一通を支配頭屋敷へ持参いたせ。青山の家滅亡はいうまでもない。その方どもはあとの始末を済ませた上で、思い思いに然るべき主取りせい」

主人は形見として幾らかの金をやったが、権次は辞退した。自分はもう生き甲斐のない身である。今まで青山の奴と世間に謳(うた)われたが、今更他家の飼犬にもなれない。自分は追腹を切って冥途のお供をすると立派にいい切った。十太夫は一切の役目を終わった上で、白髪頭を剃(そ)り丸めたいといった。

どちらも無理のない願いと見て、播磨は二つながらそれを許した。三人は型ばかりの水盃(みずさかずき)を取り交わした。思い切っては、誰の眼にも涙はなかった。

春を送る雨の音は井筒の柳の上にひとしお強くひびいた。十太夫は備前則宗(びぜんのりむね)の短刀を三宝に乗せて、主人の前にうやうやしく捧げて出た。

解説

菊池仁（きくちめぐみ）
（文芸評論家）

絶妙なタイミングでの刊行である。本書は、一九九二年に刊行された岡本綺堂『傑作伝奇小説　修禅寺物語』（『玉藻の前』を収録）に「番町皿屋敷」を新たに加えた強力な改訂版となっている。作者は、江戸期の歌舞伎が持つ伝統的手法の可能性を追求し、それに近代の意識を注入することで、明治新歌舞伎に多大な業績を遺したことで知られている。勿論それだけではない。捕物帳の草分けとなった『半七捕物帳』をはじめとする小説、読物の分野でも多くの傑作をものにしている。本書には、作者の作風を理解する上で、貴重かつ極上の三篇が収められている。要するに、作者の小説家、読物作家としての新たな面を強調した得難い一冊となっている。

絶妙なタイミングと表現したのは、二〇二二年度のNHK大河ドラマが「鎌倉殿の13人」に決定し、鎌倉幕府草創期が舞台となるからだ。速報によるとテーマは、次のように記されている。

〈華やかな源平合戦、その後の鎌倉幕府誕生を背景に権力の座を巡る男たち女たちの駆け引き――源頼朝にすべてを学び、武士の世を盤石にした男二代執権・北条義時。野心とは無縁だった若者は、いかにして武士の頂点に上り詰めたのか。新都鎌倉を舞台に繰り広げられる、パワーゲーム。義時は、どんなカードを切っていくのか――〉

　脚本を担当する三谷幸喜は、

「『鎌倉殿』とは、鎌倉幕府の将軍のことです。頼朝が死んだあと、二代目の将軍・頼家という若者がおりまして、この頼家が二代目ということもあって、『おやじを超えるぞ！』と力が入りすぎて暴走してしまう。それを止めるために、十三人の家臣たちが集まって、これからは合議制で全てを進めよう、と取り決めます。これが、日本の歴史上、初めて合議制で政治が動いたという瞬間で、まさに僕好みの設定です。」

と語っている。作者は初の時代小説『清須会議』を手掛けるにあたり、独特の着想と手法を駆使し、高い評判を得た。この着想と手法を鎌倉草創期の複雑な政治情勢に嵌め込んだと推測しうる。豪華なキャスト陣もあって前評判は上々である。必然的に関連本、類似本のチャンス到来ということになる。

　そこで注目されるのが、二代将軍頼家の事績関連本となる。頼家を描いた作品としては、永井路子『北条政子』、平岩弓枝『かまくら三国志』、高橋直樹「非命に斃る」（『鎌倉擾乱』所収）が著名である。しかし、それ以上に世人に愛されてきたのが、岡本綺堂の戯曲『修禅寺物語』（明治四四年初演）である。

本書の最大の売り物は、その戯曲を作者自身が小説化し、それを収録しているところにある。この点は後述するとして、先ずは戯曲『修禅寺物語』の魅力を述べておく。扉に次のような文章が添えられている。

(伊豆の修禅寺に頼家の面といふあり。作人も知れず、由来も知れず。木彫の仮面にて、年を経たるまま面目分明ならねど、所謂古色蒼然たるもの、観来って一種の詩趣をおぼふ。当時を追懐してこの稿成る。)

あらすじの紹介は興を削ぐので避けるが、この着想を元に、一幕三場の芝居に仕立て、頼家を襲った悲劇を詩情豊かに描き切った作者の力量には驚嘆すべきものがある。冷徹な目を持った名人気質の夜叉王と、頼家の運命を暗示する面の使い方。加えて、かつらとかえで姉妹を、対照的な性格として描き分けることで、興趣を盛り上げていく手法などは、歌舞伎の伝統を新時代に活かしたアイデアといえる。極め付きは頼家の史実を省略し、空想の人物の情念と、嗜虐の場面を象徴することで、史実を超える悲劇を描き切った手腕である。

小説化した『修禅寺物語』は、作者自らが筆を執っただけに、戯曲の持つ長所と短所を勘案し、読みやすくわかりやすい絶好の読物となっている。初版発行は大正七年で、『玉藻の前』と併せて刊行された。現在も事情は変わらないが、戯曲は読まれないし、売れないというのが通り相場である。そこで評判の高かった芝居を小説化するという現在のノベライズと同様の方法がとられていた。

〈明治四十一年の秋に、わたしは伊豆の修善寺温泉へ行って、新井旅館に滞在していた〉という書き出しで物語は幕を開ける。滞在中に頼家の墓に詣でる。そこで自分の古い作品『修禅寺物語』について考えた。香の煙につつまれながら静かにその墓に向かっていると、史実と空想とが一つにもつれ合って、七百年前の鎌倉の世界がまぼろしのようにわたしの前に開かれたという。これが第一の幻影である。要するに幻影というフレームにくるんだところに作者の工夫がある。幻影は場面を変え、活動写真を見ているように終焉へ向かっていく。ラストの場面が実に印象的である。小説だからこその底深さを味わうことができる。

舞台には表れない陰の部分や、頼家と義父・比企能員が北条時政、政子によって追い詰められていく過程も描かれている。物語に厚みが加わったわけである。他の作品のように頼家の人物造形を真正面から描かず、面を梃に運命を象徴的に炙り出す手法を編み出したところに、現代の戯作者としての面目があるといえよう。

読者にはこれを機会に是非、戯曲と合わせて読んで欲しい。

「玉藻の前」に移ろう。イヤー面白い。五十年ぶりぐらいの再読だったが、これほど豊かな物語性に富んだ伝奇小説に出会ったのは久しぶりである。単行本として刊行されたのは一九一八年だが、全く古びていない。『妹背山婦女庭訓』、『菅原伝授手習鑑』といった歌舞伎の傑作時代物が持つ入り組んだストーリー、そこに張り巡らされた多様な仕掛けと巧みな伏線に、魂を吸い取られたような興奮を思い出した。さすが江戸歌舞伎の伝統的手法に精通した作者だけのことはある。

物語の基本的な内容は、高井蘭山『絵本三国妖婦伝』を参考にしながらも、ストーリーをそのまま借りて新解釈を施すのではなく、新しい発想をその世界に持ち込む手法を取っている。ここに作者の現代の戯作者としての真骨頂を見ることができる。

物語は、明日は十三夜という九月半ばの月夜に、児水干を着た少年・千枝松と小振袖を着た少女・藻とが清水に連れ立って夜参りする姿を描いている。今年十五になる孤児の千枝松、藻はかつて北面の武士であった坂部行綱の娘で、今年十四である。

千枝松が誘いに行くのが遅くなったある晩、ただひとり家を出た藻の姿が見えなくなり、探し回ったところ、狐が巣くう、森の中の大きな古塚の前で髑髏を枕に横たわっている姿が発見された。ここで作者は九尾の狐が藻に憑りついたことを暗示している。これが発端である。何ともオドロオドロシイ出だしで、これから展開する物語の緊迫感が伝わってくる。この不思議な出来事の後、千枝松は奇怪な夢を見る。この夢を起点に物語は、最終章「殺生石」に向かって疾走する。

末尾に作者の胸のすくような文章がある。

〈しかも古来の歴史家は、この両度の大乱の暗いかげに魔女の呪詛の付きまつわってゐ

ることを見逃してゐるらしい。玉藻をほろぼした頼長は保元の乱の張本人となって、主の知れない流れ矢に射られた。〉
莞爾、莞爾、時代小説が歴史家に一矢報いたのである。この優れた伝奇小説を埋もれさせておく手はない。

「番町皿屋敷」は大正五年に発表された戯曲を小説化したものである。元ネタは皿屋敷伝説である。伝説はいずれも、お菊という召使が主人の秘蔵していた皿一枚を割って手討ちにされ、死体を井戸に捨てられてしまう。お菊が怨念と化して、夜な夜な井戸から現れて、一枚二枚と皿の数を数えて、主家を滅ぼしてしまうという怪談話である。

物語は、大身の旗本水野十郎左衛門の率いる白柄組の青山播磨と、因縁の喧嘩相手である幡随長兵衛の身内の町奴が出会った場面から始まる。水野は太平の世になじまなかった傾奇者で、青山もその影響下にあったのだろう。時代の持つ閉塞感が投影されている。伯母は青山の乱暴をやめさせようと妻帯を勧める。しかし、青山には将来を誓った恋人の腰元・お菊がいた。伯母の話を聞いたお菊の心は波立つ。ここから話は急展開を示す。

怪談狂言として有名な皿屋敷を題材としながら、怪談で盛り上がるエピソードをスパッと切り捨てている。上手い選択である。戯曲では、心の痛手をまぎらわせるため、再び町奴との争いに飛び出していく姿で幕を下ろすのだが、小説では、水野との交情と、荒んでいく青山の生き様を描いている。

青山を白柄組の侍に、お菊を武家の娘に設定した仕掛けが、ラストの哀切な場面を創り出す原動力となった。恋一筋に生きようとした青山の無念さと、純情可憐なお菊の一途な思いが、重なり合って涙を誘う。

本書は、作者が小説や読物にも積極的な意義を見出し、戯曲で鍛えた戯作者としての力量を惜しみなくぶつけた作品集である。堪能して欲しい。

本書は光文社文庫『修禅寺物語』（一九九二年三月刊）に、「番町皿屋敷」（『岡本綺堂読物選集２』青蛙房・一九六九年十一月刊）を追加したものです。

光文社文庫

傑作伝奇小説
修禅寺物語（しゆぜんじものがたり）　新装増補版
著者　岡本綺堂（おかもときどう）

2021年7月20日　初版1刷発行

発行者　鈴木広和
印刷　萩原印刷
製本　榎本製本

発行所　株式会社 光文社
〒112-8011　東京都文京区音羽1-16-6
電話（03）5395-8149　編集部
8116　書籍販売部
8125　業務部

落丁本・乱丁本は業務部にご連絡くだされば、お取替えいたします。
ISBN978-4-334-79222-0　Printed in Japan

組版　萩原印刷